LINDA HOWARD

LECCIONES PRIVADAS

Editado por Harlequin Ibérica.
Una división de HarperCollins Ibérica, S.A.
Núñez de Balboa, 56
28001 Madrid

© 1989 Linda Howington. Todos los derechos reservados. LECCIONES PRIVADAS, N° 3 - 1.4.05.
Título original: Mackenzie's Mountain.
Publicada originalmente por Silhouette® Books.
Traducido por Victoria Horrillo Ledesma.

Todos los derechos están reservados incluidos los de reproducción, total o parcial. Esta edición ha sido publicada con permiso de Harlequin Enterprises II BV.
Todos los personajes de este libro son ficticios. Cualquier parecido con alguna persona, viva o muerta, es pura coincidencia.
™ TOP NOVEL es marca registrada por Harlequin Enterprises Ltd.
®™ son marcas registradas por Harlequin Enterprises Limited y sus filiales, utilizadas con licencia. Las marcas que lleven ™ están registradas en la Oficina Española de Patentes y Marcas y en otros países.

I.S.B.N.: 84-671-2860-7
Depósito legal: B-13756-2005

Al Principio Fayrene, también conocido como «el efecto del agua goteando sobre la roca»: la roca pierde.

Necesitaba una mujer. Urgentemente.

Wolf Mackenzie no podía dormir. La luna, llena y brillante, lanzaba su luz plateada sobre la almohada vacía, junto a él. Su cuerpo palpitaba dolorosamente de deseo, el deseo sexual de un hombre en la flor de la vida, y el paso de las horas sólo intensificaba su frustración. Por fin se levantó y se acercó desnudo a la ventana; su cuerpo, fornido y poderoso, se movía con fluidez. Notaba el suelo de madera helado bajo los pies descalzos, pero agradecía aquella leve molestia, que enfriaba su sangre enardecida por un ansia sin cauce.

La luz incolora de la luna labraba las líneas y ángulos de su cara, testimonio vivo de su legado ancestral. Su cara, más aún que la densa cabellera negra que tocaba sus hombros o que los ojos negros de pesados párpados, delataba su origen indio, visible en sus pómulos altos y salientes y en su frente despejada, en sus labios finos y en su nariz aguileña. Menos evidente pero igual de intensa era la herencia celta que había recibido de su padre, al que tan sólo una generación separaba de las Tierras Altas de Escocia. El legado paterno había suavizado los rasgos indios heredados de su madre, dotando a Wolf de un rostro afilado como una espada, tan depurado y cortante como recio. Por sus venas corría la sangre de dos de los pueblos más belicosos de la historia: los comanches y los celtas. Era un guerrero nato, y en el ejército se dieron cuenta de ello nada más alistarse.

Pero era también un hombre sensual. Conocía bien su naturaleza y, a pesar de que la dominaba, había veces en que necesitaba una mujer. Cuando eso sucedía, solía hacerle una visita a Julie Oakes. Julie era una divorciada, varios años mayor que él, que vivía en un pueblecito a treinta kilómetros de allí. Sus relaciones duraban ya cinco años; ninguno de los dos quería casarse, pero tenían necesidades, y se gustaban. Wolf procuraba espaciar sus visitas a Julie, y tenía cuidado de que nadie lo viera entrar en su casa. Aceptaba desapasionadamente el hecho de que los vecinos se escandalizarían si descubrían que Julie se acostaba con un indio. Y no con un indio cualquiera. Una condena por violación marcaba a un hombre de por vida.

Al día siguiente era sábado. Lo esperaban sus tareas cotidianas, y tenía que ir a recoger un cargamento de tablones para el cercado a Ruth, el pueblecito situado al pie de su montaña. Pero las noches de los sábados habían sido siempre para desmadrarse. Él no se desmadraría, pero iría a hacerle una visita a Julie y se desfogaría en su cama.

La noche se iba haciendo cada vez más fría, y unas nubes densas y bajas se acercaban. Wolf se quedó mirándolas hasta que taparon la luna. Sabía que anunciaban otra nevada. No quería regresar a su cama vacía. Su rostro permanecía impasible, pero su sexo palpitaba dolorosamente. Necesitaba una mujer.

Mary Elizabeth Potter tenía un sinfín de pequeñas tareas de las que ocuparse aquella mañana de sábado, pero su conciencia no le permitiría descansar hasta que hablara con Joe Mackenzie. El chico había dejado la escuela hacía dos meses, uno antes de que ella llegara a ocupar el puesto de una profesora que se había marchado inesperadamente. Nadie le había hablado del chico, pero Mary se había tropezado con su expediente y lo había leído por curiosidad. En el pueblecito de Ruth, Wyoming, no había muchos alumnos, y Mary creía conocerlos a todos. Había, en realidad, menos de sesenta estudiantes, pero el índice de los que llegaban a graduarse era casi del cien por cien, de modo que cualquier deserción resultaba extraña. Al leer el expediente de Joe Mackenzie, se había quedado de piedra. Aquel chico era el mejor de su clase. Sacaba sobresalientes en todas las materias. Los alumnos que iban mal se desanimaban y dejaban los estudios, pero la vocación docente de Mary se rebelaba ante la idea de que un alumno tan excepcional abandonara el colegio así como así. Tenía que hablar con él, hacerle comprender lo importante que era para su futuro que siguiera estudiando. Dieciséis años eran muy pocos para cometer un error que lo perseguiría de por vida. Ella no podría pegar ojo hasta que hubiera hecho cuanto estuviera en su mano para convencer a aquel chico de que volviera a la escuela.

Por la noche había vuelto a nevar y hacía un frío

que pelaba. El gato maullaba lastimosamente mientras olfateaba alrededor de los tobillos de Mary, como si también él se quejara del tiempo.

—Lo sé, Woodrow —consoló al animal—. El suelo tiene que estar frío para tus patitas.

No le costaba trabajo ponerse en el lugar del gato. Le parecía que no había tenido los pies calientes desde que había llegado a Wyoming.

Se había prometido que, antes de que llegara el siguiente invierno, se compraría un par de botas fuertes y calientes, forradas de piel y resistentes al agua, y andaría por la nieve como si llevara haciéndolo todo la vida, como una lugareña. Las botas le hacían falta ya, en realidad, pero los gastos de la mudanza habían agotado sus magros ahorros, y las enseñanzas que le había inculcado su ahorrativa tía Ardith le impedían comprarlas a crédito.

Woodrow maulló otra vez cuando se puso los zapatos más calentitos y juiciosos que tenía, los que ella llamaba sus «zapatos de maestra solterona». Se detuvo para acariciar a Woodrow detrás de las orejas, y el gato se arqueó, extasiado. Mary había heredado a Woodrow junto con la casa que le había proporcionado la junta educativa. El gato, igual que la casa, no era gran cosa. Mary ignoraba cuántos años tenía, pero tanto él como la casa parecían un poco avejentados. Ella siempre se había resistido a comprarse un gato (aquello le parecía el colmo de la vida de una solterona), pero finalmente su sino le había pasado factura. Era una solterona. Ahora tenía un gato. Y llevaba serios zapatos de solterona. El cuadro estaba completo.

—El agua busca sola su nivel —le dijo al gato, que la contemplaba con su impávida mirada—. Pero ¿a ti qué más te da? A ti no te importa que mi nivel parezca detenerse en gatos y zapatos serios.

Suspiró al mirarse en el espejo para asegurarse de que estaba bien peinada. Su estilo eran los zapatos serios y los gatos, y el ser pálida, flacucha e insignificante. «Ratonil» era un buen término para describirla. Mary Elizabeth Potter había nacido para solterona.

Iba todo lo abrigada que podía ir, a no ser que se pusiera calcetines con aquellos zapatos tan serios, pero hasta ahí no llegaba. Ponerse unos lindos calcetines blancos de los que llegaban justo por encima de los tobillos con una falda larga de vuelo era una cosa, y ponerse calcetines hasta la rodilla con un vestido de punto, otra bien distinta. Estaba dispuesta a prescindir de la elegancia con tal de ir abrigada; pero no estaba dispuesta a ir hecha un adefesio.

En fin, no tenía sentido posponerlo; de todos modos, el tiempo no mejoraría hasta la primavera. Se preparó para aguantar la embestida del aire frío contra su cuerpo, todavía acostumbrado al calor de Savannah. Había dejado su pulcro nidito de Georgia por el desafío de una pulcra escuela en Wyoming, por la ilusión de una forma distinta de vida; incluso reconocía en sí misma una leve ansia de aventura, un ansia que, naturalmente, jamás permitía que aflorara. Pero, por alguna razón, no había tenido en cuenta la cuestión del clima. Había dado por supuesta la nieve, pero no las ásperas temperaturas. No era de extrañar que hubiera tan pocos alumnos, pensó al abrir la puerta, y dejó escapar un gemido cuando el viento le lanzó un latigazo. Hacía tanto frío que los adultos no podían desvestirse para engendrar niños.

Se le metió nieve en los juiciosos zapatos cuando se acercó al coche, un juicioso Chevrolet mediano de dos puertas al que, muy juiciosamente, había puesto neumáticos antinieve al mudarse a Wyoming. Según el parte meteorológico que habían dado por la radio esa mañana, la temperatura máxima no superaría los siete grados bajo cero. Suspiró de nuevo por el tiempo que había dejado en Savannah; era marzo, la primavera estaría allí en todo su esplendor y las flores brotarían en un tumulto de colores.

Pero Wyoming poseía una belleza salvaje y majestuosa. Las altas montañas empequeñecían las endebles moradas de los hombres, y le habían dicho que en primavera los prados se cubrían de flores silvestres y los arroyos cristalinos empezaban a cantar su peculiar tonada. Wyoming era completamente distinto a Savannah, y ella era sólo una magnolia recién trasplantada a la que le estaba costando aclimatarse.

Le habían dado indicaciones de cómo llegar a casa de los Mackenzie, aunque se las habían dado a regañadientes. Le extrañaba que nadie pareciera interesarse por el chico, porque la gente del pueblo era amable y servicial con ella. El comentario más directo que había recibido procedía del señor Hearst, el dueño del supermercado, que había rezongado entre dientes que los Mackenzie no se merecían que se preocupara por ellos. Pero Mary consideraba que cualquier chico merecía sus desvelos. Era profesora, y tenía intención de ejercer su oficio.

Al montarse en su juicioso coche vio la montaña que llamaban Mackenzie y la estrecha carretera que serpeaba por su ladera como una cinta, y se acobardó. Pese a los neumáticos nuevos, no se sentía segura conduciendo en aquel entorno desconocido. La nieve era... en fin, *ajena* a ella, aunque no pensaba permitir que le impidiera hacer lo que se había propuesto.

Estaba ya tiritando tan violentamente que apenas pudo meter la llave en el contacto. ¡Qué frío hacía! Le dolían la nariz y los pulmones cuando aspiraba. Tal vez debiera esperar a que mejorara el tiempo antes de atreverse a conducir. Miró la montaña otra vez. Quizá en junio se hubiera derretido toda la nieve..., pero hacía ya dos meses que Joe Mackenzie había dejado el instituto. Tal vez en junio la brecha le pareciera insuperable y no quisiera hacer el esfuerzo. Quizá fuera ya demasiado tarde. Ella tenía que intentarlo, y no se atrevía a dejar que pasara ni una semana más.

Tenía costumbre de darse ánimos en voz alta cuando emprendía alguna tarea dificultosa, y se puso a mascullar en voz baja en cuanto el coche arrancó.

—La carretera no me parecerá tan empinada cuando llegue allí. Todas las carreteras cuesta arriba parecen verticales desde lejos. Es una carretera perfectamente transitable. Si no, los Mackenzie no podrían subir y bajar, y si ellos pueden, yo también puedo.

En fin, tal vez pudiera. Conducir sobre nieve era una habilidad adquirida que aún tenía que dominar.

La determinación la impulsó a seguir adelante. Cuando por fin llegó a la montaña y la carretera comenzó a empinarse, agarró con fuerza el volante y procuró no mirar más allá de la cuneta, desde la que el fondo del valle se veía cada vez más lejano. No le haría ningún bien pensar en la caída desde aquella altura si se precipitaba por el borde de la cuneta. A su modo de ver, aquello pertenecía a la categoría de los saberes inútiles, y de ésos ya tenía más de la cuenta.

—No voy a patinar —mascullaba—. No voy tan rápido que pueda perder el control. Esto es como la noria. Estaba segura de que iba a caerme, pero no me caí —se había montado una vez en la noria cuando tenía nueve años, y nadie había sido capaz de convencerla de que volviera intentarlo. A ella le iban más los tiovivos—. A los Mackenzie no les importará que hable con Joe —se dijo en un intento de olvidarse de la carretera—. Puede que haya tenido problemas con una novia y por eso no quiera ir a clase. A su edad, seguramente ya se le habrá olvidado.

La carretera no resultó ser tan mala como temía, y empezó a respirar un poco más tranquila. La pendiente era más gradual de lo que parecía desde lejos, y además no creía que le quedara mucho camino. La montaña no era tan grande como se veía desde el valle.

Estaba tan concentrada en la conducción que no vio la luz roja que apareció en el salpicadero. No se dio cuenta de que el coche se había recalentado hasta que de pronto empezó a salir del capó un humo que el aire congelaba de inmediato sobre el parabrisas. Pisó instintivamente el freno y profirió un discreto improperio cuando las ruedas empezaron a patinar. Levantó rápidamente el pie del pedal del freno, y las ruedas empezaron a girar otra vez, pero ella no veía nada. Cerró los ojos, rezó por seguir yendo en la dirección correcta y dejó que el coche se frenara por su propio peso hasta detenerse.

El motor siseaba y rugía como un dragón. Asustada, giró la llave de contacto y salió del coche; el viento la golpeó como un látigo de hielo, y dejó escapar un quejido. El mecanismo de apertura del capó estaba embotado por el frío, pero cedió al cabo de un momento, y ella levantó el capó pensando que estaría bien saber qué le pasaba al coche aunque no pudiera arreglarlo. No hacía falta ser mecánico para localizar la avería: uno de los manguitos se había soltado, y del freno salía un espasmódico chorro de agua caliente.

Al instante comprendió la gravedad de su situación. No podía quedarse en el coche porque no podía poner el motor en marcha para mantenerse caliente. Aquélla era una carretera privada, y tal vez los Mackenzie no salieran del rancho en todo el día, o en todo el fin de semana. Estaba demasiado lejos y hacía demasiado frío para volver andando a su casa. Su única alternativa era ir andando hasta el rancho de los Mackenzie y rezar por que no estuviera muy lejos. Ya empezaba a notar los pies entumecidos.

No quiso pararse a pensar en que tal vez no lograra llegar al rancho de los Mackenzie y comenzó a subir por la carretera a ritmo regular, procurando hacer caso omiso de la nieve que se le metía en los zapatos a cada paso.

Dobló una curva y perdió de vista el coche, pero al mirar hacia delante no vio la casa; ni siquiera un establo. Se sentía sola, como si hubiera caído en mitad del desierto. Estaban sólo la montaña y la nieve, el vasto cielo y ella. El silencio era absoluto. Hacía daño hablar, y pronto descubrió que iba arrastrando los pies, en vez de levantarlos. Había avanzado menos de doscientos metros.

Le temblaron los labios y se rodeó con los brazos en un intento de retener su calor corporal. Por penoso que fuera, tenía que seguir andando.

Entonces oyó el rugido amortiguado de un motor y se detuvo. Sentía un alivio tan intenso y doloroso que notó el picor del llanto en los ojos. Le horrorizaba llorar en público y procuró contener las lágrimas. Era absurdo llorar; llevaba menos de quince minutos andando y en realidad no había corrido ningún peligro. Todo se debía a su imaginación hiperactiva, como de costumbre. Arrastró los pies por la nieve hasta la cuneta para quitarse de en medio y esperó a que llegara el vehículo.

Una camioneta negra con enormes ruedas apareció a la vista. Mary notó los ojos del conductor clavados en ella y a pesar de sí misma agachó la cabeza, avergonzada. Las maestras solteronas no estaban acostumbradas a ser el centro de atención y, además, se sentía tonta de remate. Seguramente daba la impresión de haber salido a dar un paseíto por la nieve.

La camioneta aminoró la velocidad y se detuvo delante de ella. Un instante después, se apeó un hombre. Era grande, y a Mary eso le desagradaba de manera instintiva. La molestaba el modo en que los hombres altos bajaban la mirada hacia ella, y le fastidiaba verse obligada por una simple cuestión de estatura a levantar la vista hacia ellos. Pero, en fin, grande o no, era su salvador. Entrelazó los dedos enguantados y se preguntó qué debía decir. ¿Cómo pedía una que la rescataran? Nunca había hecho autoestop; no parecía propio de una maestra seria y respetable.

Wolf se quedó mirando a la mujer, atónito porque hubiera salido con aquel frío y con un atuendo tan absurdo, además. ¿Qué demonios estaba haciendo en su montaña, de todos modos? ¿Cómo había llegado hasta allí?

De pronto comprendió quién era. En el supermercado había oído hablar de la nueva profesora venida del sur. Nunca había visto a nadie que tuviera más pinta de profesora que aquella mujer, y saltaba a la vista que iba mal pertrechada para un invierno en Wyoming. Llevaba un vestido azul y un abrigo marrón tan anticuados que casi parecía un cliché; por debajo de la bufanda le asomaban unos mechones de pelo castaño claro, y unas grandes gafas de pasta le empequeñecían la cara. No llevaba maquillaje; ni siquiera brillo para protegerse los labios.

Y tampoco llevaba botas. La nieve endurecida le llegaba casi a las rodillas.

Wolf la examinó de hito en hito en dos segundos y no esperó a oír sus explicaciones acerca de por qué estaba en su montaña, si es que ella pensaba darle alguna. De momento no había dicho ni una palabra; seguía mirándolo con fijeza, con una expresión levemente escandalizada. Wolf se preguntó si hablar con un indio le parecería humillante, aunque fuera para pedir ayuda, y se encogió de hombros mentalmente. Qué demonios, no podía dejarla a la intemperie.

Dado que ella no decía nada, él tampoco abrió la boca. Se limitó a inclinarse, le pasó un brazo por detrás de las rodillas y el otro por la espalda y la levantó como si fuera una niña, haciendo caso omiso de su quejido de sorpresa. Mientras la llevaba a la camioneta, pensó que en realidad no pesaba mucho más que una niña, y notó el destello de sorpresa de unos ojos azules tras las gafas; luego, ella le pasó el brazo alrededor del cuello y se agarró a él con todas sus fuerzas, como si temiera que la dejara caer.

Wolf se la cambió de brazo para abrir la puerta de la camioneta y la depositó en el asiento. Después le sacudió enérgicamente la nieve de los pies y de las piernas. Oyó que ella gemía otra vez, pero no levantó la mirada. Cuando hubo acabado, se sacudió la nieve de los guantes y se dio la vuelta para sentarse tras el volante.

—¿Cuánto tiempo llevaba caminando? —masculló de mala gana.

Mary dio un respingo. No esperaba que su voz fuera tan profunda que casi reverberara. La calefacción de la camioneta le había empañado los cristales de las gafas y, al quitárselas, notó que le escocían las mejillas heladas al afluir a ellas la sangre.

—Yo... no mucho —balbució—. Unos quince minutos. Se me soltó uno de los manguitos del agua. Bueno, a mi coche, quiero decir.

Wolf la miró a tiempo de ver que se apresuraba a bajar los ojos y notó que se había puesto colorada. Bien, eso significaba que empezaba a entrar en calor. Además, estaba azorada; Wolf lo notaba en el modo en que se retorcía los dedos. ¿Creía acaso que iba a abalanzarse sobre ella y a violarla en el asiento del coche? A fin de cuentas, él era un indio resentido, capaz de cualquier cosa. Claro que, por la pinta que tenía ella, seguramente aquello era lo más emocionante que le había pasado nunca.

No estaban lejos de la casa del rancho y llegaron al cabo de un par de minutos. Wolf aparcó junto a la puerta de la cocina y salió; rodeó la camioneta y llegó a la puerta del acompañante justo cuando ella la abría y se disponía a bajar.

–Olvídelo –dijo, y la tomó de nuevo en brazos.

Al deslizarse ella del asiento, la falda se le subió hasta la mitad de los muslos. Ella se apresuró a bajársela, pero no sin que antes los ojos negros de Wolf examinaran sus piernas flacas, y al instante se puso aún más colorada.

El calor de la casa la envolvió, y respiró hondo, aliviada, sin notar apenas que él apartaba una silla de madera de la mesa y la depositaba sobre ella. Sin decir palabra, Wolf abrió el grifo y dejó correr el agua caliente. Luego se puso a llenar un barreño. De vez en cuando probaba el agua para ir regulando la temperatura.

En fin, Mary había alcanzado su destino, y aunque no había conseguido llegar como esperaba, bien podía abordar el objeto de su visita.

–Soy Mary Potter, la profesora nueva.

–Lo sé –dijo él secamente.

Los ojos de Mary se agrandaron mientras miraba su espalda ancha.

–¿Lo sabe?

–No hay muchos forasteros por aquí.

Mary se dio cuenta de que él no se había presentado y de pronto vaciló. ¿Estaba en el lugar adecuado?

—¿Es... es usted el señor Mackenzie?

Él la miró por encima del hombro, y Mary notó que sus ojos eran tan negros como la noche.

—Soy Wolf Mackenzie.

Ella se distrajo de inmediato.

—Supongo que sabrá que su nombre es muy poco frecuente. Es inglés antiguo...

—No —dijo él, dándose la vuelta con el barreño en la mano, y lo puso en el suelo, junto a los pies de Mary—. Es indio.

Ella parpadeó.

—¿Indio? —se sentía increíblemente estúpida. Debería haberlo adivinado por la negrura de su pelo y de sus ojos y por el color broncíneo de su piel, pero no se había dado cuenta. La mayoría de los hombres de Ruth tenían la piel curtida por la intemperie, y ella había pensado simplemente que era más moreno que los demás. Luego lo miró con el ceño fruncido y dijo con firmeza—: Mackenzie no es un apellido indio.

Él también frunció el ceño.

—Es escocés.

—Ah. ¿Es usted mestizo?

Hizo la pregunta con la misma naturalidad que si hubiera pedido indicaciones para llegar a algún sitio, y sus cejas suaves se arquearon inquisitivamente sobre sus ojos azules. Wolf rechinó los dientes.

—Sí —masculló.

Había algo tan irritante en la expresión remilgada de aquella mujer que le daban ganas de quitarle la cursilería de un buen susto. Luego notó que estaba temblando y dejó a un lado su irritación, al menos hasta que la hiciera entrar en calor. Sabía por la torpeza con que ella andaba cuando la había encontrado que estaba sufriendo los primeros síntomas de hipotermia. Se quitó su pesado abrigo y lo tiró a un lado; luego se puso a preparar café.

Mary guardó silencio mientras él hacía el café. No parecía muy hablador, aunque eso no iba a desanimarla. Tenía muchísimo frío; esperaría hasta haberse tomado una taza de aquel café, y luego empezaría otra vez. Levantó la mirada cuando él se dio la vuelta, pero Wolf tenía una expresión ilegible. Sin decir palabra, le quitó la bufanda de la cabeza y empezó a desabrocharle el abrigo. Sorprendida, ella dijo:

—Ya lo hago yo.

Pero tenía los dedos tan fríos que le dolían al moverlos. Él retrocedió y dejó que lo intentara un momento; luego le apartó las manos y acabó de desabrocharle el abrigo.

—¿Por qué me quita el abrigo, con el frío que tengo? —preguntó Mary, desconcertada, mientras él le bajaba las mangas.

—Para poder frotarle los brazos y las piernas.

Entonces procedió a quitarle los zapatos.

A Mary, aquella idea le resultaba tan ajena como la nieve. No estaba acostumbrada a que la tocaran, y no pensaba acostumbrarse. Se disponía a decírselo a Wolf Mackenzie, pero las palabras se disiparon sin llegar a salir de sus labios cuando de pronto él le metió las manos debajo de la falda, hasta la cintura. Mary dio un gritito de sorpresa y al echarse hacia atrás estuvo a punto de tirar la silla. Él se quedó mirándola, los ojos como hielo negro.

—No tiene por qué preocuparse —le espetó—. Hoy es sábado. Yo sólo violo los martes y los jueves —se le pasó por la cabeza arrojarla de nuevo a la nieve, pero no podía permitir que una mujer muriera congelada; ni siquiera una mujer blanca que parecía creer que iba a contaminarse si la tocaba.

Los ojos de Mary se hicieron tan grandes que eclipsaron el resto de su cara.

—¿Qué tienen de malo los sábados? —balbució, y entonces se dio cuenta de que prácticamente le había hecho una proposición, ¡por todos los santos! Se llevó las manos enguantadas a la cara, notando que una oleada de sonrojo le subía a las mejillas. Debía de habérsele helado el cerebro; era la única explicación.

Wolf levantó la cabeza bruscamente. No podía creer que ella hubiera dicho aquello. Unos ojos azules, grandes y horrorizados, lo miraban fijamente por encima de los guantes de cuero negros, que cubrían el resto de su cara pero no podían ocultar su intenso sonrojo. Hacía tanto tiempo que no veía ruborizarse a nadie que tardó un momento en darse cuenta de que ella estaba avergonzada. ¡Menuda mojigata! Era el último cliché que le faltaba a su imagen de maestra solterona y anticuada. El regocijo suavizó la irritación de Wolf. Aquello era probablemente el no va más de la vida de aquella mujer.

—Voy a quitarle las medias para que meta los pies en el agua —le explicó con voz gruñona.

—Ah —la voz de Mary sonó sofocada porque seguía tapándose la boca con las manos.

Él seguía con los brazos metidos bajo su falda y con las manos le agarraba las caderas. Casi involuntariamente notó su estrechez y su suavidad. Anticuada o no, la profesora seguía teniendo la suavidad de una mujer, el dulce olor de una mujer, y el corazón de Wolf empezó a latir más aprisa a medida que su cuerpo se desperezaba. Maldición, le hacía falta una mujer más de lo que creía, si aquella maestrita lo excitaba.

Mary se quedó muy quieta cuando un fornido brazo la rodeó y la levantó para que Wolf pudiera bajarle las medias. En aquella postura, la cabeza de él quedaba junto a sus pechos y su vientre. Mary miró su pelo negro, denso y lustroso. Él sólo tenía que volver la cabeza para rozar con la boca sus pechos. Mary había leído en algunos libros que los hombres se metían los pezones de las mujeres en la boca y los chupaban como lactantes, y siempre se había preguntado por qué. De pronto, al pensarlo, sintió que se quedaba sin aliento y que le cosquilleaban los pezones. Las manos ásperas y curtidas de Mackenzie le rozaban las piernas. ¿Cómo sería que le tocara los pechos? Empezaba a sentirse extrañamente sofocada y un poco aturdida.

Wolf tiró al suelo las finísimas medias sin mirarla. Se apoyó los pies de Mary sobre el muslo, colocó el barreño y le sumergió lentamente los pies. Se había asegurado de que el agua estuviera tibia, pero sabía que, incluso así, teniendo los pies tan fríos, a ella le resultaría doloroso. Mary contuvo el aliento pero no se quejó, a pesar de que Wolf advirtió el brillo de las lágrimas en sus ojos cuando levantó la mirada.

–No le dolerá mucho tiempo –murmuró para tranquilizarla, y se colocó de tal modo que sus piernas quedaron a ambos lados de las de ella, sujetándolas suavemente. Entonces le quitó los guantes con cuidado y se sorprendió al ver la delicadeza de sus manos frías y blancas. Las sostuvo entre las suyas un momento y, habiendo tomado una decisión, se acercó más a ella y comenzó a desabrocharse la camisa.

–Esto las calentará –dijo, y se metió las manos de Mary bajo las axilas.

Mary estaba muda de asombro. No podía creer que sus manos hubieran anidado como pájaros en las axilas de Mackenzie. El calor de su cuerpo le calentaba los dedos fríos. En realidad, no estaba tocando su piel; él llevaba puesta una camiseta. Nunca antes, sin embargo, había compartido un momento de mayor intimidad con otra persona. Axilas... Sí, todo el mundo tenía axilas, pero ella, por lo menos, no estaba acostumbrada a tocar las de los demás. Nunca antes se había sentido *arropada* por otra persona, y mucho menos por un hombre. Las recias piernas de Wolf atenazaban las suyas. Estaba un poco inclinada hacia delante, con las manos metidas bajo los brazos de Wolf, y de pronto él se puso a frotarle enérgicamente los brazos y los hombros, y luego los muslos. Mary dejó escapar un leve gemido de sorpresa. Apenas podía creer que aquello estuviera pasándole a ella, a Mary Elizabeth Potter, una maestra solterona corriente y moliente.

Wolf estaba enfrascado en su tarea, pero levantó la mirada al oír su quejido y vio sus grandes ojos azules. Eran de un azul extraño, pensó. Su tono tenía un viso gris. Azul pizarra, eso era. Notó vagamente que se le había deshecho el desmadejado moño en que se había recogido el pelo y que su cara aparecía enmarcada en sedosos mechones de color castaño claro. Su cara estaba muy cerca, a unos pocos centímetros de la de él. Tenía la piel más delicada que Wolf había visto nunca, fina como la de un recién nacido, tan clara y traslúcida que se veía la delicada tracería de las venas azules de sus sienes. Sólo los muy jóvenes debían tener una piel así. Mientras la observaba, el rubor comenzó de nuevo a teñir los pómulos de Mary, y Wolf sintió que iba quedándose involuntariamente hipnotizado ante aquella visión. Se preguntaba si su piel sería tan tersa y delicada en todas partes: en los pechos, en la tripa, en los muslos, entre las piernas... Aquella idea le produjo una sacudida eléctrica que le erizó los nervios. ¡Qué bien olía! Pero seguramente se levantaría de un salto si le subía la falda, como deseaba, y hundía la cara entre sus tersos muslos.

Mary se lamió los labios, ajena al modo en que los ojos de Wolf seguían el movimiento de su lengua. Tenía que decir algo, pero no sabía qué. La proximidad de Wolf parecía haberle paralizado el pensamiento. ¡Cielo santo, qué calentito estaba! ¡Y qué cerca! Tenía que recordar a qué había ido allí, en vez de comportarse como una boba sólo porque un hombre guapo y viril, aunque un tanto tosco, se acercara a ella. Se lamió los labios otra vez, carraspeó y dijo:

—Yo... eh... he venido a hablar con Joe, si es posible.

La expresión de Wolf cambió muy poco, pero Mary tuvo la impresión de que se distanciaba de ella de pronto.

—Joe no está aquí. Está haciendo cosas.
—Entiendo. ¿Y cuándo volverá?
—Dentro de una hora. Puede que de dos.
Ella lo miró con cierta incredulidad.
—¿Usted es su padre?
—Sí.
—¿Su madre está...?
—Muerta.
Aquella palabra cruda y desolada desconcertó a Mary, quien al mismo tiempo sintió una leve y sorprendente sensación de alivio. Desvió la mirada otra vez.
—¿Qué le parece que Joe haya dejado el colegio?
—Fue decisión suya.
—¡Pero sólo tiene dieciséis años! Es un crío y...
—Es indio —la interrumpió Wolf—. Es un hombre.
Mary sintió un arrebato de rabia y de indignación. Apartó las manos de las axilas de Wolf y puso los brazos en jarras.
—¿Qué tiene que ver eso? Su hijo tiene dieciséis años y debe seguir estudiando.
—Sabe leer, escribir y hacer cuentas. Y también sabe todo lo que hay que saber para entrenar un caballo y llevar un rancho. Fue él quien decidió dejar el colegio y ponerse a trabajar. Éste es mi rancho, y mi montaña. Algún día será suyo. Fue él quien decidió a qué quería dedicarse. Y es a entrenar caballos.
A Wolf lo molestaba dar explicaciones sobre sus asuntos y los de su hijo, pero aquella maestrita respondona y desastrada tenía algo que lo impulsaba a responder. Ella no parecía darse cuenta de que eran in-

dios; lo sabía en un sentido intelectual, desde luego, pero estaba claro que ignoraba lo que *suponía* ser indio, y ser Wolf Mackenzie en particular, y que todo el mundo lo mirara con desprecio.

—De todos modos, me gustaría hablar con él —dijo Mary con obstinación.

—Eso que lo decida él. Puede que no quiera hablar con usted.

—¿No va a intentar influir en su opinión?

—No.

—¿Por qué no? ¡Por lo menos debería haber intentado que siguiera en el colegio!

Wolf se acercó a ella hasta que sus narices casi se tocaron. Mary miró pasmada sus ojos negros.

—Mi hijo es indio, señora. Puede que no sepa usted lo que eso significa. Y qué va a saber usted. Usted es blanca. Los indios no somos bien recibidos en ninguna parte. La educación que tiene mi hijo se la ha buscado él solo, sin la ayuda de ninguna profesora blanca. Nunca le hacían caso, y cuando se lo hacían era para insultarlo. ¿Por qué iba a querer volver?

Mary tragó saliva, alarmada por aquel estallido de cólera. No estaba acostumbrada a que los hombres le gritaran improperios a la cara. A decir verdad, no estaba acostumbrada a los hombres en absoluto. De jovencita, los chicos no la habían hecho caso por empollona y feúcha, y al hacerse mayor las cosas no habían cambiado mucho. Palideció un poco, pero estaba tan convencida de los beneficios de una buena educación que no se dejó intimidar. Las personas grandes solían apabullar a las pequeñas, seguramente sin darse cuenta, pero no iba a darse por vencida sólo porque aquel hombre fuera más grande que ella.

—Era el mejor de su clase —dijo con energía—. Si lo consiguió solo, imagínese lo que podría hacer con un poco de ayuda.

Wolf se irguió en toda su estatura, cerniéndose sobre ella.

—Ya le he dicho que eso tiene que decidirlo él.

El café estaba listo hacía rato. Wolf se volvió para servir una taza y se la dio. El silencio se hizo otra vez entre ellos. Él se apoyó en los armarios y la observó beber delicadamente, como un gato. Delicada, sí, eso era. No era diminuta; medía tal vez un metro sesenta, pero era de complexión menuda. Wolf bajó los ojos hacia sus pechos, que se adivinaban bajo el anticuado vestido azul. No eran grandes, pero parecían bonitos y redondos. Se preguntó si sus pezones serían de un tierno rosa claro o de un beige rosado, si sería capaz de acogerlo holgadamente en el interior de su cuerpo, si estaría tan tensa que se volvería loco...

Wolf atajó bruscamente aquellos pensamientos. Maldición, debería llevar grabada a fuego en el alma aquella lección. Las blancas podían coquetear con él y revolotear a su alrededor, pero, a la hora de la verdad, pocas querían liarse con un indio. Aquella cursi ni siquiera estaba coqueteando, así que ¿por qué se estaba excitando tanto? Quizá porque era una cursi. No paraba de imaginarse cómo sería su cuerpecillo bajo aquel horrendo vestido, desnudo y tendido sobre las sábanas.

Mary dejó a un lado la taza.

—Ya he entrado en calor. Gracias, el café me ha sentado muy bien –el café, y el modo en que le había frotado todo el cuerpo, pero eso no pensaba decírselo. Levantó la mirada hacia él y vaciló, indecisa, al ver la expresión de sus ojos negros. Ignoraba qué era, pero había en él algo que hacía que se le acelerara el pulso y que se turbara levemente. ¿Le estaba mirando los pechos?

—Creo que le quedará bien la ropa vieja de Joe –dijo él con voz y semblante inexpresivos.

—No necesito ropa. Quiero decir que la que llevo es perfectamente...

—Ridícula –la interrumpió él–. Esto es Wyoming, señora, no Nueva Orleáns, o de dondequiera que venga usted.

—De Savannah –dijo ella.

Él empezó a rezongar, lo cual parecía ser uno de sus medios de comunicación esenciales, y sacó una toalla de un cajón. Se arrodilló, le sacó los pies del agua y se los envolvió en la toalla, frotándoselos con una delicadeza tan acusada que contrastaba vivamente con la hostilidad apenas velada de su actitud. Luego se puso en pie y dijo:

—Venga conmigo.

—¿Adónde?

—Al dormitorio –Mary se quedó parada, parpadeando, y una agria sonrisa torció la boca de Wolf–. No se preocupe –dijo con aspereza–. Intentaré controlar mis salvajes apetitos, y en cuanto se cambie de ropa podrá largarse de mi montaña.

Mary se puso de pie y levantó la barbilla. Su boca tenía un mohín remilgado.

—No es necesario que se burle de mí, señor Mackenzie —dijo con calma, a pesar de que le costó un arduo esfuerzo modular la voz. Sabía que no era muy atractiva; no necesitaba que nadie se lo recordara con sarcasmo. Por lo general, su propia insignificancia no la inquietaba. La había asumido como un hecho inalterable, como que el sol saliera por el este. El señor Mackenzie, sin embargo, la hacía sentirse extrañamente indefensa, y le resultaba sorprendentemente doloroso que le hubiera dicho tan a las claras lo poco atractiva que era.

Las cejas de Wolf, rectas y negras, se juntaron sobre su nariz aguileña.

—No me estaba burlando de usted —replicó—. Hablaba muy en serio, señora. Quiero que se largue de mi montaña.

—Entonces me marcharé, por supuesto —contestó ella con firmeza—. Pero insisto en que no era necesario que se burlara de mí.

Él puso los brazos en jarras.

—¿Burlarme de usted? ¿Cómo?

El sonrojo cubrió la tez exquisita de Mary, pero sus ojos azul grisáceo no vacilaron.

—Sé que no soy una mujer atractiva, de ésas que despiertan los... eh... apetitos salvajes de los hombres.

Estaba hablando en serio. Diez minutos antes, Wolf habría estado de acuerdo con ella en que era anodina, y bien sabía Dios que no vestía muy a la moda, pero no dejaba de asombrarlo que no pareciera darse cuenta de lo que significaba que él fuera indio, ni de lo que había querido decir con su sarcasmo, ni siquiera de que su cercanía le había producido una fuerte excitación. El pálpito de su sexo, todavía perceptible, le recordó que aquella excitación no se había disipado aún. Dejó escapar una áspera risotada carente de humor. ¿Por qué no darle un poco más de color a la vida de aquella mujer? Cuando oyera la verdad pura y dura, se largaría a todo correr de su montaña.

—No estaba bromeando, ni burlándome de usted —dijo, y sus ojos negros brillaron—. Tocarla así, estar tan cerca de usted que podía oler su dulzura, ha hecho que me excitara.

Ella lo miró con perplejidad.

—¿Que se excitara? —preguntó, pasmada.

—Sí —ella siguió mirándolo como si hablara otro idioma, y Wolf añadió con impaciencia—: O que me ha puesto cachondo, como quiera decirlo.

Ella se apartó un mechón de pelo suave que había escapado de sus horquillas.

—Se está burlando otra vez de mí —le reprochó. Aquello era imposible. Ella nunca había puesto... Nunca había excitado a un hombre.

Wolf estaba molesto, además de excitado. Había aprendido a dominarse férreamente cuando trataba con blancos, pero aquella mujercita tan remilgada tenía algo que se le metía bajo la piel. Se sentía tan lleno de frustración que creía estar a punto de estallar. No pretendía tocarla, pero de pronto descubrió sus manos sobre la cintura de ella, atrayéndola hacia sí.

–Puede que necesite una demostración –dijo con voz baja y áspera, y se inclinó para besarla.

Mary empezó a temblar, aturdida por la impresión. Sus ojos se agrandaron hasta hacerse enormes mientras los labios de Wolf se movían sobre los suyos. Él tenía los ojos cerrados. Mary veía cada una de sus pestañas, y por un instante le maravilló lo densas que eran. Luego él, que seguía agarrándola por la cintura, la apretó contra su cuerpo recio y Mary dejó escapar un gemido de sorpresa. Wolf aprovechó que había abierto la boca para introducirle la lengua. Ella se estremeció otra vez y cerró los ojos despacio, al tiempo que un extraño calorcillo comenzaba a extenderse por su cuerpo. Aquella sensación placentera resultaba extraña, y era tan intensa que la asustaba. Un sinfín de sensaciones nuevas la asaltaban y la aturdían. Estaba la firmeza de los labios de Wolf, su sabor embriagador, la turbadora intimidad de su lengua, que rozaba la suya como si la invitara a jugar. Notaba el calor de su cuerpo; sentía el olor cálido y almizclado de su piel. Tenía los suaves pechos apretados contra el torso plano y musculoso de Wolf, y los pezones volvían a cosquillearle de aquella manera tan extraña y embarazosa.

De pronto, Wolf levantó la cabeza y Mary abrió los

ojos, desilusionada. La mirada negra de Wolf parecía quemarla.

—Bésame tú —masculló él.

—No sé cómo —balbució Mary, todavía incapaz de creer que aquello estuviera sucediendo.

La voz de Wolf sonaba casi gutural.

—Así —se apoderó otra vez de su boca, y esta vez ella abrió los labios de inmediato, ansiosa por franquearle la entrada a su lengua y sentir de nuevo aquel placer extraño y ondulante. Él ciñó sus labios con fiero placer al tiempo que le enseñaba cómo debía devolverle la presión. Su lengua tocó de nuevo la de ella, y esta vez Mary respondió tímidamente, saliendo al paso del asalto de Wolf con leves caricias propias. Era demasiado inexperta para comprender lo que significaba su rendición, pero la respiración de Wolf se hizo más rápida y somera, y su beso más ávido y más urgente.

Una excitación aterradora, que iba más allá del simple placer, se extendió por el cuerpo de Mary, convirtiéndose en ansia. Ya no tenía frío. Ardía por dentro y su corazón latía tan fuerte que sentía cómo le golpeaba las costillas. Así que a aquello se refería él cuando decía que lo había puesto cachondo. Ella también estaba cachonda, y la asombraba pensar que él pudiera sentir aquel mismo anhelo ansioso, aquel portentoso deseo. Profirió un sonido débil e involuntario y se arrimó más a él, no sabiendo cómo dominar las sensaciones que los diestros besos de Wolf agitaban en ella.

Wolf le apretó la cintura y un ruido áspero y bajo resonó en su garganta. Luego la levantó en brazos, la apretó contra sí y pegó las caderas de Mary a las suyas para mostrarle en qué estado se hallaba.

Mary no sabía que aquello podía ser así. Ignoraba que el deseo pudiera producir aquel ardor, pudiera hacerle olvidar las advertencias de tía Ardith acerca de los hombres y de las porquerías que les gustaba hacerles a las mujeres. Mary había llegado por su cuenta a la muy juiciosa conclusión de que aquellas cosas no podían ser porquerías, o las mujeres no las consentirían, pero pese a todo nunca había coqueteado o intentado buscar novio. Los hombres que había conocido en la universidad y en el trabajo le habían parecido personas normales, no aviesos sátiros; se sentía a gusto con ellos, y a algunos incluso los consideraba sus amigos. Lo que sucedía era, sencillamente, que ella no era sexy. Ningún hombre había echado la puerta abajo para salir con ella; ni siquiera se había molestado en marcar su número de teléfono, de modo que su relación con el sexo masculino no la había preparado para la fortaleza de los brazos de Wolf Mackenzie, para el ansia de sus besos o para la dureza de su miembro, que él apretaba contra su pubis. Y tampoco había sospechado nunca que ella pudiera desear algo más.

Cerró inconscientemente los brazos alrededor del cuello de Wolf y empezó a restregarse contra él, presa de una frustración creciente. Sentía el cuerpo en llamas, vacío, tirante y ansioso al mismo tiempo, y carecía de la experiencia necesaria para dominarse. Aquellas sensaciones, extrañas para ella, eran como una ola que ahogaba su mente y colapsaba sus neuronas.

Wolf echó la cabeza hacia atrás y apretó los dientes mientras intentaba dominarse. Bajó la mirada hacia ella y un fuego negro iluminó sus ojos. Sus besos habían dejado los suaves labios de Mary rojos e hinchados, y un rosa delicado coloreaba su piel de porcelana traslúcida. Ella abrió los párpados pesadamente y lo miró despacio. El pelo castaño claro se le había soltado por completo del moño, y caía, sedoso, alrededor de su cara y de sus hombros. Su semblante traslucía deseo; estaba despeinada y sofocada, como si Wolf hubiera hecho algo más que besarla, y así era, en efecto, en su imaginación. La notaba ligera y delicada entre sus brazos, a pesar de que Mary se restregaba contra él con un ansia semejante a la suya.

Podría llevársela a la cama en ese mismo instante. Sabía que estaba muy excitada. Pero, cuando lo hiciera, sería porque ella hubiera tomado la decisión conscientemente, no porque estuviera tan turbada que ni siquiera sabía lo que hacía. Su falta de experiencia resultaba evidente. Hasta había tenido que enseñarle a besar... Su pensamiento se detuvo tan bruscamente como si hubiera chocado contra una pared, y de pronto comprendió lo que significaba la inexperiencia de Mary. ¡Dios santo, era virgen!

Aquella idea le dio vértigo. Mary lo estaba mirando con aquellos ojos azul grisáceo, a un tiempo inocentes e inquisitivos, lánguidos y llenos de deseo, como si esperara que diera el siguiente paso. No sabía qué hacer. Tenía los brazos cerrados en torno a su cuello, su cuerpo se apretaba con fuerza contra el de él, y sus piernas se habían separado un poco para permitir que Wolf encontrara acomodo entre ellas, y ella aguardaba porque ignoraba cómo proceder. Nunca la habían besado. Ningún hombre había tocado aquellos pechos suaves, ni se había metido sus pezones en la boca. Ningún hombre la había amado.

Con los ojos todavía fijos en ella, Wolf se tragó el nudo que amenazaba con asfixiarlo.

—Dios Todopoderoso, señora, esto casi se nos va de las manos.

Ella parpadeó.

—¿Sí? —su tono era remilgado; sus palabras, claras; pero sus ojos seguían teniendo aquella mirada brumosa.

Wolf dejó que el cuerpo de Mary se deslizara por el suyo lentamente, porque no quería soltarla, y con delicadeza, porque sabía que tenía que hacerlo, hasta que la dejó otra vez en el suelo. Ella desconocía las consecuencias que podía tener aquello, pero él no. Él era Wolf Mackenzie, el mestizo, y ella era la maestra. Los buenos ciudadanos de Ruth no querrían que tratase con él; estaba a cargo de sus hijos adolescentes, sobre cuya moral, todavía titubeante, ejercía una influencia desmedida. Ningún padre querría que su hija, adolescente e impresionable, recibiera enseñanzas de una mujer que estaba liada con un indio que había estado en la cárcel. ¡Cielo santo, pero si hasta podía seducir a sus hijos! Los antecedentes penales de Wolf podían pasarse por alto, pero su origen racial jamás.

De modo que tenía que apartarse de ella, por más que deseara llevársela a su cuarto y enseñarle lo que pasaba entre un hombre y una mujer.

Ella seguía colgada de su cuello, con los dedos escondidos entre el pelo de su nuca. Parecía incapaz de moverse. Wolf la agarró de las muñecas y le apartó las manos.

—Será mejor que vuelva luego.

Una voz desconocida se introdujo en el ensueño de Mary, poblado por sensaciones recién descubiertas. Se apartó, sofocada, y se giró para mirar al recién llegado. Junto a la puerta de la cocina había un chico alto y moreno, con el sombrero en la mano.

—Perdona, papá. No quería interrumpir.

Wolf se apartó de ella.

—Quédate. De todos modos, ha venido a verte a ti.

El chico la miró extrañado.

—Cualquiera lo diría.

Wolf se limitó a encogerse de hombros.

—Es la señorita Mary Potter, la profesora nueva. Señorita Potter, mi hijo Joe.

A pesar de que estaba azorada, a Mary le extrañó que la llamara «señorita Potter» después de los instantes de intimidad que acababan de compartir. Pero él parecía tan tranquilo y comedido como si aquello no lo hubiera afectado en absoluto. Ella, en cambio, todavía sentía la vibración discordante de cada uno de sus nervios. Quería lanzarse en sus brazos y rendirse a aquel fuego que todo lo rodeaba.

Se quedó, sin embargo, allí parada, con los brazos tiesos junto a los costados y la cara colorada, y se obligó a mirar a Joe Mackenzie. Había ido a ver al chico; no podía olvidarlo. Mientras su turbación se disipaba, se fue dando cuenta de que Joe se parecía mucho a su padre. Tenía sólo dieciséis años, pero medía ya un metro ochenta y la anchura de sus hombros, todavía inmaduros, auguraba que algún día llegaría a igualar a Wolf en estatura y fortaleza. Su cara de poderosa estructura ósea y expresión altiva, y sus rasgos cincelados con precisión, parecían una versión rejuvenecida del rostro de Wolf. Era tranquilo y comedido, demasiado quizá para un chaval de dieciséis años, y sus ojos eran de un extraño azul claro y brillante. Aquellos ojos parecían contener algo indomable, y también una especie de amarga resignación y un conocimiento que lo hacían parecer mayor. Era sin duda el hijo de su padre.

Mary no pensaba darse por vencida con él. Le tendió la mano.

—Me gustaría hablar contigo, Joe.

El chico mantuvo su expresión distante, pero cruzó la cocina para estrecharle la mano.

—No sé por qué.

—Has dejado el colegio —aquella afirmación no requería constatación, pero Joe asintió con la cabeza. Mary respiró hondo—. ¿Puedo preguntar por qué?

—No se me había perdido nada allí.

A Mary la molestó aquella aseveración lisa y serena. No percibía en aquel extraño muchacho incertidumbre alguna. Tal y como Wolf había dicho, Joe había tomado una decisión y no pensaba cambiar de idea. Intentó pensar en otro modo de abordar la cuestión, pero la voz profunda y calmosa de Wolf se interpuso en su camino.

—Señorita Potter, pueden seguir hablando cuando se haya cambiado de ropa. Joe, ¿no tienes por ahí algún pantalón viejo que pueda servirle?

Mary vio, asombrada, que el chico la miraba de arriba abajo con ojo experto.

—Creo que sí. Quizá los que me ponía cuando tenía

diez años −sus ojos azules y diamantinos brillaron un instante, burlones, y Mary tensó la boca remilgadamente. ¿Por qué se empeñaban los Mackenzie en hacer notar su falta de atractivo?

−Calcetines, camisa, botas y chaqueta −añadió Wolf a la lista−. Las botas le quedarán grandes, pero con dos pares de calcetines no se le saldrán.

−Señor Mackenzie, le aseguro que no necesito cambiarme de ropa. Con lo que llevo puesto me bastará hasta que llegue a casa.

−No, nada de eso. Hoy la temperatura máxima será de unos diez grados bajo cero. No va a salir usted de esta casa con las piernas desnudas y esos estúpidos zapatos.

¿Aquellos zapatos tan juiciosos eran de pronto estúpidos? Mary sintió el impulso de salir en defensa de sus zapatos, pero recordó de inmediato que la nieve se le había metido dentro y le había helado los pies. Lo que en Savannah era sensato en invierno resultaba descabellado en Wyoming.

−Muy bien −dijo, pero sólo porque, a fin de cuentas, era lo más juicioso. Aun así, la incomodaba aceptar la ropa de Joe, aunque fuera por poco tiempo. Nunca se había puesto la ropa de otra persona; ni siquiera siendo adolescente había intercambiado blusas o sudaderas con sus amigas. A la tía Ardith aquellas confianzas le parecían de mala educación.

−Yo iré a echarle un vistazo a su coche mientras se cambia −Wolf se puso la chaqueta y el sombrero sin molestarse en mirarla y salió.

−Por aquí −dijo Joe, indicándole que lo siguiera.

Mary echó a andar tras él, y Joe giró la cabeza–. ¿Qué le ha pasado a su coche?

–Se le soltado un manguito del agua.

–¿Dónde está?

Ella se detuvo.

–En la carretera. ¿No lo has visto al subir? –de pronto se le ocurrió una idea espantosa. ¿Se habría despeñado su coche montaña abajo?

–He subido por la cara delantera de la montaña. No es tan empinada –de nuevo parecía burlón–. ¿De veras ha intentado subir por la carretera de atrás en coche, usted que no está acostumbrada a conducir con nieve?

–No sabía que ésa era la carretera de atrás. Pensaba que era la única que había. ¿Es que no habría podido subir? Llevo neumáticos antinieve.

–Tal vez.

Mary notó que no parecía muy seguro de sus habilidades, pero no dijo nada porque ella tampoco se sentía muy segura de sí misma. Joe la condujo a través de un cuarto de estar rústico pero cómodo y por un corto pasillo, hasta llegar a una puerta abierta.

–Mi ropa vieja está guardada en el trastero, pero no tardaré en sacarla. Puede cambiarse aquí. Es mi cuarto.

–Gracias –murmuró ella al entrar en la habitación.

El dormitorio de Joe era tan rústico como el cuarto de estar, con sus vigas al aire y sus gruesas paredes de madera. No había nada en aquella habitación que indicara que pertenecía a un adolescente: ni equipación deportiva de ninguna clase, ni ropa por el suelo. En un rincón había una silla de respaldo recto. Junto a la cama, las estanterías se extendían del suelo al techo.

Saltaba a la vista que las baldas estaban hechas a mano, pero sin embargo no eran toscas. Habían sido pulidas, lijadas y barnizadas. Estaban atestadas de libros, y la curiosidad empujó a Mary a examinar los títulos.

Tardó un momento en darse cuenta de que todos ellos estaban relacionados de un modo u otro con la aviación, desde los experimentos aeronáuticos de Da Vinci a *Kitty Hawk*, pasando por la exploración del espacio. Había libros sobre bombarderos, cazas, helicópteros, aviones-radar, reactores y aviones cisterna; libros sobre combates aéreos de todas las guerras desde que los pilotos se dispararon por primera vez con pistolas en la Primera Guerra Mundial; libros sobre aeronaves experimentales, sobre tácticas de combate, sobre diseño de alas y motores.

—Aquí tiene la ropa —Joe entró sin hacer ruido y dejó la ropa sobre la cama. Mary lo miró, pero el chico no se inmutó.

—Te gustan los aviones —dijo, y se avergonzó de su propia banalidad.

—Sí, me gustan —admitió él sin inflexión en la voz.

—¿Has pensado en dar clases de vuelo?

—Sí —sin embargo, no añadió nada más a aquella seca respuesta. Se limitó a salir de la habitación cerrando la puerta tras él.

Mary estuvo pensando mientras se quitaba lentamente el vestido y se ponía la ropa que le había llevado Joe. Aquellos libros no indicaban mero interés por la aviación, sino una auténtica obsesión. Las obsesiones eran cosas curiosas; las insanas podían destrozarle a uno la vida; otras, en cambio, impulsaban a algunas personas a alcanzar estratos más elevados de la existencia, las hacían brillar con luz más fuerte, arder con un fuego más intenso, y en caso de que no fueran alimentadas, hacían que se fueran marchitando y que sus vidas se consumieran por inanición del espíritu. Si estaba en lo cierto, acababa de encontrar un modo de llegar hasta Joe y hacerlo volver al colegio.

Los vaqueros le quedaban bien. Irritada al comprobar de nuevo que tenía la figura de un niño de diez años, se puso la camisa de franela, que le quedaba grande, y se la abrochó. Luego se la arremangó por encima de las manos. Tal y como Wolf había dicho, las botas, muy gastadas, le quedaban grandes, pero los dos pares de calcetines le acolchaban lo suficiente los pies como para que no se le salieran por los talones. Daban un calorcito delicioso, y Mary resolvió arañar dinero de aquí y de allá hasta que pudiera comprarse un buen par de botas.

Joe estaba echando leña al fuego de la enorme chimenea de piedra cuando entró, y una leve sonrisa tensó su boca al verla.

—Le aseguro que no se parece usted nada a la señorita Langdale, ni a ninguna otra maestra que haya conocido.

Ella juntó las manos.

—La apariencia no tiene nada que ver con la capacidad. Soy muy buena profesora..., aunque parezca un niño de diez años.

—De doce. Yo me ponía esos pantalones cuando tenía doce años.

—Menudo consuelo —él se echó a reír y Mary se sintió satisfecha porque tenía la sensación de que ni Joe ni su padre se reían mucho–. ¿Por qué dejaste el colegio?

Había aprendido que, si se repetían una y otra vez las mismas preguntas, a menudo se obtenían respuestas distintas y al final se terminaban las evasivas y acababa aflorando la verdad. Joe, sin embargo, se quedó mirándola con fijeza y volvió a darle la misma respuesta.

–No se me había perdido nada allí.

–¿No tenías nada más que aprender?

–Soy indio, señorita Potter. Un mestizo. Lo que he aprendido lo he aprendido solo.

Mary se quedó callada un momento.

–¿La señora Langdale no...? –se detuvo, no sabiendo cómo formular la pregunta siguiente.

–Yo era invisible –la voz juvenil de Joe sonó ásperamente–. Desde que empecé a ir al colegio. Nadie se molestaba en explicarme nada, en hacerme preguntas, ni en contar conmigo para nada. Hasta me extrañaba que me corrigieran los trabajos.

–Pero eras el primero de tu clase.

Él se encogió de hombros.

–Me gustan los libros.

–¿No echas de menos el colegio? ¿Aprender?

–Puedo leer sin ir al colegio, y si me quedo aquí todo el día puedo ayudar a mi padre. Sé mucho de caballos, señora, tal vez más que cualquiera de por aquí, excepto mi padre, y eso no lo aprendí en la escuela. Este rancho será mío algún día. Mi vida está aquí. ¿Para qué iba a perder el tiempo yendo al colegio?

Mary respiró hondo y sacó el as que tenía en la manga.

—Para aprender a volar.

Joe no pudo impedir que en sus ojos apareciera un brillo ávido que, sin embargo, se extinguió de inmediato.

—En el instituto de Ruth no puedo aprender a volar. Puede que algún día dé clases.

—No me refería a clases de vuelo. Me refería a la Academia de las Fuerzas Aéreas.

La tez broncínea de Joe palideció de repente. Esta vez, Mary no distinguió un brillo de avidez, sino un deseo profundo y angustiado cuya fuerza la impresionó como si Joe acabara de vislumbrar un atisbo del cielo. Él giró la cabeza y de pronto pareció más mayor.

—No intente engañarme. Eso es imposible.

—¿Por qué? He visto tu expediente. Tu nota media es bastante alta.

—Pero he dejado el colegio.

—Puedes volver.

—¿Con el tiempo que he perdido? Tendría que repetir curso, y no pienso quedarme sentado de brazos cruzados mientras esos capullos me llaman indio estúpido.

—No has perdido tanto tiempo. Yo podría darte clases, ponerte al día. Así podrías empezar el último curso en otoño. Soy profesora titulada, Joe, y para que lo sepas tengo excelentes credenciales. Puedo darte todas las clases particulares que quieras.

Joe agarró un atizador y clavó su punta en un leño del que salió volando una lluvia de chispas.

—¿Y de qué serviría? —masculló—. La Academia no es una universidad en la que uno hace un examen de ingreso, paga la matrícula y entra.

—No. Lo normal es que te recomiende un congresista de tu estado.

—Sí, ya, pero no creo que ningún congresista vaya a recomendar a un indio. Los indios estamos en los últimos puestos de la lista de gente a la que está de moda ayudar. O en el último, mejor dicho.

—Me parece que le das demasiada importancia a tu origen —dijo Mary con calma—. Puedes echarle la culpa de todo al hecho de ser indio o puedes seguir adelante con tu vida. No puedes hacer nada para impedir que los demás reaccionen como lo hacen, pero sí que puedes cambiar el modo en que reaccionas tú. No tienes ni idea de qué hará un congresista, así que ¿por qué tiras la toalla sin intentarlo siquiera? ¿Acaso eres un perdedor?

Él se irguió; sus ojos claros tenían una expresión feroz.

—Creo que no.

—Entonces, ya va siendo hora de averiguarlo, ¿no crees? ¿Deseas volar lo bastante como para luchar por ese privilegio? ¿O quieres morirte sin saber siquiera lo que es sentarse en la cabina de un avión?

—No se anda usted con chiquitas, señora —musitó Joe.

—A veces hace falta darle un palo en la cabeza a la gente para que reaccione. ¿Tienes agallas para intentarlo?

—Pero ¿y usted? A la gente de Ruth no le hará ninguna gracia que me dedique tanto tiempo. Lo tendría muy crudo si estuviera solo, pero estando mi padre, lo tengo el doble de crudo.

—Si a alguien lo molesta que te dé clases particulares, le pondré las cosas claras —dijo ella con firmeza—. Entrar en la Academia es un honor, y ésa es nuestra meta. Si dejas que te dé clases, me pondré a escribir a los congresistas de Wyoming inmediatamente. Creo que ya va siendo hora de que tu origen racial juegue a tu favor.

Resultaba asombroso lo altivo que podía parecer aquel rostro tan joven.

—No quiero ese honor si sólo me lo dan porque soy indio.

—No seas ridículo —lo reprendió ella—. No van a aceptarte en la Academia sólo porque seas medio indio. Pero si el hecho de que lo seas atrae el interés de los políticos, por mí estupendo. Así tendrán más presente tu nombre. Pero el superar las pruebas de admisión sólo dependerá de ti.

Joe se pasó la mano por el pelo negro; luego se acercó a la ventana, inquieto, y se quedó mirando el blanco paisaje.

—¿De veras cree que es posible?

—Claro que es posible. No es seguro, pero es posible. ¿Podrás volver a mirarte al espejo si no lo intentas? ¿Si no lo intentamos?

Mary ignoraba qué había que hacer para que un congresista se interesara por un alumno y recomendara su ingreso en la Academia, pero estaba dispuesta a escribir una vez por semana a cuantos senadores y representantes por Wyoming hubiera en el Congreso hasta que lo averiguara.

—Si aceptara, tendría que ser por la noche. Aquí tengo mucho trabajo.

—Por la noche me viene bien. Hasta a medianoche me parecería bien, con tal de que vuelvas al colegio.

Él le lanzó una mirada inquisitiva.

–Habla en serio, ¿verdad? De veras le importa que haya dejado el instituto.

–Claro que me importa.

–Aquí no hay claro que valga. Ya se lo he dicho, a ningún profesor le importaba que apareciera por clase. Seguramente se alegraban de que no fuera.

–Bueno –dijo ella con su voz más enérgica–, pues a mí sí me importa. Me dedico a la enseñanza, y si no puedo enseñar y sentir al mismo tiempo que estoy haciendo algo que vale la pena, pierdo parte de lo que soy. ¿No es eso lo que sientes tú respecto a volar? ¿Que tienes que hacerlo o te morirás?

–Lo deseo tanto que me hace sufrir –reconoció él con voz áspera.

–He leído en alguna parte que volar es como lanzar tu alma al cielo y correr para alcanzarla mientras cae.

–No creo que la mía se cayera –murmuró Joe mientras miraba el cielo claro y frío.

Lo miraba absorto, como si el paraíso le hiciera señas desde lo alto, como si pudiera contemplarlo eternamente. Quizá estuviera imaginándose allá arriba, libre y salvaje, con una máquina poderosa rugiendo bajo él, subiendo cada vez más alto. Luego se estremeció, sacudiéndose visiblemente aquel ensueño, y se volvió hacia ella.

–Está bien, profesora, ¿cuándo empezamos?

–Esta noche. Ya has perdido bastante tiempo.

–¿Cuánto tardaré en ponerme al día?

Ella le lanzó una mirada mordaz.

–¿Ponerte al día? Los vas a dejar atrás. El tiempo que tardes depende de lo que te esfuerces.

—Sí, señora —dijo él, y sonrió un poco.

Mary pensó que de pronto parecía otra vez más joven, más niño. Era, en todos los sentidos, mucho más maduro que los chavales de su edad que iban a las clases de Mary, pero parecía que acababan de quitarle un gran peso de encima. Si volar significaba tanto para él, ¿qué había sentido al condenarse a un futuro que le negaba su mayor deseo?

—¿Puedes estar en mi casa a las seis? ¿O prefieres que venga yo aquí? —Mary pensó en aquella carretera de noche y con nieve y se preguntó si sería capaz de llegar si Joe prefería que fuera ella al rancho.

—Como no está acostumbrada a conducir con tanta nieve, iré yo a su casa. ¿Dónde vive?

—Baja por la carretera de atrás y gira a la izquierda. Es la primera casa a la izquierda —se quedó pensando un momento—. Bueno, creo que en realidad en la única que hay.

—Sí. No hay más casas en ocho kilómetros a la redonda. Es la vieja casa de los Witcher.

—Eso me han dicho. La junta escolar ha sido muy amable por proporcionarme un lugar donde vivir.

Joe parecía poco convencido.

—Será que no tenían otro modo de conseguir una profesora a mitad de curso.

—Bueno, en cualquier caso se lo agradezco —dijo ella con firmeza, y miró por la ventana—. ¿No debería haber vuelto ya tu padre?

—Depende de lo que se haya encontrado. Si puede, arreglará el coche allí mismo. Mire, ahí viene.

La camioneta negra se detuvo rugiendo delante de

la casa y Wolf se bajó de ella. Subió al porche, dio unos zapatazos para quitarse la nieve de las botas y abrió la puerta. Su mirada fría y negra brilló un instante sobre su hijo y luego sobre Mary. Sus ojos se agrandaron levemente mientras examinaba las esbeltas curvas que dejaban al descubierto los viejos vaqueros de Joe, pero no hizo ningún comentario al respecto.

–Recoja sus cosas –le dijo a Mary–. Tengo un manguito de sobra que sirve para su coche. Se lo pondremos y la llevaré a casa.

–Puedo ir en mi coche –contestó ella–. Pero gracias por tomarse tantas molestias. ¿Cuánto es el manguito? Quiero pagárselo.

–Considérelo una muestra de amabilidad vecinal hacia una recién llegada. Aun así, la llevaremos a casa. Prefiero que aprenda a conducir con nieve en otro sitio, no en mi montaña.

Su rostro atezado parecía inexpresivo, como siempre, pero Mary tuvo la sensación de que había tomado una decisión y no pensaba dar su brazo a torcer. Fue a buscar su vestido a la habitación de Joe y el resto de sus cosas a la cocina. Cuando regresó al cuarto de estar, Wolf le dio una gruesa trenca para que se la pusiera. Mary se la puso. La trenca le llegaba casi hasta las rodillas, y las mangas le tapaban totalmente las manos, de modo que tenía que ser de él.

Joe había vuelto a ponerse la chaqueta y el sombrero.

–Listos.

Wolf miró a su hijo.

–¿Ya habéis hablado?

El chico asintió con la cabeza.

—Sí —miró a su padre a los ojos con fijeza—. Va a darme clases particulares. Voy a intentar entrar en la Academia de las Fuerzas Aéreas.

—Tú decides. Pero asegúrate de que sabes en lo que te estás metiendo.

—Tengo que intentarlo.

Wolf asintió con la cabeza una vez, y la discusión quedó zanjada. Abandonaron el calor de la casa y Mary, que iba emparedada entre ellos, sintió de nuevo con asombro aquel frío áspero y despiadado. Se encaramó de buena gana a la camioneta, que tenía el motor encendido, y la ráfaga de aire caliente que despedían las rejillas de la calefacción le pareció deliciosa.

Wolf se montó tras el volante y Joe se sentó a su lado, de modo que ella quedó atrapada entre sus cuerpos. Se sentó remilgadamente, con las manos juntas, y colocó los pies uno al lado del otro mientras empezaban a bajar hacia un enorme granero de cuyos flancos salían, como largos brazos, sendos establos. Wolf se bajó y entró en el granero. Medio minuto después, regresó con un trozo de grueso manguito negro.

Cuando llegaron al coche, padre e hijo se bajaron y metieron la cabeza bajo el capó levantado, pero Wolf le dijo a Mary con aquel tono que no admitía protestas, y que ella ya había aprendido a reconocer, que se quedara en la camioneta. Wolf Mackenzie era muy autoritario, de eso no cabía duda, pero a Mary le gustaba su relación con Joe. Había entre ellos un sólido respeto.

Mary se preguntaba si de veras la gente del pueblo era tan hostil con los Mackenzie por la sencilla razón de que eran medio indios. Recordó algo que había dicho Joe, algo acerca de que ya lo tendría bastante crudo si estuviera él solo, pero más aún por causa de Wolf. ¿Qué pasaba con Wolf? Aquel hombre la había rescatado de una situación desagradable, incluso peligrosa, se había esforzado por reconfortarla, y encima le estaba reparando el coche.

Además, la había besado hasta dejarla aturdida.

Sintió que le ardían las mejillas al acordarse de aquellos besos ansiosos. Pero no, aquellos besos y su recuerdo generaban en realidad un acaloramiento de otra clase. Se había puesto colorada porque su propia conducta le parecía tan espantosa que apenas se atrevía a pensar en ella. Nunca (¡nunca!) había sido tan atrevida con un hombre. Aquello era totalmente impropio de su carácter.

A la tía Ardith le habría dado un síncope de haber sabido que su sobrina, aquella joven tan formal, había dejado que un desconocido le metiera la lengua en la boca. Aquello tenía que ser muy poco higiénico, aunque a decir verdad también producía una exaltación intensa y elemental.

Todavía le ardía la cara cuando Wolf volvió a la camioneta, pero él ni siquiera la miró.

—Ya está arreglado. Joe va a ir detrás de nosotros.

—Pero ¿no necesita el coche más agua y anticongelante?

Él la miró con extrañeza.

—Llevaba una lata de anticongelante en la parte de atrás de la camioneta. ¿Es que no me ha visto sacarla?

Mary se sonrojó de nuevo. No había prestado atención; estaba absorta reviviendo sus besos. El corazón le palpitaba con fuerza y la sangre le corría a toda prisa. No sabía cómo enfrentarse a aquella turbación tan extraña para ella. Lo más sensato sería hacer como si no existiera, pero ¿era posible ignorar algo así?

Wolf cambió de marcha y su pierna recia rozó la de Mary. De pronto, ella se dio cuenta de que seguía sentada en medio del asiento.

—Voy a quitarme de en medio —se apresuró a decir, y se deslizó hasta la ventanilla.

A Wolf le gustaba sentirla sentada a su lado, tan cerca que sus brazos y sus piernas se tocaban cada vez que cambiaba de marcha, pero no se lo dijo. En la casa habían estado a punto de perder el control, y no quería que aquello volviera a ocurrir. Aquel asunto con Joe lo preocupaba, y Joe era más importante para él que el estrechar a una mujer cálida y suave entre sus brazos.

—No quiero que Joe lo pase mal por culpa de sus buenas intenciones —dijo con una voz baja y tersa que hizo dar un respingo a Mary, y al instante comprendió la advertencia que ocultaban sus palabras—. ¡La Academia de las Fuerzas Aéreas! Eso es escalar muy alto para un chaval indio, y hay mucha gente esperando para pisarle los dedos.

Si pretendía intimidarla, fracasó. Mary se volvió hacia él con la cabeza bien alta. Sus ojos echaban chispas.

—Señor Mackenzie, no le he prometido a Joe que vaya a entrar en la Academia. Él lo sabe. Sus notas son lo bastante buenas como para que obtenga la recomendación, pero ha dejado el instituto. No tiene ninguna oportunidad a menos que vuelva a clase y consiga las calificaciones que necesita. Eso es lo que le he ofrecido: una oportunidad.

—¿Y si no lo consigue?

—Quiere intentarlo. Y, aunque no sea aceptado, por lo menos sabrá que lo ha intentado, y tendrá un título.

—Para hacer lo que podría hacer sin necesidad de un título.

—Tal vez. Pero el lunes empezaré a informarme sobre el procedimiento y las calificaciones que se necesitan, y me pondré a mandar cartas. Hay mucha competencia para entrar en la Academia.

—A la gente del pueblo no le gustará que le dé clases a Joe.

—Eso me ha dicho —su cara adquirió de nuevo aquella expresión obstinada y cursi—. Pero el que se atreva a quejarse me va a oír. Usted deje que yo me encargue de ellos, señor Mackenzie.

Siguieron bajando por montaña que a ella le había costado tanto subir. Wolf guardó silencio el resto del camino, y Mary también. Pero, al detenerse delante de la vieja casa donde ella vivía, Wolf apoyó las manos enguantadas sobre el volante y dijo:

—No se trata sólo de Joe. Por su propio bien, no vaya diciendo por ahí que va a darle clases. Es mejor para usted que nadie sepa siquiera que ha hablado conmigo.

—¿Y eso por qué?

Wolf esbozó una sonrisa glacial.

—Soy un ex convicto. Estuve en la cárcel por violación.

Más tarde, Mary se avergonzó de haberse bajado de la camioneta sin responder a aquella cruda aseveración, pero se había quedado tan atónita que había sido incapaz de reaccionar. ¡Violación! Aquél era un delito repugnante. Resultaba increíble. ¡Había besado a aquel hombre! Se había quedado tan asombrada que no había podido más que inclinar la cabeza a modo de despedida y decirle a Joe que se verían esa noche. Luego había entrado en la casa sin darles siquiera las gracias por su ayuda y por las molestias que se habían tomado.

Poco a poco había comenzado a cobrar conciencia de lo sucedido. Parada a solas en la anticuada cocina, observaba a Woodrow lamiendo con avidez la leche de su platillo y pensaba en Wolf Mackenzie y en lo que le había dicho. De pronto dejó escapar un bufido.

—¡Bobadas! Si ese hombre es un violador, te coceré para cenar, Woodrow.

Woodrow parecía bastante despreocupado, lo cual, a juicio de Mary, indicaba que el gato estaba de acuerdo con su opinión, y ella tenía en muy alta estima la capacidad de Woodrow para discernir lo que más le convenía.

A fin de cuentas, Wolf no había dicho que hubiera cometido una violación. Había dicho que había estado en la cárcel por violación. Cuando pensaba en cómo padre e hijo aceptaban de manera automática, aunque con amargura, que se los rechazara por causa de su sangre india, Mary se preguntaba si tal vez el hecho de que Wolf fuera medio indio habría influido en su condena. Pero él no había violado a nadie. Estaba tan segura de ello como del aspecto de su propia cara. El hombre que la había ayudado a salir de un atolladero, que le había calentado las manos con su propio cuerpo y la había besado con un ardor ávido y viril, no era de ésos capaces de agredir a una mujer. Había sido él quien se había detenido antes de que aquellos besos fueran demasiado lejos; ella quien se había vuelto maleable entre sus manos.

Aquello no tenía sentido. Era imposible que Wolf Mackenzie fuera un violador.

Tal vez no le había costado mucho esfuerzo dejar de besarla; al fin y al cabo, ella era muy poco atractiva y carecía de experiencia. Y, además, nunca sería voluptuosa, pero aun así... Sus pensamientos se fueron apagando al aflorar el recuerdo de lo que había sentido. Era inexperta, sí, pero no estúpida. Wolf estaba... en fin, excitado. Ella lo había notado con toda claridad. Quizá últimamente no hubiera podido dar rienda suelta a sus apetitos físicos, y a ella la tenía a mano, pero aun así no se había propasado. No la había tratado con la actitud del marinero al que, en tiempo de tormenta, cualquier puerto le valía. ¿Cómo era ese horrible término que lo había oído decir a alguno de sus alumnos? Ah, sí: «salido». Podía aceptar que Wolf Mackenzie se hallara en ese estado y que ella, accidentalmente, hubiera despertado su fogosidad de un modo que todavía le parecía un misterio, pero el caso era que no se había aprovechado de la situación.

¿Y si lo hubiera hecho?

Su corazón comenzó a latir con violencia, y un hormigueo ardiente se difundió despacio por su cuerpo al tiempo que una sensación enervante y turbadora se iba aposentando en su interior. Sus pechos se tensaron y empezaron a palpitar, y automáticamente se los cubrió con las manos abiertas. Al darse cuenta, bajó las manos. Pero ¿y si se los hubiera tocado Wolf? ¿Y si se los hubiera besado? Sentía que se derretía por dentro con sólo pensar en él. Fantasear con él. Juntó los muslos, intentando aliviar la cóncava palpitación que sentía entre ellos, y un quejido escapó de sus labios. Era un quejido leve, pero retumbó extrañamente en el silencio de la casa, y el gato levantó la mirada de su platillo, profirió un maullido inquisitivo y luego volvió a su leche.

¿Habría sido ella capaz de detener a Wolf? ¿Lo habría intentado siquiera? ¿O a esas alturas estaría recordando cómo habían hecho el amor, en lugar de intentar imaginárselo? Su cuerpo se estremecía, más a causa de instintos y anhelos apenas despertados que por verdadero conocimiento.

Nunca antes había conocido la pasión, excepto la de conocer y enseñar. Descubrir que su cuerpo era capaz de experimentar sensaciones tan intensas le infundía temor, pese a que creía conocerse bien. Su propia carne le resultaba de pronto ajena, y sus razonamientos y emociones parecían escapar a su control. Se sentía casi traicionada.

¡Cielo santo, aquello era pura lujuria! Ella, Mary Elizabeth Potter, ¡deseaba a un hombre! Y no a un hombre cualquiera, sino a Wolf Mackenzie.

Aquello era al mismo tiempo prodigioso y humillante.

Joe demostró ser un alumno despierto y capaz, tal y como Mary imaginaba. Llegó puntual, justo a tiempo, y por suerte solo. Tras pasarse la tarde dándole vueltas a lo ocurrido, Mary no se sentía con ánimos de enfrentarse otra vez a Wolf Mackenzie. ¿Qué pensaría de ella? A su modo de ver, prácticamente lo había asaltado.

Pero Joe llegó solo y, durante las tres horas que siguieron, Mary se fue dando cuenta que aquel chaval le caía cada vez mejor. Estaba sediento de conocimientos y lo absorbía todo como una esponja. Mientras él hacía los ejercicios que le había puesto, ella se dedicó a preparar unas tablas para controlar el tiempo que invertían en cada asignatura, los temas que daban y las notas que Joe sacaba en los controles. La meta que se habían puesto era mucho más difícil de alcanzar que un simple título de bachillerato. Aunque Mary no había prometido nada, sabía que sólo se daría por satisfecha cuando Joe ingresara en la Academia de las Fuerzas Aéreas. Había algo en los ojos del muchacho que le decía que nunca se sentiría realizado a menos que pudiera volar; Joe era como un águila varada en tierra: su espíritu ansiaba el cielo.

A las nueve en punto, Mary puso fin a la clase y anotó el tiempo en una de sus tablas. Joe bostezó mientras se mecía en la silla apoyada sobre las patas traseras.

—¿Cuántos días vamos a dar clase?

—Todos, si puedes —contestó ella—. Por lo menos hasta que te pongas al nivel de tu clase.

Los ojos claros y diamantinos del chico brillaron mientras la miraba, y a Mary la sorprendió de nuevo lo maduros que parecían.

—¿El curso que viene tendré que ir al instituto?

—Convendría que fueras. Así harías muchas más cosas, y al mismo tiempo podríamos seguir dando clase aquí.

—Ya me lo pensaré. No quiero dejar solo a mi padre. Estamos expandiendo el negocio y hay mucho más trabajo. Tenemos más caballos que nunca.

—¿Criáis caballos?

—Caballos vaqueros. Buenos caballos de rancho, entrenados para el pastoreo. Pero no nos dedicamos sólo a la cría. La gente lleva sus caballos al rancho para que mi padre los entrene. Mi padre no es sólo bueno; es el mejor. Tratándose de entrenar caballos, a la gente le importa un bledo que sea indio.

La amargura había vuelto a hacer acto de presencia en la voz de Joe. Mary apoyó los codos en la mesa y descansó la barbilla sobre las manos unidas.

—¿Y tú?

—Yo también soy indio, señorita Potter. Medio indio,

y a la mayoría de la gente le basta y le sobra con eso. Cuando era pequeño no se notaba mucho porque un crío indio no supone una amenaza para nadie. Es cuando ese crío crece y empieza a mirar a las hijas de los blancos cuando las cosas se tuercen.

De modo que las chicas tenían algo que ver con el hecho de que Joe hubiera dejado el colegio. Mary lo miró alzando las cejas.

—Supongo que las hijas de los blancos también miran —dijo con suavidad—. Eres muy guapo.

Él casi le sonrió.

—Sí. Pero total, para lo que me servía...

—Entonces, ¿te miraban?

—Y tonteaban conmigo. Una hacía como si de verdad le gustara. Pero cuando la invité a salir le faltó tiempo para darme con la puerta en las narices. Supongo que tontear conmigo está bien, es como agitar desde lejos un trapo rojo delante de un toro, pero ni en sueños se les ocurre salir con un indio.

—Lo siento —sin pararse a pensar en lo que hacía, Mary alargó el brazo y cubrió con la suya la mano joven y fuerte de Joe—. ¿Por eso dejaste el colegio?

—Me parecía que no tenía sentido seguir allí. No crea que iba en serio con esa chica ni nada parecido. No era para tanto. Sólo me gustaba. Pero lo que pasó me dejó bien claro que nunca iba a integrarme, que ninguna de aquellas chicas saldría jamás conmigo.

—¿Y qué pensabas hacer? ¿Trabajar en el rancho toda tu vida y no salir nunca, ni casarte?

—Casarme ni se me pasa por la cabeza —dijo él con firmeza—. En cuanto a lo demás, hay pueblos más grandes. El rancho va bastante bien, y tenemos un poco de dinero extra.

No añadió que había perdido la virginidad dos años antes, en un viaje a uno de aquellos pueblos más grandes. No quería escandalizar a Mary, y estaba seguro de que se quedaría de una pieza si se lo contaba. La nueva profesora no era sólo una timorata; era también una ingenua. Eso lo hacía sentirse extrañamente responsable de ella. Eso, y el hecho de que era distinta a las demás profesoras que había conocido. Cuando Mary lo miraba, lo veía a él, Joe Mackenzie, no veía la piel atezada y el pelo negro de un mestizo. Ella lo había mirado a los ojos y había visto su sueño, su obsesión por el vuelo y los aviones.

Cuando Joe se marchó, Mary cerró la casa y se preparó para irse a la cama. Había tenido un día agotador, pero aun así tardó largo rato en dormirse y a la mañana siguiente se le pegaron las sábanas. Ese día procuró mantenerse ocupada para no ponerse a soñar con Wolf Mackenzie ni a fantasear con cosas que no habían ocurrido. Fregó y enceró la vieja casa hasta dejarla brillante, y luego sacó las cajas de libros que había traído de Savannah. Una casa con libros daba siempre la impresión de ser un lugar habitado. Sin embargo, comprobó con desaliento que no tenía sitio donde ponerlos. Necesitaba una de esas estanterías de módulos; si para montarlas sólo hacía falta un destornillador, seguramente podría apañárselas ella sola. Con su resolución habitual, planeó pasarse por el supermercado la tarde siguiente. Si no tenían lo que necesitaba, compraría unos tablones y pagaría a alguien para que le hiciera unos estantes.

El lunes a mediodía llamó a la consejería de educación del estado para enterarse de qué había que hacer para convalidar los estudios de Joe a fin de que obtuviera su diploma. Sabía que tenía las acreditaciones necesarias, pero había también un montón de papeleo que resolver para que Joe consiguiera los créditos necesarios mediante clases particulares. Hizo la llamada desde el teléfono público de la sala de descanso de profesores, que nunca se usaba porque sólo había tres profesoras, cada una de las cuales daba cuatro cursos, y nunca había tiempo para tomarse un descanso. La sala tenía, no obstante, tres sillas y una mesa, una neverita desportillada, una cafetera eléctrica y un teléfono de pago. Era tan extraño que se usara la sala que Mary se sorprendió cuando la puerta se abrió y Sharon Wycliffe, que daba clases de primero a cuarto, asomó la cabeza.

—Mary, ¿te encuentras mal?

—No, estoy bien —Mary se levantó y se sacudió las manos. El teléfono tenía una densa capa de polvo que evidenciaba lo poco que se usaba—. Estaba haciendo una llamada.

—Ah. Es que estaba extrañada. Llevas aquí tanto tiempo que he pensado que a lo mejor te encontrabas mal. ¿A quién llamabas?

La pregunta fue formulada sin vacilar. Sharon había nacido en Ruth, había ido allí a la escuela y se había casado con un chico del pueblo. Los ciento ochenta habitantes de Ruth se conocían todos entre sí; todos estaban al corriente de los asuntos del prójimo, y no veían nada raro en ello. Los pueblos pequeños eran como familias extensas. A Mary, que ya había tenido experiencias parecidas, no la sorprendió la franca curiosidad de Sharon.

—A la consejería del estado. Necesitaba información sobre las acreditaciones necesarias para dar clases.

Sharon pareció de pronto alarmada.

—¿Es que no tienes los certificados en regla? Si hay algún problema, la junta escolar se va a suicidar en masa. No sabes lo difícil que es encontrar un profesor cualificado que esté dispuesto a venir a un pueblo tan pequeño como Ruth. Estaban casi al borde del colapso cuando te encontraron a ti. Los chicos iban a tener que ir a un instituto a casi cien kilómetros de aquí.

—No, no es eso. He pensado que podía empezar a dar clases particulares, por si alguno de los chicos lo necesita —no mencionó a Joe Mackenzie porque no lograba olvidar las advertencias que padre e hijo le habían hecho al respecto.

—Bueno, menos mal —exclamó Sharon—. Será mejor que vuelva con los chicos antes de que armen algún lío —agitó la mano, sonrió y retiró la cabeza, dando por satisfecha su curiosidad.

Mary esperaba que no le dijera nada a Dottie Lancaster, la profesora que daba clases de quinto a octavo, pero sabía que era una esperanza vana. En Ruth todo acababa sabiéndose. Sharon era afectuosa y alegre con sus jóvenes pupilos, y sus clases, al igual que las de Mary, eran muy distendidas; Dottie, en cambio, era estricta y brusca con sus alumnos. Mary se sentía incómoda con ella porque tenía la impresión de que para Dottie la enseñanza no era más que un modo de ganarse la vida; algo necesario, pero penoso. Incluso había oído decir que Dottie, que tenía cincuenta y cinco años, estaba pensando en pedir la jubilación anticipada. A pesar de sus limitaciones, su retiro causaría gran malestar en la junta escolar porque, tal y como Sharon había dicho, era casi imposible encontrar un maestro que quisiera trasladarse a Ruth. El pueblo era demasiado pequeño y estaba demasiado alejado de todas partes.

Mientras daba la última clase del día, Mary se descubrió observando a las chicas y preguntándose cuál de ellas había estado tonteando con Joe Mackenzie y le había dado calabazas cuando él finalmente se había decidido a pedirle salir. Algunas eran muy bonitas y presumidas, y aunque mostraban la superficialidad propia de los adolescentes, todas parecían buenas chicas. Pero ¿cuál de ellas habría atraído la atención de Joe, que no era un chico superficial y cuya mirada era mucho más madura de lo que correspondía a sus dieciséis años? ¿Natalie Ulrich, que era alta y agraciada? ¿Pamela Hearst, que era tan rubia que parecía recién salida de una playa californiana? ¿O Jackie Baugh, con sus ojos negros y seductores? Le parecía que podía ser cualquiera de las ocho chicas que había en su clase. Todas estaban acostumbradas a que les fueran detrás. Habían tenido la inmensa suerte de que los chicos, que eran nueve, las superaran en número. Todas eran coquetas y vanidosas. Así que ¿cuál sería?

Mary se preguntaba por qué le importaba tanto, pero así era. Una de aquellas chicas le había asestado a Joe un golpe que, aunque no le había roto el corazón, había podido destrozarle la vida. Para Joe, aquello había sido la prueba definitiva de que nunca encontraría su sitio en el mundo de los blancos; por eso se había retirado. Tal vez nunca volviera a la escuela, pero al menos había aceptado que ella le diera clases particulares. Ojalá no perdiera la esperanza.

Al acabar las clases, Mary recogió rápidamente el material que necesitaba para esa noche y los ejercicios que tenía que corregir y salió corriendo a su coche. El trayecto hasta el supermercado de los Hearst era corto. Cuando le preguntó al señor Hearst, éste le indicó amablemente las cajas de las estanterías desmontables que había en un rincón.

Unos minutos después, la puerta se abrió y entró otro cliente. Mary vio a Wolf en cuanto entró en la tienda. Estaba mirando las estanterías, pero su piel pareció detectar como un radar la cercanía de Wolf. Sintió un hormigueo nervioso, el pelo de su nuca se erizó, levantó la mirada y allí estaba él. Al instante se estremeció, y sus pezones se endurecieron. La turbación que le causó aquella reacción que no podía dominar hizo que la sangre le afluyera a la cara.

Por el rabillo del ojo vio que el señor Hearst se envaraba y por primera vez creyó las cosas que Wolf le había dicho acerca de cómo lo miraba la gente del pueblo. Wolf todavía no había hecho nada, no había dicho ni una palabra y, sin embargo, resultaba evidente que al señor Hearst lo molestaba que estuviera en su tienda.

Mary se volvió rápidamente hacia las estanterías. No se atrevía a mirar a Wolf a la cara. Se puso aún más colorada al pensar en cómo se había comportado, en cómo se había lanzado a sus brazos como una solterona sedienta de sexo. La certeza de que eso era precisamente lo que él pensaba no contribuía a que se sintiera mejor; lo de solterona no podía negarlo, pero al sexo nunca le había prestado mucha atención hasta que Wolf la había tomado en sus brazos. Cuando pensaba en las cosas que había hecho...

Tenía la cara en llamas. Y el cuerpo también. No podía hablar con él. ¿Qué pensaría de ella? Se puso a leer empecinadamente las instrucciones de la caja de la estantería y fingió que no había visto entrar a Wolf.

Había leído tres veces las instrucciones cuando reparó en que se estaba comportando igual que esa gente de la que él hablaba: demasiado altanera para dirigirle la palabra, y tan desdeñosa que hasta rehusaba admitir que lo conocía. Mary era por lo general muy comedida, pero de pronto se sintió llena de ira contra sí misma. ¿Qué clase de persona era?

Agarró de un tirón la caja de la estantería, pero ésta pesaba más de lo que creía y estuvo a punto de perder el equilibrio. Cuando se dio la vuelta, Wolf estaba poniendo una caja de clavos en el mostrador y sacándose la cartera del bolsillo. El señor Hearst lo miró un instante; luego sus ojos se posaron en Mary, que estaba luchando a brazo partido con la caja.

—Espere, señorita Potter, deje que la ayude con eso —dijo, y se apresuró a salir de detrás del mostrador para agarrar la caja. Al levantarla comenzó a resoplar—. No debe usted cargar con tanto peso. Podría hacerse daño.

Mary se preguntó cómo pensaba el señor Hearst que iba a llevar la caja del coche a su casa si no podía apañárselas ella sola, pero se mordió la lengua y no dijo nada. Siguió al señor Hearst hasta el mostrador, cuadró los hombros, respiró hondo, alzó la mirada hacia Wolf y dijo con claridad:

—Hola, señor Mackenzie, ¿qué tal está usted?

Los ojos negros de Wolf brillaron, quizá con un destello de advertencia.

—Señorita Potter —dijo secamente, y se tocó con los dedos el ala del sombrero, pero evitó contestar a la educada pregunta de Mary.

El señor Hearst le lanzó a Mary una mirada cortante.

—¿Lo conoce, señorita Potter?

—En efecto. El sábado se me averió el coche y me quedé atascada en la nieve, y el señor Mackenzie me rescató —contestó ella con voz fuerte y clara.

El señor Hearst miró con recelo a Wolf.

—Hmm —masculló, y colocó la caja de la estantería en el mostrador para cobrarla.

—Disculpe —dijo Mary—. El señor Mackenzie estaba primero.

Oyó que Wolf mascullaba un improperio en voz baja, o al menos le pareció que era un improperio. El señor Hearst se puso colorado.

—No me importa esperar —dijo Wolf con voz crispada.

—No quisiera colarme —Mary enlazó las manos sobre su cintura y frunció los labios—. No soy tan maleducada.

—Las damas primero —dijo el señor Hearst, intentando componer una sonrisa.

Mary le lanzó una mirada severa.

—Las damas no deberían aprovecharse de su género, señor Hearst. Vivimos en una época de justicia e igualdad. El señor Mackenzie estaba delante de mí, y tiene derecho a que lo atienda primero.

Wolf meneó la cabeza y le dirigió una mirada incrédula.

—¿Es usted una de esas feministas?

El señor Hearst lo miró con desprecio.

—Tú, indio, no le hables así.

—Espere un momento —Mary procuró dominar su ira y sacudió el dedo hacia el señor Hearst—. Eso ha sido una grosería y estaba completamente fuera de lugar. Su madre se avergonzaría de usted, señor Hearst. ¿Acaso no le enseñó mejores modales?

El señor Hearst se puso aún más colorado.

—Mi madre me enseñó muy bien —masculló entre dientes mientras miraba el dedo de Mary.

El dedo de una maestra tenía algo especial; poseía un asombroso poder místico. Hacía que los hombres adultos se acobardaran. Mary, que había reparado en ello muchas veces, había llegado a la conclusión de que el dedo de una maestra era una extensión del dedo materno, y poseía, por tanto, un poder oculto. Las mujeres, al crecer, se liberaban del sentimiento de culpabilidad y desvalimiento que producía aquel dedo acusador, quizá porque la mayoría de ellas se convertían a su vez en madres y desarrollaban su propio dedo del poder; los hombres, en cambio, nunca se libraban de su influjo. El señor Hearst, que no era una excepción, daba la impresión de querer esconderse debajo del mostrador.

—Entonces, estoy segura de que querrá que se sienta

orgullosa de usted —dijo con severidad—. Después de usted, señor Mackenzie.

Wolf profirió un sonido que parecía casi un gruñido, pero Mary siguió mirándolo con fijeza hasta que sacó el dinero de su cartera y lo dejó sobre el mostrador. Sin decir palabra, el señor Hearst cobró los clavos y le dio el cambio. Wolf agarró la caja, dio media vuelta y salió de la tienda sin decir nada.

—Gracias —dijo Mary, más tranquila, y le dedicó al señor Hearst una sonrisa amigable—. Sabía que entendería usted lo importante que es para mí que se me trate equitativamente. No quiero aprovecharme de mi posición como profesora —sus palabras daban a entender que ser profesora era por lo menos tan importante como ser reina, pero el señor Hearst, que se sentía demasiado aliviado como para insistir en el tema, se limitó a asentir con la cabeza, tomó el dinero de Mary, acarreó cuidadosamente la caja hasta el coche y la metió en el maletero—. Gracias —dijo Mary otra vez—. Por cierto, Pamela... es su hija, ¿no?

El señor Hearst pareció de pronto alarmado.

—Sí, así es —Pam era su hija menor, la niña de sus ojos.

—Es una chica encantadora, y muy aplicada. Sólo quería que supiera que va muy bien en el colegio.

Cuando Mary se alejó en su coche, una sonrisa adornaba la cara del señor Hearst.

Wolf se paró en la esquina y se quedó mirando por el retrovisor, aguardando a que Mary saliera de la tienda.

Estaba tan enfadado que tenía ganas de zarandearla hasta que le crujieran los dientes, y eso lo ponía aún más furioso porque sabía que no podía hacerlo.

¡Condenada mujer! Se lo había advertido, pero ella no le había hecho caso. No sólo había dejado bien claro que se conocían; también había esbozado las circunstancias de su encuentro y hasta había salido en su defensa de un modo que no pasaría desapercibido.

¿Es que no lo había entendido cuando le había dicho que había estado preso y por qué? ¿Acaso pensaba que estaba de broma?

Wolf apretó con fuerza el volante. Mary llevaba otra vez el pelo recogido en un moño y aquellas enormes gafas que ocultaban el suave color azul pizarra de sus ojos. Él, en cambio, la recordaba con el pelo suelto y los viejos vaqueros de Joe, que se le ceñían a las piernas y a las finas caderas. Recordaba cómo había enturbiado sus ojos la pasión al besarla. Recordaba la suavidad de sus labios, apretados sin embargo en un ridículo y melindroso mohín.

Si era un poco sensato, se marcharía. Si se mantenía completamente alejado de ella, la gente no tendría nada de qué hablar, como no fuera de las clases que le daba a Joe, y eso no podía parecerles tan mal.

Pero ¿cómo iba a sacar Mary esa caja del coche y a meterla en su casa cuando llegara? Seguramente la caja pesaba más que ella. Se limitaría a ayudarla y, de paso, le echaría una buena bronca por no haberle hecho caso.

Demonios, ¿a quién intentaba engañar? Había probado una vez su sabor, y quería más. Mary era una solterona anticuada y cursi, pero tenía la piel clara y traslúcida como un bebé, y un cuerpo esbelto y terso que se curvaría suavemente bajo sus manos. Deseaba tocarla. Después de besarla, de tenerla entre sus brazos, no había ido a ver a Julie Oakes porque el recuerdo de la señorita Potter no se le iba del pensamiento, ni del cuerpo. El deseo todavía lo hacía sufrir. Aquella insatisfacción física resultaba penosa y sólo podía empeorar porque, si de algo estaba seguro, era de que la señorita Potter se hallaba fuera de su alcance.

El coche de Mary arrancó y pasó a su lado. Wolf sofocó otra maldición, puso la camioneta en marcha y la siguió lentamente. Ella siguió despacio la carretera de doble sentido que salía del pueblo; luego torció por la estrecha carretera secundaria que llevaba a su casa. Tenía que ver la camioneta tras ella, pero no mostraba indicio alguno de saber que Wolf la estaba siguiendo. Condujo derecha a su casa, giró cuidadosamente por el caminito de entrada, cubierto de nieve, y detuvo el coche al otro lado de la casa, como solía.

Wolf sacudió la cabeza al aparcar tras ella y salir de la camioneta. Ella ya se había bajado del coche y le sonreía mientras buscaba las llaves en su bolso. ¿Acaso no se acordaba de lo que le había dicho? Wolf no podía creer que supiera que había estado en la cárcel por violación y que aun así lo saludara con la misma tranquilidad que si fuera un párroco, a pesar de que eran las dos únicas personas que había en varios kilómetros a la redonda.

—¡Maldita sea, señora! —bramó, y se acercó a ella en dos zancadas de sus largas piernas—. ¿Es que no oyó nada de lo que le dije el sábado?

—Sí, claro que lo oí. Pero eso no significa que tenga que hacerle caso —Mary abrió el maletero y le sonrió—. Ya que está aquí, ¿sería tan amable de llevar esta caja? Se lo agradecería mucho.

—A eso he venido —replicó él secamente—. Sabía que no podía con ella.

Su mal humor no pareció amedrentar a Mary, que se limitó a sonreírle mientras él se echaba la caja al hombro. Luego echó a andar hacia la puerta trasera y la abrió.

Wolf notó enseguida que la casa despedía un olor fresco y dulce, y no el olor a moho de una casa vieja que llevaba largo tiempo cerrada. Alzó la cabeza y, a su pesar, inhaló aquel leve aroma.

—¿Qué es ese olor?

Ella se detuvo y olfateó delicadamente.

—¿Qué olor?

—Ese olor dulce. Como a flores.

—¿A flores? Ah, deben de ser los sobrecitos de ambientador de lilas que he puesto en los cajones para ventilarlos. Esos ambientadores suelen ser insoportables, pero los de lilas están bien, ¿no le parece?

Él no sabía nada de sobrecitos de ambientador, fueran lo que fuesen, pero si ella los ponía en todos los cajones, su ropa interior también debía de oler a lilas. Sus sábanas olerían a lilas y al cálido perfume de su cuerpo. Al pensarlo, Wolf sintió que su cuerpo se tensaba y, mascullando una maldición, dejó la caja en el suelo con un golpe seco. Aunque hacía mucho frío en la casa, notó que empezaba a sudarle la frente.

—Voy a encender la calefacción —dijo ella, haciendo

caso omiso de sus improperios–. La caldera es vieja y hace ruido, pero no tengo leña para la chimenea, así que habrá que aguantarse –mientras hablaba salió de la cocina y se alejó por el pasillo, y su voz se fue haciendo cada vez más débil. Luego regresó y volvió a sonreírle–. Esto se calentará enseguida. ¿Le apetece una taza de té? –le lanzó de nuevo una mirada inquisitiva y añadió–: Que sea café. No parece usted aficionado al té.

Wolf ya estaba caliente. Estaba ardiendo. Se quitó los guantes y los tiró sobre la mesa de la cocina.

–¿No sabe que ya debe de ser la comidilla de todo el pueblo? Señora, yo soy indio, y ex presidiario...

–Mary –lo interrumpió ella con energía.

–¿Qué?

–Que me llamo Mary, no señora. Bueno, Mary Elizabeth –mencionó su segundo nombre por costumbre, porque la tía Ardith siempre la llamaba por su nombre completo–. ¿Seguro que no quiere un café? Yo necesito algo que me caliente por dentro.

Wolf tiró el sombrero junto a los guantes y se pasó impacientemente la mano por el pelo.

–Está bien. Café.

Mary se dio la vuelta para poner el agua y medir el café, y aprovechó la ocasión para disimular el repentino rubor que le cubría la cara. El pelo de Wolf. Se sentía estúpida, pero hasta ese momento no se había fijado en su pelo. Tal vez había estado demasiado molesta, y luego demasiado desconcertada, o tal vez fuera simplemente que sólo se había fijado en sus ojos negros como la noche y no había reparado en lo largo que tenía el pelo. La melena le caía negra, densa y reluciente hasta los anchos hombros, dándole un imponente aspecto pagano. Mary se lo imaginó de inmediato con las piernas y el recio pecho desnudos, cubierto sólo con un taparrabos, y de pronto se le aceleró el pulso.

Wolf no se sentó, pero se apoyó contra la encimera, a su lado. Mary mantuvo la cabeza agachada, confiando en que se le pasara el sonrojo. ¿Qué tenía aquel hombre que sólo con verlo se disparaban sus fantasías eróticas? Ella nunca había tenido fantasías, ni eróticas ni de ninguna otra clase. Nunca antes al mirar a un hombre se había preguntado qué aspecto tendría desnudo, pero al pensar en Wolf sin ropa sentía una intensa turbación y las manos empezaban a cosquillearle, ansiosas por tocarlo.

—¿Por qué demonios me deja entrar en su casa y hasta me invita a un café? —preguntó él con voz baja y áspera.

Ella lo miró parpadeando, sorprendida.

—¿Y por qué no iba a hacerlo?

Wolf creyó que iba a estallar de irritación.

—Señora...

—Mary.

Wolf cerró sus grandes manos.

—Mary. ¿Es que no sabe que no conviene dejar entrar en casa a un ex presidiario?

—Ah, eso —ella agitó la mano con gesto de indiferencia—. Seguiría su consejo si de verdad fuera un criminal, pero dado que usted no lo hizo, no creo que convenga aplicarlo en este caso. Además, si fuera un auténtico criminal, no me daría esa clase de consejos.

Wolf apenas podía creer que diera por supuesta su inocencia con tanta facilidad.

—¿Cómo sabe que no lo hice?

—Porque no lo hizo.

—¿Y tiene algún motivo para llegar a esa conclusión, Sherlock, o se basa sólo en su intuición femenina?

Ella se giró bruscamente y lo miró con enojo.

—No creo que un violador sea capaz de tratar a una mujer con la ternura con la que... me trató usted a mí —dijo en un susurro, y volvió a ponerse colorada. Avergonzada por la ridícula manera en que se sonrojaba una y otra vez, se llevó las manos a la cara para disimular su rubor.

Wolf apretó los dientes, en parte porque ella era blanca y, por tanto, inaccesible para él, en parte porque era una jodida ingenua y en parte porque deseaba tanto tocarla que le palpitaba todo el cuerpo.

—No se haga ilusiones porque la besé el otro día —dijo con aspereza—. Llevo mucho tiempo sin una mujer y estoy...

—¿Salido? —preguntó ella.

A Wolf le chocó la incongruencia de aquella palabra puesta en los melindrosos labios de Mary Potter.

—¿Qué?

—Salido —repitió ella—. Se lo he oído decir a mis alumnos. Significa...

—¡Ya sé lo que significa!

—Ah. Bueno, ¿es así como estaba? O como está todavía, creo.

Wolf sintió unas ganas casi incontrolables de reír, pero consiguió convertir en tos su carcajada.

—Sí, todavía lo estoy.

Ella puso cara de pena.

—Tengo entendido que puede ser muy molesto.

—Para un tío es difícil, sí.

Pasó un instante; luego, Mary puso unos ojos como platos y sin darse cuenta de lo que hacía deslizó la mirada por el cuerpo de Wolf. De inmediato volvió a levantar la cabeza.

—Ah. Ya veo. Quiero decir que... lo entiendo.

El deseo de tocarla era de pronto tan intenso que Wolf se sintió incapaz de resistirlo. Tenía que tocarla aunque fuera del modo más leve. Puso las manos sobre sus hombros y se deleitó en su fragilidad, en la delicadeza de sus articulaciones.

—No, creo que no lo entiende. No puede usted relacionarse conmigo y seguir trabajando en este pueblo. La tratarán como a una leprosa, o como a una ramera. Seguramente hasta perderá su trabajo.

Ella apretó los labios y un brillo belicoso afloró a sus ojos.

—Me gustaría ver a alguien intentar despedirme por relacionarme con un ciudadano que respeta las leyes y paga sus impuestos. Me niego a fingir que no lo conozco.

—Hay formas y formas de conocerse. Ya sería una imprudencia que fuéramos amigos. Pero, si nos acostáramos, le harían la vida imposible.

Wolf notó que Mary se tensaba bajo sus manos.

—No creo haberle pedido que se acueste conmigo —dijo ella, y volvió a sonrojarse. No había dicho nada al respecto, desde luego, pero Wolf sabía que había imaginado cómo sería hacer el amor con él.

—Sí, me lo ha pedido, pero es tan jodidamente ingenua que no se entera de lo que hace —masculló—. Podría abalanzarme sobre usted ahora mismo, cariño, y lo haría si tuviera la más remota idea de lo que me está pidiendo. Pero no tengo ganas de que una blanca melindrosa vaya por ahí gritando que la he violado. Créame, a un indio no le dan el beneficio de la duda.

—¡Yo nunca haría eso!

Él esbozó una agria sonrisa.

—Sí, eso ya me lo han dicho antes. Seguramente soy el único hombre que la ha besado y cree tener ganas de más, ¿no? Pero el sexo no es bonito y romántico, es ardiente y hace sudar, y seguramente no le gustará la primera vez. Así que hágame el favor de buscarse otro conejillo de indias. Ya tengo suficientes problemas sin añadirla a usted a la lista.

Mary se apartó de él, apretó con fuerza los labios y parpadeó tan rápidamente como pudo para contener las lágrimas. No pensaba ponerse a llorar por nada del mundo.

—Lamento haberle dado esa impresión —dijo con voz crispada, pero firme—. Es verdad que nunca me habían besado, pero estoy segura de que eso no lo sorprende. Está claro que no soy miss América. Si mi... reacción estuvo fuera de lugar, le pido disculpas. No volverá a ocurrir —se volvió bruscamente hacia el armario—. El café está listo. ¿Cómo lo quiere?

Wolf recogió su sombrero sintiendo que un músculo vibraba en su mandíbula.

—Olvídese del café —masculló mientras se ponía el sombrero y recogía sus guantes.

Ella no lo miró.

–Muy bien. Adiós, señor Mackenzie.

Wolf salió dando un portazo y Mary se quedó allí parada, con la taza de café vacía en la mano. Si de veras aquello era un adiós, no sabía cómo iba a ser capaz de soportarlo.

Mary era fuerte y no se dejó vencer por el desánimo que se apoderaba de ella cada vez que pensaba en aquella horrible escena con Wolf. De día, procuraba cautivar a sus alumnos para incitar en ellos el ansia de aprender; de noche, observaba a Joe devorar los datos que desplegaba ante él. El chico demostraba un ansia de conocimiento insaciable, y no sólo alcanzó a sus compañeros de clase, sino que pronto los dejó atrás.

Mary escribió a los representantes de Wyoming en el Congreso y también a una amiga a la que le pidió toda la información que pudiera reunir sobre la Academia de las Fuerzas Aéreas. Cuando recibió el sobre, se lo dio a Joe y observó cómo adquirían los ojos del chico aquella expresión ferozmente intensa y reconcentrada que se le ponía cada vez que pensaba en volar. Trabajar con Joe era un placer para ella; la única pega era lo mucho que el chico le recordaba a su padre.

En realidad, no echaba de menos a Wolf. ¿Cómo iba a echar de menos a alguien a quien había visto dos veces en su vida? Wolf no formaba parte de su vida cotidiana hasta el punto de que su existencia pareciera vacía sin él. Pero, aun así, las veces que había estado con él se había sentido más viva que nunca. Con Wolf no era Mary Potter, la solterona, sino Mary Potter, la mujer. La intensa masculinidad de aquel hombre había alcanzado partes de su ser cuya existencia desconocía y había despertado a la vida emociones y anhelos adormecidos. Mary intentaba convencerse de que lo que sentía no iba más allá de simple lujuria, pero ello no aplacaba el doloroso anhelo que experimentaba cada vez que pensaba en él, y el hecho de que su inexperiencia resultara tan obvia sólo ahondaba su sentimiento de vergüenza, ahora que sabía que Wolf la consideraba una solterona sedienta de sexo.

Llegó abril y ocurrió lo inevitable: se extendió la noticia de que Joe Mackenzie pasaba mucho tiempo en casa de la nueva profesora. Al principio, Mary no se dio cuenta de que el rumor corría de boca en boca por todo el pueblo, a pesar de que sus alumnos habían empezado a mirarla de forma extraña y a cuchichear entre sí. Sharon Wycliffe y Dottie Lancaster, las otras dos profesoras, la miraban también con recelo y hablaban en voz baja entre ellas. Mary no tardó en llegar a la conclusión de que el secreto ya no era tal, pero siguió ocupándose de sus quehaceres cotidianos con una sonrisa serena. Había recibido una carta de un senador que se interesaba por Joe, y pese a que se decía que no debía echar las campanas al vuelo, tenía grandes esperanzas.

La reunión ordinaria de la junta escolar del pueblo estaba prevista para la tercera semana de abril. La tarde de la reunión, Sharon le preguntó con deliberada desenvoltura si pensaba asistir. Mary la miró con sorpresa.

—Claro. Pensaba que era costumbre que asistiéramos todos.

—Bueno, sí. Es sólo que... pensaba...

—¿Pensabas que no iba a asistir a la reunión ahora que todo el mundo sabe que le estoy dando clases a Joe Mackenzie? —preguntó Mary sin ambages.

Sharon se quedó boquiabierta.

—¿Qué? —su voz sonó débil.

—¿No lo sabías? Pues no es ningún secreto —se encogió de hombros—. Joe pensaba que a la gente la molestaría que le diera clases particulares, por eso no he dicho nada. Pero, por como actúa todo el mundo, supongo que ya se ha descubierto el pastel.

—Pues me parece que se han confundido de pastel —reconoció Sharon tímidamente—. Han visto su camioneta en tu casa por las noches y la gente... eh... se ha hecho una idea equivocada.

Mary se quedó de una pieza.

—¿Qué idea equivocada?

—Bueno, como Joe es tan alto para su edad y todo eso...

Mary siguió sin comprender hasta que vio que Sharon se ponía muy colorada. Entonces una sospecha estalló en su cerebro como un fogonazo, y el espanto se apoderó de ella, seguido de cerca por la ira.

—¿Piensan que estoy liada con un chico de dieciséis años? —su voz se fue alzando con cada palabra.

—Han visto su camioneta en tu casa a las tantas de la noche —añadió Sharon, compungida.

—Joe se va de mi casa a las nueve en punto. La gente tiene una idea de lo que son las tantas de la noche que no coincide con la mía.

Mary se levantó y empezó a meter papeles en su maletín. Tenías las aletas de la nariz hinchadas y las mejillas pálidas. Lo peor de todo era que tendría que estar echando humo hasta las siete de la tarde, y sospechaba que la espera no enfriaría su cólera. En todo caso, la haría aumentar. Se sentía rabiosa, no sólo porque su reputación estuviera en entredicho, sino porque aquel rumor afectaba también a Joe. Aquel chico sólo intentaba hacer realidad sus sueños, y la gente se empeñaba en ponerle la zancadilla. Ella no era una gallina clueca que saliera cacareando en defensa de su pollito; era una tigresa con un cachorro, y ese cachorro corría peligro. No importaba que el cachorro fuera veinte centímetros más alto que ella y pesara casi cuarenta kilos más. A pesar de su extraña madurez, Joe seguía siendo muy joven y vulnerable. Su padre desdeñaba el amparo que ella podía ofrecerle, pero ni él ni nadie iba a impedirle defender al chico.

Estaba claro que había corrido el rumor, porque la reunión de la junta escolar estuvo particularmente concurrida aquella noche. Había seis miembros de la junta: el señor Hearst, el dueño del supermercado; Francie Beecham, una antigua maestra de ochenta y un años; Walton Isby, el director del banco; Harlon Keschel, el propietario de la droguería-hamburguesería; Eli Baugh, una ranchera del pueblo cuya hija, Jackie, iba a la clase de Mary; y Cicely Karr, la dueña de la gasolinera. Todos ellos eran personajes prominentes de la pequeña comunidad de Ruth; todos eran propietarios, y todos, salvo Francie Beecham, tenían caras largas.

La reunión se celebraba en el aula de Dottie, y hubo

que llevar pupitres de la clase de Mary para que hubiera asientos para todos, lo cual era clara señal de que mucha gente se había sentido impelida a asistir. Mary estaba segura de que acudiría al menos uno de los padres de cada uno de sus alumnos. Cuando entró en la habitación, todos los ojos se volvieron hacia ella. Las mujeres parecían indignadas y los hombres hostiles y recelosos, y eso hizo que Mary se enfadara aún más. ¿Qué derecho tenían aquellas personas a menospreciarla por sus supuestos pecados, cuando al mismo tiempo se morían de ganas por conocerlos con pelos y señales?

Apoyado en la pared había un hombre alto, ataviado con el uniforme caqui de ayudante del sheriff, que la observaba con los ojos entornados, y Mary se preguntó si pretendían arrestarla por abuso sexual. ¡Aquello era ridículo! Si no tuviera pinta de ser lo que era, una solterona esmirriada y feúcha, las sospechas de aquella gente habrían tenido al menos algún sentido. Se metió en el moño un mechón de pelo que se le había soltado, se sentó y cruzó los brazos con intención de dejar que fueran ellos quienes dieran el primer paso.

Walton Isby carraspeó y pidió silencio a los asistentes, consciente sin duda de la importancia de su posición, habiendo allí tanta gente que vigilaba el procedimiento. Mary se puso a tamborilear con los dedos sobre su brazo. La junta empezó a repasar los asuntos rutinarios del orden del día y, de pronto, Mary decidió que no quería esperar. La mejor defensa, había leído, era un buen ataque.

Cuando se dieron por zanjados los asuntos rutinarios, el señor Isby carraspeó de nuevo, y Mary interpretó aquello como una señal de que estaban a punto de abordar el verdadero motivo de la reunión. Entonces se puso en pie y dijo con claridad:

—Señor Isby, antes de que continuemos, quisiera decir algo.

El señor Isby pareció sorprendido, y su cara sonrosada adquirió un tono rojizo.

—Esto es... eh... bueno, un tanto irregular, señorita Potter.

—También es importante —Mary mantuvo el tono de voz que usaba cuando daba clases y se volvió hacia la sala. El ayudante del sheriff se retiró de la pared y se irguió, y las miradas de todos volaron hacia ella como imanes atraídos por una barra de acero—. Estoy oficialmente cualificada para dar clases particulares, y los créditos que mis alumnos consigan con esas clases valen tanto como los conseguidos en un colegio público. Durante el mes pasado, he estado dando clases nocturnas a Joe Mackenzie en mi casa...

—Eso no hace falta que lo jure —masculló alguien, y los ojos de Mary centellearon.

—¿Quién ha dicho eso? —preguntó, crispada—. Ha sido increíblemente vulgar —la sala quedó en silencio—. Cuando vi el expediente de Joe Mackenzie, me extrañó que un alumno tan brillante hubiera dejado el colegio. Puede que ninguno de ustedes lo sepa, pero era el primero de su clase. Me puse en contacto con él y lo convencí para que estudiara por su cuenta y se pusiera al mismo nivel que sus compañeros de clase, y en un mes no sólo se ha puesto a su nivel: los ha superado con creces. También me he puesto en contacto con el senador Allard, que me ha expresado su interés por Joe. Las excelentes calificaciones de Joe lo convierten en un candidato idóneo para ingresar en la Academia de las Fuerzas Aéreas. Es todo un honor para el pueblo, y sé que todos ustedes le prestarán su apoyo a Joe.

Mary se sentó con la pose fría y distante que le había inculcado la tía Ardith, y observó con satisfacción la cara de pasmo de los asistentes. Sólo la gente sin educación daba gritos, solía decir la tía Ardith; una dama tenía otros modos más sutiles de hacerse oír.

Un murmullo se levantó en la sala; la gente se arremolinó y empezó a cuchichear, y el señor Isby se puso a revolver las tres hojas que tenía delante como si estuviera buscando algo que decir. Los otros miembros de la junta juntaron también las cabezas.

Mary paseó la mirada por el aula, y de pronto, más allá de la puerta abierta, en el pasillo, una sombra llamó su atención. Era un movimiento sutil; de no haber mirado en ese preciso instante, no lo habría visto. Un instante después distinguió la alargada silueta de un hombre, y la piel se le erizó. Wolf. Estaba en el pasillo, escuchando. Era la primera vez que Mary lo veía desde el día que fue a su casa, y a pesar de que sólo alcanzaba a distinguir una forma más oscura entre las sombras, el corazón empezó a latirle con violencia.

El señor Isby carraspeó, y los murmullos de la sala se fueron apagando.

—Eso es una buena noticia, señorita Potter —comenzó a decir—. Sin embargo, no creemos que haya dado usted el mejor ejemplo a nuestros jóvenes...

—Habla por ti, Walton —dijo Francie Beecham secamente con su resquebrajada voz de anciana.

Mary se levantó de nuevo.

—¿En qué sentido exactamente no les he dado el mejor ejemplo?

—¡No está bien que tenga a ese chico en su casa toda la noche! —saltó el señor Hearst.

—Joe se va de mi casa a las nueve en punto, después de dar tres horas de clase. ¿Qué entiende usted por toda la noche? Sin embargo, si la junta no aprueba que Joe vaya a mi casa, supongo que todos estarán de acuerdo en que utilice las instalaciones del colegio para darle clases a última hora de la tarde. Yo no tengo objeción en trasladar las clases aquí.

El señor Isby, que era en el fondo un buen hombre, parecía angustiado. Los miembros de la junta se arremolinaron de nuevo. Tras un minuto de acalorada discusión, levantaron la vista de nuevo. Harlon Keschel se limpió el sudor de la cara con un pañuelo, y Francie Beecham parecía ofendida. Esta vez, fue Cicely Karr quien tomó la palabra.

—Señorita Potter, ésta es una situación difícil para nosotros. Como usted misma reconocerá, las probabilidades de que Joe Mackenzie sea aceptado en la Academia de las Fuerzas Aéreas son muy escasas, y la verdad es que no nos agrada que pase tanto tiempo a solas con él.

Mary levantó la barbilla.

—¿Y eso por qué?

—Lleva usted en Ruth poco tiempo, y estoy segura de que no entiende cómo funcionan las cosas por aquí.

Los Mackenzie tienen mala fama, y tememos por su seguridad si continúa relacionándose con ese chico.

—Señora Karr, eso son bobadas —contestó Mary con candorosa franqueza. La tía Ardith habría puesto mala cara.

Mary se imaginó a Wolf allí fuera, en el pasillo, escuchando las calumnias que aquella gente arrojaba sobre él y sobre su hijo, y casi pudo sentir el calor de su ira. Wolf sin duda no permitiría que aquello lo afectara, pero a ella le dolía saber que lo estaba oyendo todo.

—Wolf Mackenzie me ayudó a salir de una situación peligrosa cuando se me averió el coche y me quedé atrapada en la nieve. Fue amable y considerado conmigo, y se negó a aceptar que le pagara por repararme el coche. Joe Mackenzie es un alumno aventajado que trabaja mucho en su rancho, no bebe ni va por ahí armando jaleo —confiaba en que aquello fuera cierto—, y siempre ha sido respetuoso conmigo. Los considero a ambos mis amigos.

Entre las sombras del pasillo, Wolf cerró los puños con fuerza. Condenada idiota, ¿acaso no sabía que aquello iba a costarle el empleo? Él era consciente de que, si entraba en la clase, aquella gente apartaría su atención de Mary y dirigiría toda su hostilidad hacia él, y había empezado a ponerse en marcha cuando oyó de nuevo la voz de Mary. ¿Es que aquella mujer no sabía cuándo cerrar el pico?

—Me preocuparía igualmente si fuera alguno de sus hijos el que dejara el colegio. No puedo soportar que un joven renuncie a su porvenir. Damas y caballeros, a mí me han contratado para enseñar. Y pienso hacerlo lo mejor que sé. Todos ustedes son buenas personas.

¿Alguno querría que me diera por vencida si se tratara de su hijo?

Varias personas apartaron la mirada y carraspearon. Cicely Karr se limitó a levantar la barbilla.

—Está usted soslayando la cuestión, señorita Potter. No se trata de uno de nuestros hijos. Se trata de Joe Mackenzie. Él es... es...

—¿Medio indio? —preguntó Mary, alzando una ceja inquisitivamente.

—Pues sí. Pero no es sólo eso. Está, por otro lado, la cuestión de su padre...

—¿Qué pasa con su padre?

Wolf sofocó una imprecación y de nuevo hizo ademán de entrar en la clase, pero en ese momento Mary preguntó con desdén:

—¿Es que los preocupa que haya estado en la cárcel?

—¡A mí me parece razón suficiente!

—¿Ah, sí? ¿Por qué?

—Cicely, siéntate y cierra la boca —soltó Francie Beecham—. La chica tiene razón, y estoy de acuerdo con ella. Si empiezas a pensar a tu edad, puede que te dé un sofoco.

La sala quedó por un instante sumida en un asombrado silencio; luego, de pronto, estalló un tumulto de risas. Los rústicos rancheros y sus hacendosas mujeres se partían de risa y se echaban las manos a la barriga mientras las lágrimas corrían por su cara. El señor Isby se puso tan colorado que su cara parecía casi púrpura; luego rompió a reír con una carcajada tan colosal que parecía una grulla histérica poniendo huevos, o eso le dijo Cicely Karr, que estaba también roja, pero de ira.

El grandullón de Eli Baugh se cayó de la silla de tanto reírse. Cicely le quitó el sombrero de detrás de la silla y empezó a darle golpes en la cabeza con él. Eli siguió bramando de risa mientras intentaba cubrirse la cabeza con los brazos.

—¡A partir de ahora ya puedes ir a comprar aceite para el coche a otra parte! —le gritaba Cicely mientras seguía propinándole sombrerazos—. ¡Y la gasolina! ¡No quiero que ni tú ni ninguno de tus hombres volváis a pisar mi propiedad!

—Vamos, Cicely —balbució entre risas Eli al tiempo que intentaba recuperar su sombrero.

—¡Un poco de orden, amigos! —suplicó Harlon Keschel, a pesar de que parecía estar disfrutando de lo lindo del espectáculo que ofrecía Cicely golpeando a Eli con su propio sombrero. Todos los demás, por su parte, parecían estar pasándoselo en grande. O, mejor dicho, casi todos, pensó Mary al ver la cara crispada de Dottie Lancaster. De pronto se dio cuenta de que a aquella mujer le habría gustado que la despidieran, y se preguntó por qué. Siempre había intentado ser amable con Dottie, a pesar de que ella rechazaba cualquier acercamiento por su parte. ¿Había sido ella la que había visto la camioneta de Joe en su casa y había difundido el rumor? ¿Se dedicaba acaso a merodear por ahí de noche? En la carretera donde Mary vivía no había otras casas, de modo que nadie pasaba por allí para ir a visitar a un vecino.

El tumulto se había ido apagando, pero todavía se oía alguna risa dispersa por la sala. La señora Karr siguió mirando con cara de malas pulgas a Eli Baugh, al que por alguna razón había convertido en blanco de su furia, a pesar de que era Francie Beecham quien había desencadenado todo aquel alboroto. Incluso el señor Isby seguía sonriendo cuando tomó de nuevo la palabra.

—Vamos a ver si podemos retomar el debate, amigos.

Francie Beecham volvió a saltar.

—Me parece que ya hemos hablado bastante por hoy. La señorita Potter le está dando clases particulares a Joe Mackenzie para que pueda ir a la Academia de las Fuerzas Aéreas, y ya está. Yo haría lo mismo si siguiera enseñando.

El señor Hearst dijo:

—A mí me sigue pareciendo mal que...

—Pues entonces que use un aula. ¿Todo el mundo de acuerdo? —Francie miró a los demás miembros de la junta con expresión triunfante, y luego le hizo un guiño a Mary.

—Por mí, bien —dijo Eli Baugh, que estaba intentando enderezar su sombrero—. La Academia de las Fuerzas Aéreas... Vaya, eso sí que es importante. Me parece que nadie de este condado ha ido nunca a una academia del ejército.

El señor Hearst y la señora Karr seguían oponiéndose, pero el señor Isby y Harlon Keschel se pusieron del lado de Francie y de Eli. Mary miraba fijamente el pasillo en penumbra, pero ya no veía nada. ¿Se habría ido él? El ayudante del sheriff volvió la cabeza para ver qué estaba mirando, pero tampoco vio nada y, tras encogerse ligeramente de hombros, se volvió hacia Mary y él también le guiñó un ojo. Mary estaba atónita. Aquella noche le habían guiñado los ojos más veces que en toda su vida. ¿Cómo debía tomarse aquellos guiños? ¿Debía ignorarlos? ¿Se esperaba acaso que los devolviera? Las lecciones de buenas maneras de la tía Ardith no incluían el asunto de los guiños.

La reunión se disolvió entre bromas y risas, y algunos padres se quedaron un momento para estrecharle la mano a Mary y decirle que estaba haciendo un buen trabajo. Pasó media hora antes de que Mary pudiera recoger su abrigo y llegar a la puerta y, cuando por fin salió, el ayudante del sheriff la estaba esperando

—La acompaño a su coche —dijo él con naturalidad—. Soy Clay Armstrong, el ayudante del sheriff.

—¿Cómo está? Mary Potter —contestó ella, tendiéndole la mano.

Él se la estrechó, y la manita de Mary desapareció en su manaza. Clay Armstrong llevaba el sombrero calado sobre el pelo castaño oscuro y rizado, pero a pesar de la sombra del ala, sus ojos azules brillaban. A Mary le cayó bien a primera vista. Era uno de esos hombres fuertes y tranquilos, firmes como una roca pero provistos de buen humor. El alboroto de la reunión lo había hecho reír a carcajadas.

—Todo el mundo en el pueblo la conoce. Aquí no vienen a vivir muchos forasteros, y menos una joven soltera del sur. El día que llegó, todo el condado oyó hablar de su acento. ¿No ha notado que las chicas de la escuela intentan imitar su acento?

—¿De veras? —preguntó Mary con sorpresa.

—Claro —Clay Armstrong aminoró el ritmo para ponerse a su paso mientras caminaban hacia el coche. El aire frío se echaba sobre Mary y le helaba las piernas, pero, en compensación, la noche era diáfana y cristalina, y mil estrellas titilaban en el cielo.

Llegaron al coche.

—¿Le importaría aclararme una cosa, señor Armstrong?

—Lo que quiera. Y llámame Clay.

—¿Por qué se ha enfadado tanto la señora Karr con el señor Baugh, y no con la señora Beecham? Fue la señora Beecham quien empezó todo.

—Cicely y Eli son primos hermanos. Los padres de Cicely murieron cuando ella era pequeña, y los padres de Eli la acogieron en su casa. Cicely y Eli son de la misma edad, así que crecieron juntos y se peleaban todo el tiempo como gatos salvajes. Todavía se pelean, supongo, pero algunas familias son así. A pesar de todo, están muy unidos.

Aquella clase de familia causaba perplejidad en Mary, pero parecía cómodo y agradable poder pelearse con alguien y saber que aun así te quería.

—Entonces, ¿le pegó por reírse de ella?

—Y porque con él podía enfadarse. Con la señorita Beecham nadie se enfada. Fue maestra de todos los adultos de este condado, y todos seguimos teniéndole mucho respeto.

—Eso suena muy bonito —dijo Mary sonriendo—. Espero estar todavía aquí cuando tenga su edad.

—¿También piensa seguir armando líos en la junta escolar?

—Eso espero —repitió ella.

Él se inclinó para abrirle la puerta del coche.

—Yo también lo espero. Tenga cuidado al volver a casa.

Cuando Mary montó en el coche, Clay cerró la puerta, se tocó con los dedos el ala del sombrero y se alejó.

Era un hombre agradable. La mayoría de los vecinos de Ruth eran agradables. Se equivocaban con Wolf Mackenzie, pero en el fondo no eran mala gente.

Wolf... ¿Dónde se habría metido?

Mary confiaba en que Joe no decidiera dejar de dar clases por culpa de aquello. Aunque sabía que era absurdo hacerse ilusiones, estaba cada vez más convencida de que sería aceptado en la Academia y se sentía extraordinariamente orgullosa de que fuera en parte gracias a ella. La tía Ardith habría dicho que cuanto más alto se sube, más dura es la caída, pero Mary pensaba a menudo que uno nunca se caía si primero no intentaba levantarse. En más de una ocasión había replicado a aquel refrán de la tía Ardith con uno de su propia cosecha: de nada, nada se hace. A la tía Ardith la sacaba de sus casillas que su arma favorita se volviera contra ella. Mary suspiró. Echaba muchísimo de menos a su sarcástica tía. Su provisión de dichos y refranes acabaría enmoheciéndose por falta de uso ahora que no podía medir su ingenio con el de ella.

Cuando entró en el caminito de su casa, estaba cansada, hambrienta y nerviosa, y temía que, en un alarde de nobleza, Joe quisiera dejar las clases para no causarle más problemas.

—Voy a seguir dándole clases —masculló en voz alta mientras salía del coche—, aunque tenga que perseguirlo a caballo.

—¿A quién vas a perseguir a caballo? —preguntó Wolf con aspereza, y Mary dio tal respingo que se golpeó la rodilla con la puerta del coche.

—¿De dónde sales? —preguntó con idéntica exasperación—. Maldita sea, me has asustado.

—Creo que no lo bastante. He aparcado en el granero, donde no se vea el coche.

Mary observó absorta su rostro cincelado e impenetrable. La luz incolora de las estrellas velaba sus rasgos angulosos, pero a ella le bastaba con eso. Hasta ese momento no se había dado cuenta de las ganas que tenía de volver a verlo, de sentir su sobrecogedora presencia. La sangre corría tan aprisa por sus venas que ya ni siquiera notaba el frío. Aquello era posiblemente lo que significaba «arder de deseo». Resultaba emocionante y en cierto modo pavoroso, pero Mary llegó a la conclusión de que le gustaba.

—Vamos dentro —dijo él al ver que ella no se movía, y Mary echó a andar en silencio hacia la puerta trasera. La había dejado abierta para no tener que andar a tientas con la llave en la oscuridad, y Wolf frunció el ceño cuando giró el picaporte y abrió.

Entraron y Mary cerró y encendió la luz. Wolf se quedó mirando el sedoso pelo castaño que se le había escapado del moño, y tuvo que cerrar los puños para no tocarla.

—No vuelvas a dejar la puerta abierta —le advirtió.

—No creo que vayan a robarme —replicó ella, y luego añadió con sinceridad—: No tengo nada que un ladrón que se precie quiera robar.

Wolf se había jurado no tocarla. Sabía lo difícil que

iba a resultarle cumplir su promesa, pero no hasta qué punto. Deseaba zarandearla hasta que entrara en razón, pero sabía que si la tocaba no podría dominarse. El dulce olor de Mary excitaba sus sentidos, atrayéndolo hacia ella; olía a una fragancia cálida y delicada, tan femenina que hacía que todo su cuerpo se tensara de deseo. Finalmente, sin embargo, logró apartarse de ella, consciente de que a ambos les convenía guardar las distancias.

—No me refería a un ladrón.

—¿No? —Mary sopesó su pregunta y entonces se dio cuenta de lo que él había querido decir y de lo que ella había contestado. Se aclaró la garganta y se acercó al fogón, confiando en que Wolf no se diera cuenta de que se había puesto colorada—. Si hago café, ¿te tomarás una taza o te irás hecho una furia en cuanto esté hecho, como el otro día?

Su ácido tono de reproche hizo gracia a Wolf, que se preguntó cómo había podido pensar alguna vez que Mary era una mojigata. Su ropa podía estar pasada de moda, pero su carácter distaba mucho de ser apocado. Mary decía exactamente lo que pensaba y no vacilaba en increpar a quien fuera. Apenas una hora antes había dado la cara por él delante de todo el condado. Aquel recuerdo lo hizo serenarse.

—Me tomaré el café si insistes en hacerlo, pero preferiría que te sentaras y me escucharas.

Mary se dio la vuelta, se deslizó en una silla y juntó las manos remilgadamente sobre la mesa.

—Te escucho.

Wolf apartó de la mesa otra silla y la puso de lado,

frente a ella, antes de sentarse. Mary posó en él una mirada seria.

—Te he visto en el pasillo.

Él pareció contrariado.

—Maldita sea. ¿Me ha visto alguien más?

Le extrañaba que ella lo hubiera visto porque había sido muy cauteloso, y se le daba bien esconderse cuando no quería que lo vieran.

—Creo que no —Mary hizo una pausa—. Lamento que hayan dicho esas cosas.

—No me preocupa lo que la buena gente de Ruth piense de mí —dijo él con dureza—. Puedo vérmelas con ellos, y Joe también. Nuestro sustento no depende de esa gente, pero el tuyo sí. No vuelvas a dar la cara por nosotros, a menos que no te guste mucho tu trabajo y estés intentando perderlo, porque eso es lo que vas a conseguir si sigues así.

—No voy a perder mi trabajo por darle clases a Joe.

—Puede que no. Puede que se muestren tolerantes con Joe ahora que les has echado en cara lo de la Academia, pero conmigo es distinto.

—Tampoco voy a perder mi trabajo por ser amable contigo. Tengo un contrato —explicó ella con serenidad—. Un contrato blindado. No es fácil conseguir un profesor en un sitio tan pequeño y aislado como Ruth, sobre todo en pleno invierno. Podría perder mi empleo si me consideraran incompetente, o si infringiera la ley, y desafío a cualquiera a que demuestre que no hago bien mi trabajo.

Wolf se preguntó si eso significaba que no descartaba infringir la ley, pero no se lo preguntó. La luz de la cocina caía directamente sobre la cabeza de Mary, envolviendo su pelo en un nimbo plateado cuyo brillo lo distraía a cada instante. Sabía que su pelo era castaño, pero era tan claro y ceniciento que no tenía reflejos rojizos, y cuando la luz le daba de lleno sus mechones parecían casi plateados. Era como un ángel, con sus suaves ojos azules, su piel traslúcida y su sedoso pelo, que se deslizaba desde el prieto moño para ensortijarse alrededor de su cara. Wolf sintió un doloroso nudo en las entrañas. Deseaba tocarla. Deseaba sentirla desnuda bajo él. Deseaba hallarse dentro de ella, cabalgarla suavemente hasta que estuviera húmeda y tersa y le clavara las uñas en la espalda...

Mary alargó el brazo y puso su fina mano sobre la de él, mucho más grande, y hasta aquella leve caricia avivó el deseo de Wolf.

—Cuéntame qué pasó —le pidió Mary con suavidad—. ¿Por qué te mandaron a la cárcel? Sé que no hiciste nada.

Wolf era un hombre duro tanto por carácter como por necesidad, pero la sencilla y candorosa fe de Mary lo conmovió profundamente. Él siempre había estado solo, aislado de los blancos por su sangre india y de los indios por su sangre blanca. Ni siquiera se había sentido próximo a sus padres, a pesar del cariño que se habían profesado. Sus padres, en realidad, nunca lo habían conocido; nunca habían penetrado en sus pensamientos íntimos. Tampoco se había sentido unido a su esposa, la madre de Joe. Se acostaba con ella y le tenía afecto, pero también a ella la había mantenido a distancia. Sólo con Joe se había resquebrajado su reserva, y era

Joe quien mejor lo conocía en el mundo. Él y su hijo, a quien quería con ferocidad, formaban parte el uno del otro. Tan sólo el recuerdo de Joe lo había mantenido vivo durante sus años en prisión.

Le causaba un profundo desasosiego que aquella mujercita blanca tuviera el don de tocar fibras sensibles que creía completamente aisladas. No quería que se acercara a él en ningún sentido que pudiera perturbar sus emociones. Quería acostarse con ella, no que le importara, y se enfurecía cuando se daba cuenta de que ya le importaba. Aquello no le gustaba nada.

Se quedó mirando la mano frágil de Mary, cuyo tacto era leve y delicado. Ella no rehuía tocarlo como si fuera algo sucio; pero tampoco lo manoseaba como hacían otras mujeres, vorazmente, deseosas de utilizarlo, de averiguar si el salvaje podría satisfacer sus ávidos y banales apetitos. Ella sólo había alargado la mano para tocarlo porque se preocupaba por él.

Observó cómo su mano giraba lentamente y envolvía la de Mary, rodeando sus pálidos y finos dedos entre la palma curtida como si quisiera protegerlos.

—Fue hace nueve años —su voz sonó baja y áspera, y Mary tuvo que inclinarse hacia delante para escucharlo—. No, casi diez. Hará diez años en junio. Joe y yo acabábamos de mudarnos aquí. Yo estaba trabajando en el rancho Media Luna. Una chica del condado de al lado fue violada y asesinada. Encontraron su cuerpo en la linde más alejada del Media Luna. Fueron a buscarme para interrogarme, pero la verdad es que me lo esperaba desde el momento en que me enteré de lo de la chica. Era nuevo aquí, y además indio. Pero no había pruebas contra mí, así que tuvieron que soltarme. Tres semanas después, violaron a otra chica. Ésta era del rancho Rocking L, justo al oeste del pueblo. La apuñalaron, como a la otra, pero sobrevivió. Había visto al violador —se detuvo un momento y la expresión de sus ojos negros pareció cerrarse al recordar aquellos años ya lejanos—. Dijo que parecía indio. Era moreno, con el pelo negro, y alto. No hay muchos indios altos por aquí. Volvieron a detenerme antes siquiera de que me enterara de que habían violado a otra chica. Me pusieron en una fila con seis blancos con el pelo negro. La chica me identificó, y me acusaron. Joe y yo vivíamos en el Media Luna, pero por alguna razón nadie recordaba haberme visto en casa la noche que violaron a la chica, excepto Joe, y la palabra de un crío indio de seis años no valía nada.

A Mary se le encogió el corazón al pensar en lo que aquello tenía que haber supuesto para él y para Joe, que entonces era sólo un niño. ¡Cuánto habría sufrido Wolf pensando en lo que podía ocurrirle a su hijo! Ella no sabía qué podía decir para aliviar una indignación que duraba ya diez años, y prefirió no decir nada; se limitó a apretarle la mano para que supiera que no estaba solo.

—Me juzgaron y me declararon culpable. Tuve suerte porque no pudieron relacionarme con la primera violación, la de la chica a la que mataron, o me habrían linchado. Pero en realidad todo el mundo pensaba que lo había hecho yo.

—Fuiste a prisión —a Mary le costaba creerlo, aunque sabía que era cierto—. ¿Qué pasó con Joe?

—El estado se hizo cargo de él. Yo sobreviví a la cárcel. No fue fácil. Allí, a los violadores se los considera caza legal. Tuve que convertirme en el mayor hijo de puta del mundo sólo para sobrevivir de noche en noche.

Mary había oído historias acerca de lo que sucedía en las cárceles, y su angustia se hizo más intensa. Wolf había sido encerrado, alejado de las montañas y del sol, del aire fresco y limpio, y ella sabía que aquello había tenido que ser como enjaular a un animal salvaje. Wolf era inocente, pero pese a todo le habían arrebatado la libertad y a su hijo, y lo habían arrojado en prisión entre la escoria de la humanidad. ¿Habría dormido bien una sola vez en todo el tiempo que había pasado en la cárcel, o sólo se adormecía, con los sentidos siempre alerta, listo para atacar?

Mary tenía la garganta seca y tirante. Sólo logró musitar:

—¿Cuánto tiempo estuviste en prisión?

—Dos años —el rostro de Wolf tenía una expresión dura; sus ojos parecían llenos de amenazas, pero Mary sabía que aquellas amenazas iban dirigidas hacia dentro, hacia sus amargos recuerdos, no hacia ella—. Luego consiguieron relacionar una serie de violaciones y asesinatos entre Casper y Cheyenne y atraparon al culpable. El tipo confesó, y hasta parecía orgulloso de sus hazañas, aunque estaba también un poco molesto porque no le hubieran concedido a él todo el mérito. Confesó las dos violaciones en esta zona, y dio detalles que sólo el violador podía conocer.

—¿Era indio?

Wolf esbozó una sonrisa cruel.

—Italiano. Moreno de piel, con el pelo rizado.

—Entonces, ¿te soltaron?

—Sí. Mi nombre quedó limpio. Me dijeron que lo sentían y me dejaron libre. Había perdido a mi hijo, mi trabajo, todo lo que poseía. Averigüé dónde habían llevado a Joe y fui a buscarlo. Luego pasé una temporada trabajando en rodeos para ganar algún dinero, y tuve suerte. Me fue bastante bien. Gané lo suficiente para volver aquí con algo en el bolsillo. El dueño del Media Luna había muerto sin herederos y las tierras iban salir a subasta para pagar los impuestos. Me quedé sin un centavo, pero compré las tierras. Joe y yo nos establecimos aquí, y empecé a adiestrar caballos y a levantar el rancho.

—¿Por qué volviste? —Mary no lograba entenderlo. ¿Por qué regresar a un lugar donde lo habían tratado tan cruelmente?

—Porque estaba cansado de dar tumbos, sin tener nunca un sitio que pudiera llamar mío; cansado de que me miraran como a un indio vago y sucio; cansado de que mi hijo no tuviera un hogar. Y porque de ningún modo iba a dejarme vencer por esos bastardos.

El dolor de Mary se intensificó. Deseaba poder aliviar la ira y la amargura de Wolf, atreverse a tomarlo en sus brazos para ofrecerle consuelo; deseaba que pudiera formar parte de la sociedad en lugar de ser una espina clavada en su costado.

—Bueno, no todos son hijos ilegítimos —dijo, y le pareció que la boca de Wolf se torcía de pronto como si fuera a sonreír—, del mismo modo que no todos los indios son vagos y sucios. La gente es sólo gente, buena y mala.

—Tú necesitas alguien que te proteja —contestó él—. Con esa actitud de buenaza te vas a meter en un lío. Dale clases a Joe, haz lo que puedas por él, pero, por tu propio bien, mantente alejada de mí. Esa gente no cambió de opinión sobre mí porque me soltaran.

—Tú no has intentado hacerlos cambiar de opinión. Te has limitado a restregarles su culpa por las narices —señaló ella en tono ácido.

—¿Y qué quieres? ¿Que olvide lo que me hicieron? —preguntó él con la misma acritud—. ¿Que olvide que su *justicia* consistió en ponerme en una fila con seis blancos y decirle a la chica que señalara al indio? Pasé dos años en el infierno. Todavía no sé qué le pasó a Joe, pero cuando por fin lo recuperé pasó tres meses sin pronunciar palabra. ¿Olvidar eso? ¡Ni en sueños!

—Así que ellos no cambian de idea, tú no cambias de idea, y yo tampoco. Creo que estamos todos en tablas.

Wolf la miró con rabia y de pronto pareció darse cuenta de que seguía dándole la mano. La soltó bruscamente y se levantó.

—Mira, no puedes ser amiga mía. No podemos ser amigos.

Mary se sintió helada y desvalida, con la mano vacía. Alzó la mirada hacia él y juntó las manos sobre el regazo.

—¿Por qué? Naturalmente, si no te gusto… —su voz se apagó, y bajó la cabeza para examinarse las manos como si nunca antes las hubiera visto.

¿No gustarle? Wolf no podía dormir, tenía los nervios a flor de piel, se excitaba con sólo recordarla y pensaba en ella a todas horas. Se sentía físicamente tan frustrado que tenía la sensación de que iba a volverse loco, pero ni siquiera podía desfogarse con Julie Oakes o con cualquier otra mujer porque no lograba quitarse de la cabeza aquel pelo castaño, fino como el de un bebé, aquellos ojos azul pizarra y aquella piel traslúcida como pétalos de rosa. Luchaba a brazo partido por mantenerse alejado de ella, y sólo la certeza de que la buena gente de Ruth se volvería contra ella si la convertía en su mujer le impedía estrecharla entre sus brazos. A pesar de sus tercos principios, Mary no estaba preparada para afrontar el dolor y las dificultades que encontraría a su paso si eso llegaba a ocurrir.

Su frustración se desbordó de pronto, y se sintió lleno de ira por tener que alejarse de la única mujer a la que deseaba con locura. Sin darse cuenta de lo que hacía, alargó los brazos, asió a Mary por las muñecas y la hizo levantarse de un tirón.

–¡Maldita sea, entérate de una vez, no podemos ser amigos! ¿Quieres saber por qué? Porque no puedo estar a tu lado sin pensar en arrancarte la ropa y hacerte mía, allí donde estemos. ¡Demonios, ni siquiera sé si me pararía a desnudarte! Quiero tocar tus pechos, meterme tus pezones en la boca. Quiero que me rodees la cintura con las piernas, que pongas los tobillos sobre mis hombros, o que te pongas como quieras con tal de poder estar dentro de ti –la apretaba con tanta fuerza que su cálido aliento rozaba las mejillas de Mary mientras desgranaba sobre ella en voz baja aquellas ásperas palabras–. Por eso, cariño, es imposible que seamos amigos.

Mary sintió que las palabras de Wolf comenzaban a desperezar sus sentidos y se estremeció. A pesar de que estaban llenas de ira, aquellas palabras dejaban claro que Wolf sentía lo mismo que ella, y al mismo tiempo describían actos que ella sólo a medias podía imaginar. Era demasiado inexperta y espontánea como para ocultarle sus emociones, de modo que ni siquiera lo intentó. Sus ojos estaban llenos de un doloroso deseo.

–Wolf...

Bastó con que dijera su nombre de aquel modo, con una leve inflexión de anhelo, para que él le apretara las muñecas con más fuerza.

–¡No!

–Yo... te deseo.

Aquella confesión, formulada en un trémulo susurro, dejaba a Mary completamente a su merced, y Wolf lo sabía. De pronto empezó a maldecir para sus adentros. ¿Acaso no tenía aquella mujer ni pizca de sentido común? ¿No sabía lo que suponía para un hombre que la mujer a la que deseaba se le ofreciera de aquel modo, sin condiciones ni reticencias? Wolf sentía que su cordura pendía de un hilo, pero se aferró a ella con determinación, consciente de que Mary no sabía lo que decía. Ella era virgen. Había recibido una educación estricta y anticuada, y tenía únicamente una vaga idea de lo que le estaba proponiendo.

–No digas eso –murmuró finalmente–. Ya te dicho que...

–Lo sé –lo interrumpió ella–. Soy demasiado inexperta para resultar interesante, y tú... tú no quieres que te usen como conejillo de indias. No lo he olvidado

—Mary rara vez lloraba, pero en ese instante sentía la humedad salobre de las lágrimas quemándole los ojos.

Wolf se ablandó al ver su expresión angustiada.

—Te mentí. ¡Dios, cómo te mentí!

De pronto perdió las riendas. Tenía que abrazarla, sentirla en sus brazos aunque fuera sólo un momento, saborear de nuevo su boca. Le alzó las muñecas y le hizo rodearle el cuello con las manos; luego inclinó la cabeza y la estrechó entre sus brazos, apretándola contra sí. Besó su boca, y la avidez con que respondió Mary inflamó aún más su deseo. Ella ya sabía qué debía hacer; abrió los labios y comenzó a acariciar con la lengua suavemente, con dulzura, la lengua de Wolf. Eso se lo había enseñado él, lo mismo que le había enseñado a derretirse contra su cuerpo, y aquella certeza volvía a Wolf casi tan loco como el suave contacto de los pechos de Mary contra su torso.

Ella se sumergió en el éxtasis puro de hallarse de nuevo entre sus brazos, y las lágrimas que había estado conteniendo se deslizaron por sus pestañas. Aquello era demasiado doloroso, demasiado bello para ser simple lujuria. Si era amor, no sabía si podría soportarlo.

La boca de Wolf, ávida y dura, le arrebataba largos y profundos besos que la hacían aferrarse a él, aturdida y ciega. La mano de Wolf se movió con firmeza por su costado y se cerró sobre uno de sus pechos, y Mary sólo consiguió dejar escapar un quejido de placer, bajo y gutural. Los pezones le palpitaban, ardientes, y las caricias de Wolf, que aplacaban su ansia y al mismo tiempo la avivaban, hacían que quisiera más y más. Deseaba que todo fuera como él se lo había descrito, ansiaba sentir su boca en los pechos y se retorcía febrilmente contra él. Se sentía vacía y necesitaba que él la colmara. Necesitaba que la hiciera suya.

Él levantó la cabeza bruscamente y le apretó la cara contra su hombro.

—Tengo que parar. Ahora mismo —dijo con voz ronca. Estaba tan excitado como un adolescente en el asiento trasero del coche de papá, y temblaba.

Mary sopesó un momento las advertencias de la tía Ardith y, al poner en el otro platillo de la balanza lo que sentía, llegó a la conclusión de que estaba enamorada de Wolf; aquella mezcla de gozo y tormento no podía ser otra cosa.

—Yo no quiero parar —dijo con voz trémula—. Quiero que me ames.

—No. Soy indio, Mary. Tú eres blanca. La gente del pueblo te hará la vida imposible. Lo de esta noche no ha sido más que una muestra de lo que tendrías que soportar.

—¡Estoy dispuesta a arriesgarme! —gritó ella con desesperación.

—Yo no. Yo puedo aguantarlo, pero tú... tú dependes de tus principios, cariño. Y no puedo ofrecerte nada a cambio.

Si hubiera creído que había alguna posibilidad de vivir allí en paz, Wolf habría asumido el riesgo, pero sabía que, tal y como estaban las cosas, aquello era imposible. Aparte de Joe, Mary era la única persona en el mundo a la que deseaba proteger, y apartarse de ella le parecía lo más duro que había tenido que hacer en toda su vida.

Mary apartó la cabeza de su hombro, dejando al descubierto sus mejillas mojadas.

—Sólo te quiero a ti.

—Pero yo soy lo único que no puedes tener. Ellos te harían pedazos —Wolf bajó suavemente los brazos y se volvió para marcharse.

Mary intentó contener las lágrimas, y su voz sonó baja y crispada.

—Me arriesgaré.

Wolf se detuvo con la mano en el pomo de la puerta.

—Yo no.

Mary lo vio marcharse nuevamente, y esta vez le resultó mucho más duro que la primera.

Joe estaba extrañamente distraído; era, por lo general, un alumno muy atento, que se aplicaba a la materia que estuviera estudiando con concentración casi extraordinaria, pero esa noche parecía tener otras cosas en la cabeza. Había aceptado sin decir palabra el traslado de las clases a la escuela y ni siquiera mostraba indicios de haberse enterado del asunto que se había tratado en la reunión de la junta escolar y que había dado lugar a aquel cambio. Como estaban a principios de mayo y el día había sido desacostumbradamente cálido, Mary atribuyó a medias su desasosiego a la fiebre primaveral. El invierno había sido muy largo, y ella también se sentía inquieta.

Por fin cerró el libro que tenía delante de ella.

−¿Por qué no nos vamos pronto a casa? −sugirió−. No estamos avanzando gran cosa.

Joe cerró su libro y se pasó los dedos por el denso pelo negro, tan parecido al de su padre. Mary tuvo que apartar la mirada.

−Lo siento −dijo él tras una larga exhalación.

Era propio de él no dar explicaciones. Rara vez sentía la necesidad de justificarse. Durante las semanas que llevaban dando clases, sin embargo, Mary y él habían mantenido entre lección y lección largas conversaciones íntimas, y ella nunca vacilaba cuando tenía la impresión de que alguno de sus alumnos se hallaba en dificultades. Si lo que le causaba aquel desasosiego era la fiebre primaveral, quería que Joe se lo dijera.

—¿Te preocupa algo?

Él le lanzó una sonrisa irónica; una sonrisa demasiado adulta para un chico de dieciséis años.

—Podría decirse así.

—Ah.

Mary creyó adivinar por su sonrisa la causa de la inquietud de Joe, y se sintió más tranquila. Era, en efecto, más o menos, fiebre primaveral. Como solía decirle la tía Ardith: «Cuando a un jovencito le sube la calentura, las chicas deben andarse con cuidado. Dios mío, parecen volverse locos». Estaba claro que a Joe le estaba subiendo la calentura. Mary se preguntaba si las mujeres también tenían calentura.

Joe recogió su bolígrafo, estuvo jugando un momento con él y luego lo dejó a un lado como si de pronto hubiera decidido añadir algo más.

—Pam Hearst me ha pedido que la lleve al cine.

—¿Pam? —aquello era toda una sorpresa, y también una posible fuente de problemas. Ralph Hearst era uno de los vecinos del pueblo que con mayor vehemencia se oponían a los Mackenzie.

Joe entornó sus ojos azul hielo y la miró.

—Pam es la chica de la que te hablé.

Así que era Pam Hearst. Pam era bonita y brillante,

y su cuerpo joven y esbelto tenía unas curvas capaces de alterar las hormonas de cualquier muchacho. Mary se preguntaba si su padre sabía que estaba coqueteando con Joe y si ésa sería una de las razones de su hostilidad.

—¿Vas a aceptar?

—No —dijo él con firmeza, y Mary se sorprendió.

—¿Por qué?

—En Ruth no hay cine.

—¿Y?

—Pues que ése es precisamente el problema. Tendríamos que ir a otro pueblo. No creo que nos viera nadie que conozcamos. Ella quiere que la lleve después de clase, cuando sea de noche —se recostó en la silla y enlazó las manos detrás de la cabeza—. Le daba vergüenza que fuéramos a bailar, pero no le importa escaparse conmigo, a ver qué pasa. Puede incluso que piense que, aunque nos vieran, como es posible que yo vaya a la Academia, tal vez no se meta en muchos líos. A la gente parece impresionarla mucho lo de la Academia —dijo con ironía—. Supongo que la cosa cambia cuando el indio lleva uniforme.

Mary pensó de pronto que el anuncio que había hecho impulsivamente en la junta escolar tal vez no fuera tan buena idea.

—¿Preferirías que no hubiera dicho nada?

—Tenías que decirlo, tal y como estaban las cosas —contestó él, y Mary comprendió que estaba al corriente de lo que se había tratado en la reunión—. Ahora tengo más presión para entrar en la Academia, porque, si no entro, todos dirán que el indio la ha cagado, pero eso no está mal. Si me obliga a esforzarme más, estaré mucho más cerca de conseguirlo.

Mary no creía que Joe necesitara más alicientes; deseaba tanto entrar en la Academia que llevaba aquel deseo grabado a fuego en el alma. Desvió de nuevo la conversación hacia Pam.

—¿Te molesta que te lo haya pedido ahora?

—Me pone furioso. Y me puso todavía más furioso tener que decirle que no, porque te aseguro que me encantaría ponerle las manos encima —se detuvo bruscamente y le lanzó a Mary una de aquellas miradas demasiado maduras al tiempo que una leve sonrisa tensaba sus labios—. Lo siento. No quería entrar en detalles. Digamos que me siento atraído físicamente por ella, pero nada más, y ahora no puedo permitirme tontear con esas cosas. Pam es una buena chica, pero no figura en mis planes.

Mary entendía lo que quería decir. Ninguna mujer figuraba en los planes de Joe a largo plazo, o quizá nunca, excepto para procurarle desahogo físico. Joe era un chico solitario, igual que Wolf, y estaba, además, tan poseído por la obsesión de volar que una parte de él había desaparecido ya. Pam Hearst se casaría con algún chico del pueblo, se establecería en Ruth o en los alrededores, y criaría a su familia en el mismo sereno escenario en el que ella había crecido. La fugaz atención que Joe Mackenzie podía concederle antes de marcharse no estaba hecha para ella.

—¿Sabes de quién partió el rumor? —preguntó Joe con mirada dura. No le gustaba la idea de que hicieran daño a aquella mujer.

—No, ni me he molestado en averiguarlo. Pudo ser cualquiera que pasara por mi casa y viera tu camioneta. Pero, de todos modos, la gente parece haberlo olvidado ya, excepto... —se detuvo con expresión preocupada.

—¿Excepto quién? —insistió Joe.

—No pretendo decir que fuera ella quién difundió el rumor —se apresuró a decir Mary—. Es sólo que no me siento a gusto con ella. No le caigo bien y no sé por qué. Tal vez sea así con todo el mundo. Dottie Lancaster es...

—¡Dottie Lancaster! —Joe soltó una risa áspera—. Sí, no es mala idea. Pudo ser ella quien difundió el rumor. Ha tenido una vida dura, y en cierto modo me da pena, pero cuando iba a su clase me las hizo pasar moradas.

—¿Una vida dura? ¿Por qué?

—Su marido era camionero y se mató hace muchos años, cuando su hijo era sólo un bebé. Estaba haciendo una ruta por Colorado, y por culpa de un conductor borracho se salió de la carretera y cayó por un acantilado. El conductor era un indio. Ella nunca lo superó y supongo que culpa a todos los indios por lo que pasó.

—Pero eso es irracional.

Joe se encogió de hombros como si quisiera decir que había muchas cosas que eran irracionales.

—El caso es que se quedó sola con el niño y lo pasó muy mal. No tenía mucho dinero. Empezó a dar clases, pero tenía que pagar a alguien para que cuidara de su hijo, y, cuando tuvo edad para ir al colegio, el niño necesitó educación especial, lo cual exigía todavía más dinero.

—No sabía que Dottie tuviera hijos —dijo Mary sorprendida.

—Sólo Robert... Bueno, Bobby. Tiene unos veintitrés o veinticuatro años, creo. Vive todavía con la señora Lancaster, pero no sale mucho.

—¿Qué le pasa? ¿Tiene síndrome de Down, o alguna dificultad de aprendizaje?

—No es retrasado. Es sólo diferente. Le gusta la gente, pero no en grupo. Cuando hay mucha gente se pone nervioso, así que está casi siempre solo. Lee mucho y escucha música. Pero un verano le dieron trabajo en el almacén de materiales de construcción, y el señor Watkins le dijo que llenara una carretilla de arena. En vez de llevar la carretilla al montón de arena y echar la arena con una pala, Bobby llenaba la pala de arena y la llevaba hasta la carretilla. Hace cosas así. Tenía problemas para vestirse porque primero se ponía los zapatos y luego no podía ponerse los pantalones.

Mary había visto a personas como Bobby, a las que les costaba solucionar problemas cotidianos. Era una dificultad de aprendizaje, y hacía falta mucha paciencia y formación específica para enfrentarse a ello. De pronto sentía lástima por él, y por Dottie, que no había podido tener una vida feliz.

Joe apartó la silla y se levantó, estirando sus músculos agarrotados.

—¿Tú montas a caballo? —preguntó de improviso.

—No, nunca me he subido en un caballo —Mary se echó a reír—. ¿Crees que me expulsarán de Wyoming por eso?

Joe se puso serio.

—Podría ser. ¿Por qué no subes a la montaña algún sábado y te doy unas clases? En el instituto darán pronto las vacaciones de verano, y tendrás mucho tiempo para practicar.

Joe no podía saber lo tentadora que le resultaba a Mary aquella idea, no sólo por aprender a montar a caballo, sino por volver a ver a Wolf. El problema era que le haría tanto daño verlo como no verlo, porque él seguía estando fuera de su alcance.

—Me lo pensaré —prometió, aunque dudaba de que alguna vez le tomara la palabra.

Joe no insistió, pero no pensaba dejarlo así. De un modo u otro tenía que conseguir que Mary subiese a la montaña. Tenía la impresión de que su padre estaba a punto de perder los estribos. Pasear a Mary delante de sus narices sería como poner una yegua en celo delante de un semental. Su linda y sarcástica maestrita tendría suerte si su padre no se abalanzaba sobre ella antes siquiera de que dijera «hola». Joe tuvo que disimular una sonrisa. Nunca había visto a Wolf tan impresionado por una mujer como por Mary Elizabeth Potter. Estaba tan colado por ella que era más peligroso que un puma herido.

Joe se puso a tararear para sus adentros unos compases de *Casamentero*.

El viernes siguiente por la tarde, cuando Mary llegó a casa, había en el buzón una carta del senador Allard, y al abrirla le temblaron los dedos. Si eran malas noticias para Joe, si el senador Allard declinaba recomendar su ingreso en la Academia, no sabía qué iba a hacer. El senador Allard no era su único recurso, pero parecía el más receptivo, y su rechazo resultaría sumamente desalentador.

La carta del senador era breve; le daba las gracias por sus esfuerzos y la informaba de que había resuelto recomendar el ingreso de Joe en la Academia para el curso siguiente a la graduación del muchacho en el instituto. A partir de ahí, sólo dependería de Joe superar las rigurosas pruebas físicas y académicas.

Dentro del sobre había también una carta de felicitación dirigida a Joe.

Mary se llevó las cartas al pecho y sintió que se le saltaban las lágrimas. ¡Lo habían conseguido, y no había sido tan difícil! Se había mentalizado para escribir a todos los congresistas una vez por semana hasta que le dieran a Joe una oportunidad, pero no había hecho falta. Había bastado con las notas de Joe.

Una noticia tan excelente no podía esperar, de modo que volvió a montarse en el coche y enfiló la carretera de la montaña Mackenzie. En aquella época del año, el trayecto era muy distinto; la nieve se había fundido, y junto a la carretera brotaban las flores silvestres. Después del crudo frío invernal, el sol de la primavera era como una bendición sobre su piel, a pesar de que no hacía ni mucho menos tanto calor como en Savannah. Estaba tan emocionada que ni siquiera reparó en el desnivel que bordeaba la sinuosa carretera. Se fijó, en cambio, en la salvaje magnificencia de las montañas, que se elevaban, majestuosas, hacia el cielo azul profundo. Respiró hondo y pensó que la primavera compensaba los rigores del invierno. Era como un hogar, un nuevo hogar, un lugar amado y familiar.

Las ruedas levantaron una nube de gravilla cuando se detuvo junto a la puerta de la cocina de la casa de un solo piso, y antes de que el coche dejara de oscilar sobre sus amortiguadores, subió de un salto los escalones y se puso a aporrear la puerta.

—¡Wolf! ¡Joe! —sabía que estaba gritando como una loca, pero se sentía tan feliz que no le importaba. En algunas situaciones, había que gritar.

—¡Mary!

Se giró al oír la voz de Wolf tras ella. Él había salido del granero a todo correr. Su cuerpo poderoso avanzaba con fluidez. Mary dejó escapar un grito de júbilo, bajó los escalones de un salto y echó a correr por el camino de grava con la falda levantada.

—¡Lo ha conseguido! —gritaba, agitando las cartas—. ¡Lo ha conseguido!

Wolf se paró en seco y observó cómo avanzaba Mary dando brincos hacia él, con la falda volando sobre los muslos. Apenas había tenido tiempo de comprender que no pasaba nada malo, que Mary estaba riendo, cuando, a tres pasos de distancia de él, ella se lanzó al aire. Wolf la agarró al vuelo, la rodeó con sus fornidos brazos y la sujetó contra su pecho.

—¡Lo ha conseguido! —gritó ella de nuevo, y le echó los brazos al cuello.

Wolf, que sólo podía pensar en una cosa, notó que la boca se le quedaba seca.

—¿Lo ha conseguido?

Mary agitó las cartas ante su cara.

—¡Lo ha conseguido! El senador Allard... la carta estaba en mi buzón... no podía esperar... ¿Dónde está Joe? —sabía que hablaba casi con incoherencia e hizo un esfuerzo por recuperar la compostura, pero no podía parar de reír.

—Está en el pueblo. Ha ido a recoger unos tablones para el cercado. Maldita sea, ¿estás segura de que eso es lo que dice? Todavía le queda un año de instituto...

—Menos, al paso que va. Pero de todos modos tiene que tener diecisiete años cumplidos. El senador lo ha recomendado para el curso que empieza después de su graduación. ¡Dentro de menos de un año y medio!

Una fiera expresión de orgullo, heredada de sus antepasados comanches y celtas, inundó el rostro de Wolf. En sus ojos brillaba un fuego oscuro. Exultante, agarró a Mary por debajo de los brazos, la levantó y comenzó a dar vueltas con ella. Mary echó la cabeza hacia atrás, riendo a carcajadas, y de pronto Wolf sintió que todo su cuerpo se tensaba de deseo. Era un deseo poderoso como un golpe en las tripas; un deseo que le cortaba la respiración. La risa de Mary era fresca como la primavera. Wolf, que sentía su cuerpo cálido y suave entre los brazos, deseó de pronto quitarle el recatado vestido que llevaba puesto.

Su rostro fue adquiriendo paulatinamente una expresión más dura y más salvaje. Bajó a Mary despacio, mientras ella seguía riendo, agarrada a sus hombros, y se detuvo cuando tuvo sus pechos a la altura de la cara. La atrajo hacia sí y hundió la cara entre sus senos, y la risa se apagó en la garganta de Mary. Entonces le rodeó con un brazo las nalgas y con el otro le enlazó la espalda, y su boca ardiente buscó el pezón de uno de sus pechos. Al encontrarlo, cerró la boca sobre él a través de la tela del vestido y el sujetador.

Aquella caricia despertó en Mary un placer tan exquisito que dejó escapar un gemido y arqueó la espalda, comprimiéndose contra él. Aquello no le bastaba. Metió los dedos entre el pelo de Wolf y le apretó la cabeza contra sus pechos. Pero seguía sin ser suficiente. Deseaba a Wolf con repentina y fiera desesperación. Las capas de ropa que separaban sus cuerpos la sacaban de quicio, y empezó a frotarse contra él al tiempo que leves quejidos escapaban de su garganta.

—Por favor —suplicó—. Wolf...

Él levantó la cabeza con una salvaje mirada de deseo. Respiraba trabajosamente y la sangre le palpitaba en las venas.

—¿Quieres más? —preguntó guturalmente, incapaz de mantener un tono normal.

Ella se restregó de nuevo contra él, clavándole las uñas con desesperación.

—Sí.

Wolf dejó que se deslizara despacio por su cuerpo, frotándola deliberadamente contra el duro abultamiento de sus vaqueros, y los dos se estremecieron. Ya no recordaba las razones que se había dado a sí mismo para no acostarse con ella; no pensaba ya en nada, salvo en el deseo de hacerla suya. ¡Y al diablo con lo que pensaran los demás!

Miró a su alrededor, calculando a qué distancia estaban de la casa y del granero. El granero estaba más cerca. La agarró por la cintura con una mano y echó a andar con paso firme hacia las grandes puertas que dejaban entrever el interior en penumbra.

Mary lo siguió a rastras, casi sin aliento. Estaba aturdida por la repentina interrupción del placer, y confusa por el comportamiento de Wolf. Quería preguntarle qué iba a hacer, pero no tenía suficiente oxígeno en los pulmones para formular la pregunta. Entonces llegaron al granero, y al entrar se sintió inundada por la percepción de la luz tenue, del calor animal y del terrenal olor a tierra, a caballos, a cuero y a heno. Oyó suaves relinchos y el golpeteo amortiguado de los cascos sobre la paja. Wolf la condujo a una caballeriza vacía y tiró de ella hacia el heno fresco. Mary se tendió de espaldas, y Wolf se tumbó sobre ella, hundiéndola más entre la paja.

—Bésame —musitó ella, y alargó las manos para hundir los dedos entre el pelo largo de Wolf.

—Voy a besarte por todas partes antes de que esto acabe —masculló él, y bajó la cabeza.

La boca de Mary se abrió bajo la presión de la suya, y su lengua penetró en ella profundamente. Mary reconoció de manera instintiva el ritmo de sus caricias y respondió con avidez. Wolf pesaba mucho, pero le parecía tan natural soportar su peso que incluso disfrutaba con la presión de su cuerpo. Rodeó con los brazos sus hombros musculosos y lo apretó con fuerza; quería estar tan cerca de él como fuera posible, y empezó a mover las caderas levemente, con un movimiento ondulante, ajustándose a la presión del sexo de Wolf. Aquel lento balanceo provocó en Wolf una repentina aceleración sanguínea. Pensando que iba a estallarle la cabeza, dejó escapar un sonido bajo y buscó a tientas la cremallera del vestido de Mary. Tenía la sensación de que se moriría si no sentía el tacto de su piel tersa, si no hundía dentro de ella su carne palpitante.

Un delicado rubor cubrió las mejillas de Mary. Todo aquello era sobrecogedoramente nuevo para ella, pero era también tan delicioso que ni siquiera se le ocurrió proferir una queja. No quería protestar. Deseaba a Wolf. Con él se sentía mujer, cálida y sexual, y era intensamente consciente de que se estaba ofreciendo al hombre que amaba. Quería estar desnuda para él, y lo ayudó a desvestirla sacando los brazos de las mangas mientras Wolf le tiraba de los hombros del vestido y se lo bajaba hasta la cintura. En un arrebato de atrevimiento, se había comprado un sujetador que se abrochaba por delante con un solo corchete, y cuando Wolf bajó la mirada hacia sus pechos, apenas cubiertos por la fina tela de color suave, se alegró de haberlo hecho. Wolf desabrochó hábilmente el corchete con una mano, un truco que ella todavía no había aprendido, y observó cómo se replegaban los bordes del sujetador hasta detenerse justo antes de que se vieran los pezones. Las suaves curvas de los pechos de Mary quedaron al descubierto.

Wolf profirió de nuevo aquel sonido áspero, casi un gruñido, y se inclinó para apartar con la cara el sujetador. Su boca, cálida y húmeda, se deslizó sobre uno de los pechos de Mary y se cerró sobre el prieto botoncillo del pezón. Ella dio un respingo, y todo su cuerpo se tensó, presa de un placer tan intenso que bordeaba el dolor, mientras Wolf le chupaba con más fuerza el pezón. Cerró los ojos y gimió. No podía soportarlo; era demasiado delicioso. Un río ardiente de impulsos a un tiempo placenteros y desgarradores fluía desde su pecho hasta su sexo, cuyo pálpito, doloroso y vacío, le hacía tensar las piernas y arquearse bajo él, suplicándole en silencio la descarga que nunca había experimentado pero que su cuerpo conocía intuitivamente, fruto de una antigua sabiduría.

Wolf la sintió moverse bajo él otra vez, y el último jirón de control que conservaba se desvaneció. Le subió bruscamente la falda hasta la cintura, le separó los muslos y se colocó entre la delicada uve que formaban sus piernas. Mary abrió los ojos, un poco asombrada por lo que sentía, pero ansiosa por seguir aprendiendo.

—Quítate la ropa —susurró frenéticamente, y empezó a tirar de los botones de la camisa de Wolf.

Él se arrodilló y, echándose hacia atrás, se abrió la camisa de un tirón y se la quitó. Su piel desnuda relucía con una fina pátina de sudor y, a la luz tenue del establo, repleta de flotantes partículas de polvo, la capa lisa y morena que revestía sus recios músculos le daba el aspecto de una escultura viva, tallada por la mano de un maestro. La mirada de Mary se movía ansiosamente, enfebrecida, sobre él. Era perfecto, fuerte y viril, y su cuerpo tenía un olor caliente y levemente almizclado. Mary deslizó las manos sobre su amplio pecho, cuyo vello suave se extendía en forma de diamante entre sus pezones, y tocó aquellos brotes pequeños y duros.

Wolf sintió que un brutal estremecimiento de placer recorría sus músculos, dejándolo paralizado. Dejó escapar un gruñido y se llevó las manos al cinturón. Desató la ancha banda de cuero, se desabrochó los vaqueros y, al bajarse de un tirón la cremallera, el siseo de sus dientes metálicos se mezcló con su áspera respiración. Con un último y desesperado fragmento de cordura, evitó bajarse los pantalones. A pesar de su urgencia, no podía olvidar que Mary era virgen. Tenía que dominarse, o le haría daño y ella se asustaría, y prefería morir antes que convertir su primera experiencia en una pesadilla.

Los finos dedos de Mary se hundieron entre el vello de su pecho y tiraron de él suavemente.

–Wolf –dijo.

Sólo su nombre, esa única palabra, pero su voz cálida, lenta y embriagadora excitó a Wolf más poderosamente que cualquier cosa que hubiera conocido.

–Sí –contestó él–. Ya voy –se inclinó hacia delante para tumbarse de nuevo sobre ella, pero de pronto oyó un sonido distante y se quedó paralizado.

Lanzó una maldición en voz baja y se sentó en cuclillas, intentando desesperadamente dominar su cuerpo y su frustración.

–¿Wolf? –preguntó Mary en tono vacilante, como si de pronto se sintiera angustiada e insegura. Aquella inflexión de su voz sacó a Wolf de sus casillas porque, un instante antes, Mary no se había mostrado insegura, sino cálida y amorosa, dispuesta a entregarse a él sin reservas.

–Joe estará aquí dentro de un momento –dijo con firmeza–. Oigo su camioneta subiendo por la montaña.

Mary estaba tan aturdida que al principio no lo entendió.

–¿Joe?

—Sí, Joe. ¿Te acuerdas de él? Mi hijo, la razón por la que has venido.

Mary se puso de pronto colorada y se incorporó bruscamente hasta donde pudo, pues tenía todavía los muslos atrapados bajo él.

—Oh, Dios mío —dijo—. Oh, Dios mío. Estoy desnuda. Tú estás desnudo. Oh, Dios mío.

—No estamos desnudos —masculló Wolf, enjugándose el sudor de la cara—. ¡Maldita sea!

—¡Casi!

—No lo bastante.

Mary tenía hasta los pechos sonrojados por la vergüenza. Wolf los miró con anhelo, recordando su dulce sabor y el modo en que sus pezones aterciopelados florecían dentro de su boca. Pero el ruido de la camioneta sonaba ya mucho más cerca. Wolf farfulló un improperio acerca del sentido de la oportunidad de su hijo, se puso en pie y levantó a Mary sin esfuerzo.

Ella se dio la vuelta con la visión emborronada por las lágrimas y se puso a luchar con el dichoso cierre ultramoderno de su sujetador. ¿Por qué demonios se había comprado semejante invento? La tía Ardith se habría escandalizado. La tía Ardith se habría caído redonda al suelo de un ataque si hubiera sabido que su sobrina se revolcaba desnuda por el heno con un hombre. ¡Y ni siquiera había podido acabar de revolcarse!

—Espera, yo lo hago —dijo Wolf en un tono suave que Mary nunca le había oído, y, haciendo que se girara, abrochó hábilmente el endiablado cierre. Incapaz de mirarlo a los ojos, Mary mantuvo la cabeza agachada, pero el contraste de las manos morenas de Wolf y de sus pálidos pechos la excitó nuevamente. Tragó saliva y miró la hebilla del cinturón de Wolf. Él se había subido la cremallera y se había abrochado el cinturón, pero el abultamiento evidente de su sexo la convenció de que aquella interrupción no lo había dejado indiferente. Aquello la hizo sentirse mejor, y parpadeó para disipar las lágrimas mientras él la ayudaba a ponerse el vestido y le daba la vuelta para subirle la cremallera.

—Tienes heno en el pelo —dijo Wolf alegremente, y, tras quitarle una pajita de la cabeza, le sacudió el vestido. Mary levantó las manos para atusarse el pelo y descubrió que se le había soltado por completo—. Déjatelo así —dijo Wolf—. Me gusta más suelto. Parece de seda.

Ella se peinó con los dedos nerviosamente y lo observó cuando él se agachó para recoger su camisa del suelo.

—¿Qué va a pensar Joe? —balbució cuando la camioneta se detuvo fuera del establo.

—Que tiene suerte de ser mi hijo o lo mataría —masculló Wolf con fastidio, y Mary no entendió si bromeaba o no. Él se puso la camisa, pero salió a la puerta sin molestarse en abrochársela. Mary respiró hondo, procuró armarse de valor para superar su vergüenza y salió tras él.

Joe acababa de salir de la camioneta y estaba junto a la puerta. Sus ojos azul hielo se movían sin cesar entre los dos, fijándose en la expresión pétrea y la camisa abierta de su padre y en el pelo revuelto de Mary.

—¡Maldita sea! —exclamó, y cerró la puerta de la camioneta de golpe—. Si hubiera tardado quince minutos más...

—Eso mismo pienso yo —masculló Wolf.

—Oye, que me voy ahora mismo y...

Wolf dejó escapar un suspiro.

—No. De todos modos, ha venido a verte a ti.

—Eso fue lo que me dijiste la primera vez —Joe puso una enorme sonrisa.

—Y acabo de decirlo otra vez —se volvió hacia Mary y de pronto retornó a sus ojos parte de la alegría que le había causado la asombrosa noticia—. Díselo.

Ella estaba en blanco.

—¿Decirle qué?

—Sí, mujer. Díselo.

El cerebro embotado de Mary procesó lentamente lo que Wolf le estaba diciendo, y al cabo de un momento miró sus manos vacías con desconcierto. ¿Qué había pasado con las cartas? ¿Las habían perdido entre el heno? ¡Qué espantoso sería tener que buscarlas entre la paja! No sabiendo qué hacer, extendió las manos y dijo con sencillez:

—Te han aceptado. He recibido la carta hoy.

Joe, que la estaba mirando con fijeza, palideció de pronto. Luego extendió un brazo y apoyó la mano en la camioneta como si necesitara apoyo.

—¿Me han aceptado? ¿En la Academia? ¿Me han aceptado en la Academia? —preguntó con voz ronca.

—Has conseguido la recomendación. Ahora depende de ti aprobar las pruebas.

Joe echó la cabeza hacia atrás y lanzó un grito exultante y sobrecogedor, como el de una pantera en plena caza. Luego, se lanzó hacia Wolf. Los dos se golpearon la espalda mutuamente, riendo y gritando de júbilo, y finalmente se abrazaron como dos hombres más débiles no habrían podido abrazarse. Mary juntó las manos y se quedó mirándolos con una sonrisa. Se sentía tan feliz que casi le dolía el corazón. Luego un brazo la agarró y tiró de ella, y de pronto se encontró empotrada entre los dos Mackenzie, cuyos saltos de alegría casi la aplastaban.

—¡Me estáis asfixiando! —protestó, jadeante, al tiempo que apoyaba las manos en sus amplios pechos y empujaba. Uno de aquellos pechos estaba desnudo, expuesto por una camisa sin abotonar, y el contacto de su cálida piel hizo que le flaquearan las piernas. Joe y Wolf se echaron a reír, pero de inmediato aflojaron el abrazo.

Mary se apartó el pelo de la cara y se alisó el vestido.

—Las cartas tienen que estar en alguna parte. Se me han debido de caer.

Wolf le lanzó una mirada traviesa.

—Seguramente.

Su tono burlón hizo que Mary se sintiera feliz. Le lanzó una sonrisa apaciblemente íntima, la clase de sonrisa que una mujer le dedica al hombre que ama tras haber estado en sus brazos, y Wolf se sintió bien. Para disimular su turbación, se dio la vuelta y se puso a buscar las cartas. Descubrió una en el caminito. La otra se había caído junto a la puerta del establo. Las recogió y le dio a Joe la que iba dirigida a él.

Al chico le temblaban las manos cuando la abrió, a pesar de que ya sabía lo que contenía. Casi no daba crédito. Había sucedido todo tan deprisa... Un sueño hecho realidad tenía que ser más difícil de conseguir; tendría que haber sudado sangre para lograrlo. ¡Oh, todavía no estaba pilotando una de aquellas preciosidades de veinte millones de dólares, pero pronto lo haría! Tenía que hacerlo porque, sin alas, sólo a medias se sentía vivo.

Mary, que lo estaba mirando con orgullosa indulgencia, sintió que Wolf se envaraba a su lado y lo miró inquisitivamente. Él había alzado la cabeza como si oliera el peligro, y su rostro se había vuelto de pronto impasible como una roca. Un instante después, Mary oyó el ruido de un motor, y al girarse vio que el coche del ayudante del sheriff se detenía tras la camioneta.

Joe se dio la vuelta, y su semblante adquirió la misma expresión pétrea que el de Wolf cuando Clay Armstrong salió del coche patrulla.

—Señora —le dijo Clay a Mary, tocándose el ala del sombrero.

—Ayudante Armstrong.

La voz de Mary contenía doscientos años de estricta educación y buenos modales. La tía Ardith se habría sentido orgullosa de ella. Pero Mary sintió de pronto que una amenaza pendía sobre Wolf, y le costó un arduo esfuerzo no interponerse entre el ayudante y él. Sólo la certeza de que a Wolf no le agradaría que interviniera la mantuvo quieta a su lado.

Los ojos azules de Clay ya no parecían amistosos.

—¿A qué ha venido, señorita Potter?

—¿Por qué lo pregunta? —replicó ella, poniendo los brazos en jarras.

—Vaya al grano, Armstrong —saltó Wolf.

—Está bien —replicó Clay—. Tenemos que interrogarte. Puedes venir conmigo voluntariamente, o puedo traer una orden de arresto.

Joe permanecía paralizado, con los ojos llenos de rabia y rencor. Aquello había ocurrido antes, y había perdido a su padre durante dos largos y horribles años. Pero esta vez le parecía aún más atroz, porque un momento antes habían estado de celebración, y él se había sentido en la cima del mundo.

Wolf empezó a abrocharse la camisa. Con una voz rasposa como grava preguntó:

—¿Qué ha pasado esta vez?

—Hablaremos de eso en la oficina del sheriff.

—Hablaremos ahora.

Unos ojos negros se encontraron con unos azules, y Clay comprendió de pronto que aquel hombre no daría ni un paso a menos que obtuviera alguna respuesta.

—Esta mañana violaron a una chica.

Una ira sulfúrica ardió en aquellos ojos negros como la noche.

—Y, naturalmente, habéis pensado en el indio —escupió las palabras como balas por entre los dientes. Dios, aquello no podía estar ocurriendo otra vez. Dos veces en una sola vida, no. La primera vez casi había acabado con él. Sabía que no podía volver a aquel agujero infernal, fuera lo que fuese lo que tuviera que hacer para impedirlo.

—Sólo estamos interrogando a algunas personas. Si tienes coartada, no habrá ningún problema. Serás libre de irte.

—Y supongo que habéis ido a buscar a todos los rancheros de por aquí, ¿no? ¿Estáis interrogando a Eli Baugh en la oficina del sheriff?

El semblante de Clay se oscureció, lleno de ira.

–No.

–Sólo al indio, ¿eh?

–Tú tienes antecedentes –replicó Clay, incómodo.

–No tengo... ni... una... sola... condena... anterior –bramó Wolf–. Fui absuelto.

–¡Maldita sea, eso ya lo sé! –gritó de pronto Clay–. A mí me han dicho que venga a buscarte. ¡Sólo estoy cumpliendo con mi trabajo!

–Ah, bueno, haberlo dicho antes. No quisiera impedir que un hombre cumpla con su trabajo –contestó Wolf con sarcasmo, y echó a andar hacia su camioneta–. Iré detrás de ti.

–Puedes venir en mi coche. Yo te traeré luego.

–No, gracias. Prefiero tener mi propio medio de transporte, por si acaso el sheriff decide que me vendrá bien un paseo.

Clay se dio la vuelta maldiciendo en voz baja y se montó en el coche. Sus neumáticos levantaron una nube de polvo y grava cuando enfiló de nuevo la carretera de la montaña, con Wolf tras él, levantando aún más polvo y más grava.

Mary empezó a temblar. Al principio sólo se estremecía suavemente, pero pronto sus temblores se convirtieron en intensos escalofríos que sacudían todo su cuerpo. Joe permanecía inmóvil, como petrificado, con los puños cerrados. De pronto se volvió y dio puñetazo al capó de la camioneta.

–No pueden volver a hacerle esto, Dios mío –musitó–. Otra vez no.

–No, claro que no –Mary seguía temblando, pero irguió los hombros–. Si tengo que recurrir a todos los jueces y los tribunales de este país, lo haré. Llamaré a los periódicos, a las cadenas de televisión, llamaré a... oh, ellos no tienen ni idea de a cuánta gente puedo llamar.

Todavía contaba con la red de contactos que había dejado en Savannah. Podía pedir más favores de los que sería capaz de contar el sheriff de aquel condado. ¡Iba a dejarlo en paños menores!

—¿Por qué no te vas a casa? —sugirió Joe con desgana.

—Quiero quedarme.

Joe esperaba que se acercara serenamente a su coche, y al oír su respuesta la miró por primera vez. En el fondo, había creído que a Mary le faltaría tiempo para marcharse, que Wolf y él se quedarían de nuevo solos, como siempre habían estado. Estaban acostumbrados a estar solos. Pero Mary no se movía. Tenía los ojos azul pizarra llenos de fuego y la delicada barbilla levantada, con aquella expresión que Joe había aprendido a reconocer y que parecía desafiar al mundo entero, como si no tuviera intención de moverse de la montaña.

Joe, al que las circunstancias habían obligado a crecer a marchas forzadas, la abrazó de pronto, absorbiendo con avidez su fortaleza, consciente de que iba a necesitarla. Y Mary le devolvió el abrazo. Era el hijo de Wolf, y estaba dispuesta a protegerlo con todas sus fuerzas.

Eran más de las nueve cuando oyeron la camioneta de Wolf, y una mezcla de crispación y alivio los dejó paralizados; crispación porque temían saber lo que había ocurrido, y alivio porque Wolf estaba en casa, y no encerrado en prisión. Mary no lograba imaginarse a Wolf encerrado, a pesar de que sabía que había pasado dos años en la cárcel. Era demasiado salvaje, como un lobo imposible de domar. Encerrarlo había sido un acto tan cruel como obsceno.

Wolf entró por la puerta de atrás y se quedó parado, mirándola. Su cara morena permanecía inexpresiva. Joe y ella estaban sentados a la mesa de la cocina, tomándose una taza de café.

—¿Qué haces aquí todavía? Vete a casa.

Mary ignoró la lisura de su voz. Estaba tan enfadado que ella casi podía sentir el ardor de su ira desde el otro lado de la habitación, aunque sabía que no iba dirigida contra ella. Se levantó, tiró su café tibio al fregadero, sacó otra taza del armario y sirvió café recién hecho en las dos tazas.

—Siéntate, bébete el café y cuéntanos qué ha pasado —dijo con su mejor tono de maestra.

Wolf aceptó el café, pero no se sentó. Estaba demasiado enfadado para sentarse. La ira que bullía dentro de él despojaba a sus movimientos de su habitual fluidez. Aquello había vuelto a empezar, y él no pensaba ir de nuevo a prisión por algo que no había hecho. Lucharía con uñas y dientes, con todas las armas a su alcance, pero prefería morir antes que volver a la cárcel.

—Te han soltado —dijo Joe.

—No les ha quedado más remedio. A la chica la violaron sobre mediodía. A esa hora yo estaba entregando dos caballos en el Barra W R. Wally Rasco lo verificó, y al sheriff no se le ocurrió ningún modo de demostrar que podía estar a la vez en dos sitios separados por casi cien kilómetros de distancia, así que tuvo que soltarme.

—¿Dónde ha sido?

Wolf se frotó la frente y luego se pinzó la nariz entre los ojos como si le doliera la cabeza; o tal vez estuviera sólo cansado.

—La chica tenía el coche aparcado en el camino de entrada a su casa. La agarraron por detrás cuando se montó en el coche. El tipo la obligó a conducir casi una hora y luego le dijo que se apartara a la cuneta. Ella no le vio la cara en ningún momento porque llevaba un pasamontañas. Pero vio que era alto, y al sheriff le bastó con eso.

—¿La cuneta? —balbució Mary—. Qué raro. No tiene sentido. Ya sé que por aquí no hay mucho tráfico, pero aun así podría haber pasado cualquiera.

—Sí. Y, además, la estaba esperando a la entrada de su casa. Es todo muy extraño.

Joe se puso a tamborilear con los dedos sobre la mesa.

—Tal vez haya sido algún forastero que pasaba por aquí.

—¿Cuánta gente pasa por Ruth? —preguntó Wolf ácidamente—. ¿Y cómo iba a saber un forastero cuál era el coche de esa chica, y cuándo iba a salir ella de casa? ¿Y si el coche hubiera sido de un hombre? Era mucho riesgo, sobre todo teniendo en cuenta que la violación parece ser el único móvil, porque no la robó, aunque ella llevaba dinero encima.

—¿Están manteniendo en secreto la identidad de la chica? —preguntó Mary.

Wolf la miró.

—No seguirá siendo un secreto por mucho tiempo, porque su padre se presentó en la oficina del sheriff con un rifle y amenazó con reventarme las tripas. Se armó mucho jaleo, y la gente habla.

Su rostro seguía siendo inexpresivo, pero Mary sentía la amarga rabia que lo embargaba. El fiero orgullo de Wolf había sido arrastrado por el polvo otra vez. ¿Cómo había soportado permanecer sentado en la oficina del sheriff, escuchando insultos y amenazas? Porque Mary sabía que lo habían insultado vilmente por el solo hecho de que era un mestizo y lo habían llevado a interrogar. Wolf se lo guardaba para sí, procuraba dominarse, pero su ira resultaba evidente.

—¿Qué pasó?

—Armstrong calmó los ánimos. Luego llegó Wally

Rasco y lo aclaró todo, y el sheriff me dejó marchar con una cordial advertencia.

—¿Una advertencia? —Mary se levantó de un salto, con los ojos brillantes—. ¿Qué advertencia?

Wolf le pellizcó la barbilla y le lanzó una sonrisa fría y cruel.

—Me advirtió que me mantuviera apartado de las mujeres blancas, tesoro. Y eso es lo que pienso hacer. Así que vete a casa ahora mismo y quédate allí. No te quiero ver más en mi montaña.

—No era eso lo que decías en el establo —replicó ella, y luego miró a Joe y se sonrojó. El chico se limitó a enarcar una ceja y pareció extrañamente satisfecho de sí mismo. Mary prefirió no darse por enterada y se volvió hacia Wolf—. No puedo creer que vayas a permitir que ese idiota del sheriff te diga con quién puedes relacionarte.

Él la miró entornando los ojos.

—Puede que todavía no te hayas dado cuenta, pero esto ha empezado otra vez. No importa que Wally Rasco verificara mi coartada. Todo el mundo va a acordarse de lo que pasó hace diez años, y de lo que sintieron entonces.

—Pero de eso también te exculparon, ¿o es que eso no cuenta?

—Para algunos sí —reconoció él finalmente—. Pero no para la mayoría. Ya me tenían miedo. No les gusto, y no se fían de mí. Seguramente no podré comprar nada en el pueblo, ni comida, ni gasolina, ni pienso para los caballos hasta que atrapen a ese cabrón. Y cualquier mujer blanca que tenga algo que ver conmigo corre el peligro de que la embreen y la emplumen.

Así que era eso. Seguía intentando protegerla. Mary lo miró con exasperación.

—Wolf, me niego a vivir de acuerdo con los prejuicios de los demás. Te agradezco que intentes protegerme, pero...

Él apretó los dientes, y Mary sintió su chasquido.

—¿Ah, sí? ¿Me lo agradeces? —dijo él con sarcasmo—. Entonces vete a casa y quédate allí, que yo me quedaré aquí.

—¿Por cuánto tiempo?

En lugar de contestar a su pregunta, Wolf respondió con una evasiva.

—Siempre seré un mestizo.

—Y yo siempre seré la que soy. No te he pedido que cambies —replicó ella, y el dolor que sentía se hizo presente en su voz.

Miró a Wolf con anhelo, como ninguna otra mujer lo había mirado jamás, y él sintió que su rabia se intensificaba porque no podía tomarla en sus brazos y proclamar a los cuatro vientos que era suya. La advertencia del sheriff no admitía dudas, y Wolf sabía muy bien que la hostilidad hacia él crecería pronto hasta alcanzar proporciones explosivas. Quizá estallara sobre Mary, y ya no lo preocupaba únicamente que pudiera perder su trabajo. Un empleo no era nada comparado con el daño físico que podía sufrir. La gente del pueblo podía aterrorizarla, podía saquear su casa, insultarla y escupirle; podía agredirla físicamente. Mary era frágil y delicada, a pesar de su determinación, y se encontraría impotente ante cualquiera que quisiera hacerle daño.

—Lo sé —dijo Wolf finalmente, y a pesar de sí mismo

alargó la mano para tocarle el pelo–. Vete a casa, Mary. Cuando esto acabe... –se detuvo porque no quería hacer promesas que tal vez no pudiera cumplir, pero lo que dijo bastó para encender un destello en los ojos de Mary.

–Está bien –murmuró ella, apoyando su mano sobre la de él–. Por cierto, quiero que te cortes el pelo.

Él pareció sorprendido.

–¿El pelo?

–Sí. Tú quieres que lleve el pelo suelto, y yo quiero que te lo cortes.

–¿Por qué?

Ella le lanzó una mirada incisiva.

–No lo llevas largo porque seas indio. Lo llevas largo para molestar a la gente, para que nunca olviden tu sangre india. Así que córtatelo.

–No seré menos indio por llevar el pelo corto.

–Ni lo eres más por llevarlo largo.

Mary parecía dispuesta a quedarse allí parada hasta que le prometiera que iba a cortarse el pelo. Wolf cedió bruscamente, mascullando:

–Está bien, me cortaré el pelo.

–Bien –ella le sonrió y se puso de puntillas para besarlo en la comisura de la boca–. Buenas noches. Buenas noches, Joe.

–Buenas noches, Mary.

Cuando ella se hubo ido, Wolf se pasó cansinamente la mano por el pelo y frunció el ceño al darse cuenta de que acababa de prometer que iba a cortárselo. Al levantar la vista, descubrió que Joe estaba observándolo fijamente.

–¿Qué vamos a hacer? –preguntó el chico.

—Lo que haga falta —contestó Wolf con expresión implacable.

A la mañana siguiente, cuando fue a hacer la compra, Mary descubrió que todas las personas que había en la tienda estaban arremolinadas en pequeños grupos, hablando en voz baja sobre la violación. Pronto averiguó la identidad de la chica. Era Cathy Teele, cuya hermana pequeña, Christa, iba a su clase. Mientras recogía las cosas que necesitaba, Mary oyó decir que la familia Teele estaba destrozada.

Junto al estante de la harina se encontró a Dottie Lancaster, que iba acompañada por un joven que Mary supuso era su hijo.

—Hola, Dottie —la saludó amablemente, a pesar de que creía posible que fuera ella quien había difundido el rumor acerca de su relación con Joe.

—Hola —Dottie tenía una expresión preocupada, en lugar de amarga, como era habitual en ella—. ¿Te has enterado de lo de la pobre niña de los Teele?

—No he oído hablar de otra cosa desde que entré en la tienda.

—Arrestaron a ese indio, pero el sheriff tuvo que soltarlo. Espero que a partir de ahora tengas más cuidado con las compañías que frecuentas.

—A Wolf no lo arrestaron —Mary logró mantener una voz serena—. Lo interrogaron, pero estaba en el rancho de Wally Rasco cuando ocurrió la agresión, y el señor Rasco confirmó su coartada. Wolf Mackenzie no es un violador.

—Un tribunal de justicia dijo que lo era y lo sentenció a prisión.

—Pero lo absolvieron cuando el verdadero violador fue atrapado y confesó el crimen por el que Wolf había sido condenado.

Dottie se echó hacia atrás con el rostro lívido.

—Eso es lo que dice ese indio, pero, que nosotros sepamos, sólo salió en libertad condicional. Salta a la vista de qué lado estás. Claro que has estado codeándote con esos indios desde el día que llegaste a Ruth. En fin, señorita, hay un viejo refrán que dice que quien duerme con perros con pulgas se levanta. Los Mackenzie son unos sucios indios y...

—No digas ni una palabra más —la interrumpió Mary, sofocada, y dio un paso hacia ella. Estaba furiosa; tenía tantas ganas de abofetear el rostro desdeñoso de aquella mujer que le cosquilleaba la mano. La tía Ardith solía decir que una dama nunca montaba una escena, pero en ese momento Mary estaba dispuesta a renunciar para siempre a cualquier pretensión que tuviera de ser una dama—. Wolf es un hombre decente y trabajador, y no voy a permitir que ni tú ni nadie diga lo contrario.

Dottie tenía la cara jaspeada de manchas rojas, pero algo en los ojos de Mary le hizo morderse la lengua. Al fin se inclinó hacia ella y siseó:

—Será mejor que te andes con cuidado, ilusa, o te vas a meter en un buen lío.

Mary apretó la mandíbula y también se inclinó hacia ella.

—¿Me estás amenazando? —preguntó con fiereza.

—Mamá, por favor —murmuró con nerviosismo el

joven que permanecía detrás de Dottie, y tiró del brazo de su madre.

Dottie se volvió para mirarlo y de pronto cambió de semblante. Retrocedió y le dijo a Mary con desprecio:

—Acuérdate de lo que te he dicho —y se alejó.

Bobby, su hijo, corrió tras ella retorciéndose las manos con nerviosismo. Mary lamentó enseguida haberse enzarzado en aquella horrible escena; por lo que Joe le había dicho, Bobby ya lo pasaba bastante mal intentando resolver sus problemas cotidianos como para añadir otros más a su lista.

Mary respiró hondo varias veces para intentar recuperar la compostura, pero casi volvió a perderla cuando, al volverse, descubrió a varias personas paradas en el pasillo, mirándola. Estaba claro que todos habían oído hasta la última palabra de su conversación con Dottie, y parecían al mismo tiempo ávidos y escandalizados. Mary no dudaba de que la noticia se extendería por todo el pueblo en menos de una hora: ¡dos de las profesoras discutiendo por Wolf Mackenzie! Se puso a rezongar para sus adentros mientras recogía un paquete de harina. Otro escándalo era justo lo que necesitaba Wolf.

En el siguiente pasillo se encontró con Cicely Karr y, al recordar los comentarios que había hecho en la reunión de la junta escolar, no pudo refrenarse y le dijo:

—He recibido una carta del senador Allard, señora Karr. Va a recomendar a Joe Mackenzie para que ingrese en la Academia —su voz sonaba desafiante aun a sus propios oídos.

Pero, para su sorpresa, la señora Karr pareció gratamente sorprendida.

—¿De veras? Vaya, nunca lo hubiera creído. Hasta que Eli me lo explicó, no sabía que es un verdadero honor —luego, de pronto, se puso seria—. Pero ahora ha pasado esta cosa horrible... Es espantoso. Yo... no he podido evitar oírla hablar con Dottie Lancaster. Señorita Potter, no sabe usted lo que fue esto hace diez años. La gente estaba asustada y furiosa, y ahora ha vuelto a empezar la misma pesadilla.

—Para Wolf Mackenzie también es una pesadilla —dijo Mary con vehemencia—. A él lo mandaron a prisión por una violación que no cometió. Su nombre quedó limpio, pero aun así ha sido la primera persona a la que el sheriff ha interrogado. ¿Cómo cree que se siente? Nadie va a devolverle los dos años que pasó en la cárcel, y ahora parece que todo el mundo está empeñado en mandarlo de nuevo allí.

La señora Karr parecía preocupada.

—Todos nos equivocamos entonces. El sistema judicial también. Pero, aunque Mackenzie demostrara que no violó a Cathy Teele, ¿no se da usted cuenta de por qué quería interrogarlo el sheriff?

—No, no me doy cuenta.

—Porque Mackenzie tiene razones para vengarse.

Mary se quedó boquiabierta.

—¿Cree usted que sería capaz de vengarse agrediendo a una chica que sólo era una niña cuando lo mandaron a la cárcel? ¿Qué clase de hombre cree que es? —le producía horror tanto aquella idea como la impresión de que todo el mundo en Ruth estaba de acuerdo con la señora Karr.

—Creo que es un hombre lleno de odio —contestó con firmeza la señora Karr.

Sí, aquella mujer creía a Wolf capaz de una venganza tan horrible y obscena; se le notaba en los ojos. Mary sintió asco y empezó a mover la cabeza de un lado a otro.

—No —dijo—. No. Wolf está resentido por el modo en que lo trataron, pero no siente odio. Y nunca haría daño a una mujer.

Si algo sabía Mary, era eso. Había sentido ansia en las caricias de Wolf, pero no brutalidad.

La señora Karr también empezó a sacudir la cabeza.

—¡No me diga que no siente odio! Se le nota en esos ojos negros como el infierno cada vez que nos mira, a cualquiera de nosotros. El sheriff averiguó que estuvo en Vietnam, en no sé qué grupo especial de asesinos, o algo por el estilo. Sólo Dios sabe cómo lo corrompió esa experiencia. Puede que no violara a Cathy Teele, pero ésta sería una oportunidad magnífica para que se vengara y le echara las culpas a quienquiera que haya violado a Cathy.

—Si Wolf quisiera vengarse, no lo haría a hurtadillas —dijo Mary con desdén—. Usted no tiene ni idea de la clase de hombre que es, ¿no es cierto? Lleva años viviendo aquí, pero ninguno de ustedes lo conoce.

—Y supongo que usted sí —la señora Karr empezaba a ponerse colorada de rabia—. Puede que estemos hablando de un tipo distinto de conocimiento. Tal vez eso que decían de que estaba liada con Joe Mackenzie fuera medio cierto, después de todo. Con quien está liada es con Wolf Mackenzie, ¿no es verdad?

Su tono de desprecio hizo perder los estribos a Mary.

—¡Pues sí! —gritó, y su sinceridad la impulsó a añadir—: Pero no tanto como me gustaría.

Un coro de exclamaciones de sorpresa la hizo mirar a su alrededor, y se encontró con las caras de los vecinos del pueblo que se habían parado en el pasillo a escuchar. En fin, ya estaba hecho; Wolf quería que se distanciara de él, y en lugar de hacerle caso ella se ponía a gritar a los cuatro vientos que era su amante. Sin embargo, no se avergonzaba en absoluto. En realidad, se sentía orgullosa. Con Wolf Mackenzie era de verdad una mujer, no sólo una insignificante maestra solterona que hasta tenía un gato, ¡por el amor de Dios! Cuando estaba con Wolf no se sentía insignificante; se sentía feliz y deseada. Si algo lamentaba era que Joe no hubiera vuelto un cuarto de hora, o cinco minutos, más tarde el día anterior, porque deseaba más que nada en el mundo que Wolf la hiciera suya en todos los sentidos, yacer bajo las embestidas de su cuerpo, aceptar avariciosamente la fuerza de su pasión y entregarle la suya. Si por eso, por querer a Wolf, se veía condenada al ostracismo, daría por bien perdida la compañía de los otros.

La señora Karr dijo en tono glacial:

—Creo que habrá que convocar otra reunión de la junta escolar.

—Pues, cuando lo hagan, tengan en cuenta que dispongo de un contrato blindado —replicó Mary, y dio media vuelta.

Aún no había acabado de hacer la compra, pero estaba tan furiosa que no podía seguir allí ni un segundo más. Al dejar sobre el mostrador las cosas que llevaba, la dependienta pareció por un instante dispuesta a no pasárselas por caja, pero cambió de parecer bajo su mirada feroz.

Mary regresó a casa hecha una furia, pero se alegró al comprobar que el tiempo parecía darle la razón, si los nubarrones que se arremolinaban en el cielo podían considerarse un indicio. Tras guardar la compra, fue a echarle un vistazo al gato, que últimamente se comportaba de forma extraña. De pronto se le ocurrió una idea espantosa: ¿no se atreverían a envenenar al gato? Pero Woodrow estaba tomando el sol plácidamente en la alfombra, de modo que descartó aquella idea con alivio.

«Cuando esto acabe...»

El eco de aquella frase de Wolf, que resonaba en su memoria, alentaba sus esperanzas y al mismo tiempo despertaba en ella un profundo anhelo. Deseaba tanto a Wolf que se sentía incompleta. Estaba enamorada y, a pesar de que entendía por qué quería él que guardaran las distancias, no podía compartir su opinión. Después de lo ocurrido esa mañana con Dottie Lancaster y Cicely Karr, aquel distanciamiento carecía de sentido. Era como si se hubiera plantado en mitad de la calle y hubiera gritado a los cuatro vientos que estaba loca por Wolf Mackenzie.

Estaba dispuesta a darle a Wolf lo que quisiera de ella. La tía Ardith la había educado en la creencia de que las relaciones íntimas sólo eran lícitas en el seno del matrimonio, siempre y cuando una mujer creyera por alguna razón (aunque ella no acertaba a adivinar cuál podía ser esa razón) que no podía pasar sin un hombre. Mary sabía que, obviamente, hombres y mujeres mantenían relaciones íntimas fuera del matrimonio, pero hasta conocer a Wolf nunca había sentido esa tentación. Si él la quería sólo para pasar un rato, eso le parecía mejor que nada. En realidad, aunque sólo pudiera pasar un día con él, atesoraría su deslumbrante recuerdo como un tesoro que le daría calor y la reconfortaría durante los largos y sombríos largos años que tendría que pasar sin Wolf. Soñaba con vivir con él para siempre, pero procuraba no hacerse ilusiones. Wolf estaba demasiado resentido, demasiado escarmentado; era poco probable que permitiera que una mujer blanca se acercara a él. Le entregaría su cuerpo, tal vez incluso su afecto, pero no podía ofrecerle ni su corazón, ni su lealtad.

Porque lo quería, Mary sabía que no le pediría nada más. No quería que entre ellos hubiese reproches, ni recelos. Mientras pudiera, sólo ansiaba hacer feliz a Wolf del modo que fuese.

Él le había pedido que llevara el pelo suelto, y su sedosa melena descansaba sobre sus hombros. Esa mañana, al mirarse al espejo, la había sorprendido cómo suavizaba sus rasgos aquel peinado, y sus ojos habían brillado porque dejarse el pelo suelto era algo que podía hacer por Wolf. Así parecía más femenina, como él la hacía sentirse.

Después de las discusiones en que se había metido, ya no tenía sentido aparentar indiferencia. Cuando le dijera a Wolf lo que había pasado, él comprendería la inutilidad de aquella farsa. Incluso se sentía aliviada, porque la incomodaba formar parte de un engaño.

Había empezado a ponerse uno de sus anchos vestidos de estar en casa cuando vislumbró su imagen en el espejo y se detuvo. Recordó entonces el día que conoció a Wolf, cuando, al verla vestida con los viejos vaqueros de Joe, los ojos de él se agrandaron un instante y adquirieron una expresión tan ardiente y viril que todavía se estremecía al rememorarla. Quería que Wolf la mirara así otra vez, pero no era probable que lo hiciera mientras siguiera llevando aquellos... aquellos sacos de patatas.

De improviso se sintió insatisfecha con toda su ropa. Sus vestidos eran, sin excepción, resistentes y modestos, pero también demasiado grises y amorfos. A su figura le sentarían mejor las delicadas telas de algodón y los colores alegres y ligeros, o incluso los vaqueros que se ceñían a la cadera. Dio media vuelta y se miró el trasero en el espejo; era pequeño y curvo. No veía razón para avergonzarse de él. Era un trasero muy bonito, teniendo en cuenta cómo solían ser los traseros.

Refunfuñando para sí misma, volvió a embutirse en su vestido «bueno» y agarró el bolso. En Ruth no había mucho donde elegir en cuestión de moda, pero sin duda podría comprarse unos vaqueros y unas camisetas algo más atrevidas, y también alguna falda y alguna blusa bonita que, sobre todo, no le quedara grande.

No quería volver a ver un zapato «serio» en toda su vida.

Los nubarrones cumplieron su promesa, y cuando

iba de camino al pueblo empezó a llover. Era una lluvia persistente, de las que les gustaban a los ganaderos y a los granjeros de todas partes, y no un chaparrón de los que desaguaban sin llegar a empapar la tierra. La tía Ardith no habría puesto un pie fuera de casa durante un aguacero, pero Mary no hizo caso de la lluvia. Se detuvo primero en la única tienda de Ruth que vendía exclusivamente ropa de mujer, a pesar de que, por fuerza, la ropa no parecía precisamente recién salida de un desfile de moda de París. Se compró tres pantalones vaqueros, dos sudaderas finas de algodón y una camisa de cambray azul que la hacía sentirse como una pionera. Encontró una falda vaquera muy bonita, a juego con una sudadera rojo rubí, y se vio tan guapa que se puso a dar vueltas delante del espejo, entusiasmada como una niña. Eligió también una falda marrón que le quedaba tan bien que no se decidió a dejarla a pesar del color, y una blusa de algodón rosa para ponérsela con ella. Por último, escogió una falda de algodón de pálido color violeta y una camiseta a juego, con un delicado cuello de encaje. Poseída todavía por un arrebato de entusiasmo y osadía, eligió un par de sandalias blancas de vestir y unas zapatillas de correr. Cuando la dependienta lo pasó todo por caja y mencionó el precio total, ella ni siquiera parpadeó. Tenía que haber hecho aquello hacía mucho tiempo.

Pero aún no había acabado. Guardó las bolsas en el coche y corrió entre la lluvia hacia el supermercado de los Hearst, donde todo el mundo se compraba las botas. Dado que pensaba pasar mucho tiempo en la montaña de Wolf, suponía que necesitaba un par de botas.

El señor Hearst se mostró casi grosero con ella, pero Mary lo miró con fijeza y consideró por un instante sacudir su dedo de maestra delante de él. Al final descartó la idea porque el dedo perdía su poder si se usaba muy a menudo, y tal vez lo necesitara dentro de poco. Así que hizo caso omiso del señor Hearst y empezó a probarse botas hasta que por fin encontró un par que le quedaba bien.

Estaba deseando llegar a casa y ponerse los vaqueros y la camisa de cambray. Incluso podía ponerse las botas por la casa para que fueran cediendo, pensó. Woodrow no iba a conocerla. Recordó aquella mirada de Wolf y empezó a estremecerse.

Tenía el coche aparcado algo más arriba de la calle, a una manzana de distancia, y llovía tanto que al salir profirió un quejido de fastidio dirigido contra sí misma por no haber llevado el coche de la tienda de ropa al supermercado de los Hearst. En Ruth no había aceras, y la calzada estaba ya tachonada de charcos. En fin, llevaba puestos sus zapatos serios; ¡a ver si servían para algo!

Agachó la cabeza y, sujetando en alto la caja de las botas para evitar en lo posible la lluvia, se apartó del voladizo del tejado y echó a correr, pero enseguida pisó un charco y se mojó hasta los tobillos. Iba todavía refunfuñando en voz baja cuando pasó junto al pequeño callejón que había entre el supermercado y el siguiente edificio, el cual había sido en tiempos una barbería y estaba ahora vacío.

No oyó nada, ni vio indicio alguno de movimiento; nada la advirtió. De pronto, una mano grande y mojada le tapó la boca, y un brazo la rodeó por delante y le bajó los brazos, al tiempo que comenzaba a arrastrarla por el callejón, alejándola de la calle. Mary empezó a debatirse de manera instintiva; se retorcía, pataleaba y profería sonidos que la mano de su atacante sofocaba. Aquella mano le apretaba tanto la cara que los dedos se le hundían en la mejilla, haciéndole daño.

Las malas hierbas del callejón, altas y mojadas, le pinchaban las piernas, y la lluvia, que caía con fuerza, le aguijoneaba los ojos. Aterrorizada, empezó a forcejear con más ímpetu. ¡Aquello no podía estar pasando! ¡Aquel individuo no podía llevársela a plena luz del día! Pero sí podía; lo había hecho con Cathy Teele.

Consiguió desasir un brazo y lo dobló hacia atrás, buscando la cara del hombre. Sus dedos desesperados encontraron sólo lana mojada. Él masculló una maldición con voz baja y rasposa y le dio un puñetazo en la cabeza.

Mary cabeceó, aturdida por el dolor, y sus esfuerzos se fueron haciendo más y más débiles. Luego notó vagamente que llegaban al final del callejón y que él la arrastraba tras el edificio abandonado.

Sintió en el oído la respiración áspera y agitada de aquel hombre cuando la empujó de cara contra el barro y la grava. Consiguió soltar de nuevo un brazo y apoyó la mano en el suelo para amortiguar la caída; la grava le arañó la mano, pero apenas lo notó. Él seguía tapándole la boca, asfixiándola; le aplastó la cara contra la tierra mojada y la sujetó tumbándose sobre su espalda.

Con la otra mano, buscó a tiendas el borde de su

falda y se lo subió. Ella le clavó furiosamente las uñas en la mano, intentando gritar, y él la golpeó de nuevo. Estaba aterrorizada y siguió arañándolo. Él empezó a maldecir, la obligó a separar las piernas y empezó a frotarse contra ella. Mary notó la presión de su sexo a través de los pantalones y de su propia ropa interior, y sintió náuseas. ¡Dios, no!

Oyó cómo se rasgaba su ropa, y la repulsión que se apoderó de ella le dio fuerzas. Mordió salvajemente aquella mano y echó el brazo hacia atrás, buscando los ojos de aquel hombre con intención de clavarle las uñas.

Sentía un zumbido en los oídos, pero alcanzó a oír un grito. El hombre tumbado sobre ella se quedó rígido un momento; luego puso la mano en el suelo, junto a la cabeza de Mary, y se apoyó en ella para levantarse de un salto. Con la visión emborronada por la lluvia y el barro, Mary logró ver una manga azul y una mano pálida y pecosa antes de que él desapareciera. Desde atrás y desde arriba le llegó un estampido muy fuerte, y se preguntó vagamente si iba a alcanzarla un rayo. No, los rayos venían antes que los truenos.

Unos pasos apresurados resonaron en el suelo y pasaron a su lado. Mary se quedó inmóvil, con el cuerpo inerme y los ojos cerrados. Oyó que alguien maldecía en voz baja y que los pasos retornaban.

—Mary —dijo una voz firme—, ¿te encuentras bien?

Ella abrió los ojos con esfuerzo y miró a Clay Armstrong. Estaba empapado y sus ojos azules parecían furiosos, pero la ayudó a volverse suavemente y la levantó en brazos.

—¿Estás bien? —su voz sonaba ahora más afilada.

La lluvia aguijoneaba la cara de Mary.

—Sí —logró decir, y volvió la cabeza hacia el hombro de Clay.

—Lo atraparé —prometió él—. Te lo juro, atraparé a ese cabrón.

En el pueblo no había médico, pero Clay llevó a Mary a casa de Bessie Pylant, que era enfermera titulada. Bessie llamó al médico privado para el que trabajaba y consiguió que se desplazara desde el pueblo de al lado. Entretanto, limpió cuidadosamente los arañazos de Mary, le puso hielo en las magulladuras y la obligó a beberse un té caliente y muy dulce.

Clay había desaparecido, y la casa de Bessie se llenó de pronto de mujeres. Sharon Wycliffe se presentó enseguida y le aseguró a Mary que Dottie y ella podían ocuparse de todo si el lunes no se sentía con ánimos de ir a trabajar; Francie Beecham, por su parte, se puso a contar historias de cuando era maestra. Su propósito resultaba obvio, y las demás mujeres le siguieron la corriente. Mary permanecía sentada en silencio, y agarraba con tanta fuerza la manta en que la había envuelto Bessie que tenía los nudillos blancos. Sabía que aquellas mujeres intentaban distraerla, y se lo agradecía; haciendo un severo esfuerzo de voluntad, se concentró en su parloteo banal. Incluso Cicely Karr apareció y le dio unas palmaditas en la mano, pese a que habían discutido apenas unas horas antes.

Luego llegó el médico, y Bessie la llevó a un dormitorio para que dispusiera de un poco de intimidad mientras la examinaba el doctor. Mary contestó a sus preguntas con voz apagada, pero dio un respingo cuando el médico presionó la parte de la cabeza en la que había recibido el puñetazo. El médico comprobó sus reflejos oculares, le tomó la tensión y finalmente le dio un sedante suave.

–Se pondrá bien –dijo por fin, dándole unas palmaditas en la rodilla–. No hay conmoción cerebral, así que el dolor de cabeza se le pasará pronto. Una buena noche de sueño le sentará mejor que cualquier cosa que pueda recetarle.

–Gracias por venir hasta aquí –dijo Mary educadamente.

Empezaba a sentir desesperación. Todos se portaban de maravilla con ella, pero aun así sentía en su interior un fino alambre que se iba tensando cada vez más. Se sentía sucia y expuesta. Necesitaba estar sola y darse una ducha, y, más que cualquier otra cosa, necesitaba ver a Wolf.

Al salir del dormitorio, vio que Clay había vuelto. Él se acercó enseguida y la tomó de la mano.

–¿Qué tal te encuentras?

–Estoy bien –si tenía que decir una sola vez más que estaba bien, se pondría a gritar.

–Necesito que hagas una declaración, si te sientes con fuerzas.

–Sí, de acuerdo.

El sedante empezaba a hacer efecto; una sensación de indiferencia se iba apoderando de ella a medida que el medicamento embotaba sus emociones. Dejó que Clay la llevara a un sillón y la envolviera de nuevo en la manta. Estaba helada.

—No debes tener miedo —dijo Clay en tono tranquilizador—. Ya lo hemos atrapado. Está bajo custodia.

Aquello avivó el interés de Mary, que lo miró fijamente.

—¿Lo habéis atrapado? ¿Sabéis quién es?

—Yo mismo lo vi —la voz de Clay volvía a parecer de hierro.

—Pero llevaba un pasamontañas —eso lo recordaba, recordaba haber sentido la lana bajo los dedos.

—Sí, pero el pelo le colgaba por la espalda, debajo del gorro.

Mary levantó la mirada hacia él, y su aturdimiento se convirtió en una especie de horror. ¿Tenía el pelo tan largo que le colgaba por debajo del pasamontañas? Sin duda Clay no creería que... ¡No, no podía ser! De pronto se sintió enferma.

—¿Wolf? —musitó.

—No te preocupes. Ya te he dicho que está bajo custodia.

Ella cerró los puños con tanta fuerza que se clavó las uñas en las palmas.

—Entonces soltadlo.

Clay pareció asombrado, y luego enojado.

—¡Soltarlo! Maldita sea, Mary, ¿es que no entiendes que ha intentado violarte?

Ella sacudió despacio la cabeza; estaba muy pálida.

—No, no ha sido él.

—Yo lo vi —dijo Clay, espaciando cada palabra—. Era alto y tenía el pelo negro y largo. Maldita sea, Mary, ¿quién iba a ser si no?

—No sé, pero no era Wolf.

Las mujeres permanecían en silencio, paralizadas, escuchando la conversación. Cicely Karr tomó la palabra.

–Intentamos advertirte, Mary.

–¡Pues me advertisteis mal! –le ardían los ojos. Paseó la mirada a su alrededor y luego volvió a fijarla en Clay–. ¡Le vi las manos! Es un hombre blanco, un anglosajón. Tenía las manos llenas de pecas. ¡No era Wolf Mackenzie!

Clay frunció el ceño.

–¿Estás segura de eso?

–Segurísima. Puso la mano sobre el suelo justo delante de mis ojos –alargó el brazo y agarró a Clay de la manga–. Soltad a Wolf inmediatamente. ¡Ahora mismo!, ¿me oyes? ¡Y será mejor que no tenga ni un rasguño!

Clay se levantó y se acercó al teléfono, y una vez más Mary miró a las mujeres que había en la habitación. Estaban pálidas y horrorizadas. Mary imaginaba por qué. Mientras habían sospechado de Wolf, habían tenido un blanco seguro contra el que dirigir su miedo y su ira. Ahora tenían que volverse hacia sí mismos, buscar al culpable entre los suyos. En aquella región muchos hombres tenían las manos pecosas, pero Wolf no. Sus manos eran fibrosas y morenas, tostadas por el sol y curtidas por el manejo de los caballos y los largos años de duro trabajo manual. Ella las había sentido sobre su piel desnuda. Deseaba gritar que Wolf no tenía razón para atacarla, porque podía hacerla suya cuando quisiera, pero no lo hizo. El aturdimiento estaba volviendo. Sólo quería esperar a Wolf, si es que iba a buscarla.

Una hora después, Wolf entró en casa de Bessie sin llamar, como si fuera el amo. Una exclamación de sorpresa se elevó entre las mujeres cuando apareció en la puerta, cuyo vano ocupaba casi por completo. Ni siquiera miró a las demás personas que había en la habitación. Fijó los ojos en Mary, que seguía envuelta en su manta, con el rostro incoloro, y sus botas resonaron en el suelo cuando se acercó a ella y se agachó. Sus ojos negros la recorrieron de la cabeza a los pies; luego le tocó la barbilla, le giró la cabeza hacia la luz para ver el arañazo que tenía en la mejilla y las marcas que había dejado la recia mano de su agresor sobre su piel suave. Le levantó las manos y le examinó las palmas arañadas. Su mandíbula parecía de granito.

Mary sentía ganas de llorar, pero logró esbozar una sonrisa trémula.

—Te has cortado el pelo —dijo con suavidad, y enlazó los dedos para no tocar los mechones densos y sedosos que reposaban en perfecto orden sobre su bien formada cabeza.

—Esta misma mañana —murmuró—. ¿Estás bien?

—Sí. No consiguió... ya sabes.

—Lo sé —Wolf se levantó—. Volveré luego. Voy a atraparlo. Te lo prometo, lo atraparé.

Clay dijo con aspereza:

—Eso es cosa de la ley.

Los ojos de Wolf eran como fuego frío y negro.

—La ley no está haciendo bien su trabajo.

Wolf salió sin decir nada más, y Mary se sintió helada otra vez. Mientras él había estado allí, la vida había empezado a hormiguear en su cuerpo entumecido, y de pronto había desaparecido de nuevo. Wolf había dicho que iba a volver, pero Mary quería irse a casa. Todo el mundo era muy amable; demasiado amable. Le daban ganas de ponerse a gritar. No podía soportarlo más.

7

Aunque el cambio de apariencia de Wolf lo había dejado pasmado, Clay tardó sólo un momento en salir tras él. Como sospechaba, Wolf detuvo su camioneta junto al callejón en el que Mary había sido atacada. Cuando Clay aparcó el coche patrulla y entró en el callejón, Wolf estaba agachado sobre una rodilla, examinando el suelo embarrado. Ni siquiera levantó la mirada cuando Clay se acercó. Siguió examinando con atención cada mata de malas hierbas y cada fragmento de grava, cada raspón y cada hendidura del suelo.

Clay dijo:

—¿Cuándo te has cortado el pelo?

—Esta mañana. En la barbería de Harpston.

—¿Por qué?

—Porque Mary me lo pidió —dijo Wolf lisa y llanamente, y volvió a fijar su atención en el suelo.

Luego recorrió lentamente el callejón, llegó a la parte trasera de los edificios y se detuvo en el lugar en que el agresor de Mary la había tirado al suelo. Continuó avanzando, siguiendo exactamente el mismo camino que había tomado el agresor, y en el siguiente callejón profirió un gruñido de satisfacción y se arrodilló junto a una huella de pie medio desdibujada.

Clay había pisado por allí, lo mismo que mucha otra gente. Y así se lo dijo a Wolf.

—Esa huella podría ser de cualquiera.

—No. Es de un zapato de suela blanda, no de una bota —tras examinar la huella un rato más, añadió—: Apoya poco los dedos cuando camina. Creo que pesa unos setenta y ocho u ochenta kilos. No está en muy buen forma. Ya estaba cansado cuando llegó aquí.

Clay se sintió de pronto intranquilo. Algunas personas le habrían quitado importancia a aquella habilidad para rastrear, achacándola al origen indio de Wolf, pero se habrían equivocado. Había excelentes rastreadores de animales salvajes que podían seguir las huellas de un hombre por el monte tan fácilmente como si llevara las suelas de las botas impregnadas de pintura, pero los indicios que había distinguido Wolf sólo estaban al alcance de alguien que hubiera sido entrenado para cazar hombres. No dudaba de lo que Wolf le había dicho, porque había visto a algunos hombres capaces de seguir un rastro de aquel modo.

—Estuviste en Vietnam —ya lo sabía, pero de pronto le pareció que aquello cobraba mayor significado.

Wolf siguió examinando la huella.

—Sí. ¿Tú?

—En el Veintiuno de Infantería. ¿Tú en qué regimiento estabas?

Wolf levantó la mirada, y una sonrisa muy leve y despiadada curvó sus labios.

—Era un LRRP.

El desasosiego de Clay se convirtió en escalofrío. Los LRRP, llamados *lurps*, formaban parte de las patrullas de reconocimiento de largo alcance. A diferencia de los soldados rasos, los LRRP pasaban semanas enteras en la jungla y en las zonas montañosas, viviendo de lo que sacaban de la tierra, cazando y siendo cazados. Sobrevivían sólo gracias a su astucia y a su habilidad para combatir, o para desaparecer entre las sombras, lo que requiriera la ocasión. Clay los había visto salir de la maleza, fibrosos y sucios, despidiendo un olor semejante al de los animales salvajes que en el fondo eran, con la muerte en los ojos y los nervios tan a flor de piel que era peligroso tocarlos inesperadamente o acercarse a ellos por la espalda. A veces no eran capaces de soportar el contacto con otros seres humanos hasta que sus nervios se aplacaban. Si uno era listo, pasaba de puntillas junto a un LRRP recién salido de la selva.

Wolf tenía en ese instante una mirada tan fría y letal, tan colérica, que Clay sólo alcanzaba a adivinar la intensidad de su ira, aunque entendiera sus motivos. Wolf sonrió de nuevo, y en el tono más sereno imaginable, casi suave, dijo:

–Ha cometido un error.

–¿Cuál?

–Ha atacado a mi mujer.

–No te corresponde a ti atraparlo. Eso es cosa de la ley.

–Entonces será mejor que la ley me vigile de cerca –dijo Wolf, y se alejó.

Clay se quedó mirándolo fijamente; ni siquiera lo había sorprendido la franqueza con que había dicho que Mary era su mujer. Sintió que otro escalofrío le recorría la espalda y se estremeció. El pueblo de Ruth había cometido un error al juzgar a aquel hombre, pero el violador había cometido uno aún mayor. Un error que podía resultar fatal.

Mary ignoró estoicamente todas las protestas y los ruegos cuando anunció su intención de irse a casa en su propio coche. Agradecía la preocupación y las buenas intenciones de aquella gente, pero no podía quedarse allí ni un momento más. No estaba herida, y el médico había dicho que el dolor de cabeza se le pasaría en un par de horas. Sencillamente, tenía que irse a casa.

Así pues, se fue sola en el coche, conduciendo con movimientos automáticos en medio de la lluvia brumosa. Más adelante no recordaría ni un solo instante del trayecto. Sólo se dio cuenta de que, al entrar en la vieja casa, que crujía sin cesar, experimentaba una intensa sensación de alivio que la asustó tanto que intentó apartarla de sí. No podía relajarse. Tal vez más tarde. De momento, tenía que conservarse de una pieza.

Woodrow dio varias vueltas alrededor de sus tobillos, maullando quejumbrosamente. Mary intentó desaturdirse para darle de comer, aunque estaba muy gordo, y aquel esfuerzo la dejó exhausta. Se sentó a la mesa y enlazó las manos sobre el regazo, manteniéndose inmóvil.

Así fue como la encontró Wolf media hora después, cuando la luz gris del día empezaba a disiparse.

—¿Por qué no me has esperado? —preguntó en la puerta con voz baja y suave.

—Quería volver a casa —explicó Mary.

—Yo te habría traído.

—Lo sé.

Wolf se sentó a la mesa, junto a ella, y tomó sus manos frías y apretadas. Ella lo miró con fijeza, y el corazón de Wolf se encogió como un puño. Habría dado cualquier cosa por no ver nunca aquella mirada en sus ojos.

Mary había sido siempre indomable, con aquel espíritu suyo de «al cuerno con todo». Su cuerpo era menudo y delicado, pero ella se creía invencible. Como la idea misma de la derrota le resultaba ajena, se había paseado por la vida alegremente, actuando conforme a su capricho y aceptando como cosa natural que los tenderos se acobardaran ante su dedo acusador. Esa actitud irritaba a veces a Wolf, pero con mayor frecuencia lo fascinaba. La gatita se creía un tigre y, como se comportaba como un tigre, los demás le seguían la corriente.

Pero ya no era indomable. Sus ojos mostraban una espantosa debilidad, y Wolf sabía que nunca olvidaría aquellos instantes en que se había sentido indefensa. Aquel cerdo la había lastimado, la había humillado, la había arrojado literalmente al barro.

—¿Sabes qué es lo que más me horroriza? —preguntó ella tras un largo silencio.

—¿Qué?

—Que quería que la primera vez fuera contigo, y ese hombre iba a... —se detuvo bruscamente, incapaz de acabar.

—Pero no lo hizo.

—No. Me subió la falda y empezó a restregarse contra mí, y me estaba desgarrando la ropa cuando Clay... Creo que fue Clay quien gritó. Puede que disparara. Recuerdo que oí un ruido muy fuerte, pero pensé que era un trueno.

Wolf comprendió por su tono monocorde y plano que seguía en estado de shock.

—No permitiré que vuelva a acercarse a ti. Te doy mi palabra —ella asintió con la cabeza; luego cerró los ojos—. Ahora vas a darte una ducha —dijo Wolf, urgiéndola a levantarse—. Una ducha larga y caliente, y mientras te la das, yo voy a prepararte algo de comer. ¿Qué te apetece?

Ella intentó pensar en algo, pero la sola idea de comer le repugnaba.

—Sólo té.

Wolf subió con ella al piso de arriba. Mary estaba tranquila, pero su calma parecía muy frágil, como si estuviera manteniendo a duras penas el dominio de sí misma. Wolf deseaba que pudiera llorar, o gritar; cualquier cosa que quebrara su tensión.

—Voy a por mi camisón. No te importa que me ponga el camisón, ¿verdad? —parecía ansiosa, como si temiera causarle demasiadas molestias.

—No.

Wolf alargó el brazo para acariciarla, para enlazar su cintura, pero bajó la mano antes de tocarla. Tal vez ella no quisiera que la tocara. Un intenso malestar se apoderó de él al darse cuenta de que, a partir de ese día, tal vez su contacto, o el de cualquier otro hombre, le resultara insoportable.

Mary fue a por su camisón y se quedó dócilmente de pie en el anticuado cuarto de baño mientras Wolf ajustaba la temperatura del agua.

—Estaré abajo —dijo él cuando se incorporó y retrocedió—. Deja la puerta abierta.

—¿Por qué? —sus ojos eran grandes y solemnes.

—Por si te desmayas o me necesitas.

—No voy a desmayarme.

Él sonrió un poco. No, la señorita Mary Elizabeth Potter no se desmayaba; no se permitía semejante debilidad. Tal vez no fuera la tensión lo que la mantenía tan derecha; tal vez fuera el hierro de su columna vertebral.

Wolf sabía que no podía obligarla a comer, pero de todas formas calentó una sopa de lata. Calculó el tiempo a la perfección; la sopa acababa de romper a hervir y el té de reposar cuando Mary entró en la cocina.

A Mary no se le había ocurrido ponerse una bata; llevaba sólo el camisón blanco de algodón. Wolf sintió que empezaba a sudar, porque, pese a que el camisón era sumamente recatado, veía la sombra de sus pezones a través de la tela. Maldijo para sus adentros mientras Mary se sentaba a la mesa como una niña obediente. Aquél no era momento para el deseo. Eso, sin embargo, no apaciguaba su lujuria; deseaba a Mary en cualquier circunstancia.

Ella se comió la sopa mecánicamente, sin protestar, y se bebió el té; luego le dio las gracias por haberlo preparado todo. Wolf recogió la mesa y fregó los escasos platos; cuando se dio la vuelta, Mary seguía sentada a la mesa, con las manos unidas y la mirada perdida. Se quedó inmóvil un instante y masculló una maldición. No podía soportarlo ni un minuto más. De pronto levantó a Mary de la silla, tomó asiento y la sentó sobre sus rodillas.

Ella se quedó envarada en sus brazos un momento; luego un suspiro se filtró entre sus labios, y al fin se apoyó, relajada, contra el pecho de Wolf.

—Estaba tan asustada... —musitó.

—Lo sé, cariño.

—¿Cómo vas a saberlo? Tú eres un hombre —su voz sonaba levemente agresiva.

—Sí, pero estuve en la cárcel, ¿recuerdas? —se preguntó si ella sabía lo que quería decir, y vio que fruncía el ceño, pensativa.

Luego Mary dijo:

—Ah —empezó a poner mala cara—. Si alguien te hizo daño... —dijo.

—No, nada de eso. No me atacaron. Se me da bien luchar, y todo el mundo lo sabía —no le contó cómo se había ganado aquella reputación—. Pero les pasaba a otros presos, y yo sabía que podía pasarme a mí, así que siempre estaba en guardia —dormía sólo cuando podía dar una ligera cabezada, con un cuchillo hecho con una cuchara afilada en la mano; su celda escondía diversas armas que los carceleros veían sin darse cuenta de lo que eran. Habría hecho falta otro LRRP para descubrir algunas de las cosas que había hecho y de las armas que había llevado. Sí, siempre estaba en guardia.

—Me alegro —dijo ella, y de pronto inclinó la cabeza sobre el cuello de Wolf y empezó a llorar.

Wolf la sujetó con fuerza, metió los dedos entre su pelo y la abrazó. Su cuerpo suave y esbelto se sacudía entre sollozos cuando le echó los brazos al cuello. Ninguno de los dos habló, pero no hacían falta las palabras.

Wolf la acunó hasta que, por fin, Mary sorbió por la nariz y dijo, aturdida:

—Necesito sonarme la nariz.

Él alargó el brazo para agarrar el servilletero, sacó una servilleta de papel y se la puso en las manos. Mary se sonó la nariz con delicadeza y luego se quedó muy quieta, buscando en su interior el mejor modo de afrontar lo sucedido. Había sido horrible, pero era consciente de que podía haber sido mucho peor. Sólo se le ocurría una idea: no quería quedarse sola esa noche. No había podido aguantar a las mujeres que revoloteaban a su alrededor, atosigándola, pero si Wolf se quedaba con ella, se pondría bien.

Alzó la mirada hacia él.

—¿Te quedarás conmigo esta noche?

Wolf sintió que todos sus músculos se tensaban, pero no podía decirle que no.

—Sabes que sí. Dormiré en el...

—No. Quiero decir que... si pudieras dormir conmigo esta noche y abrazarme para que no esté sola, sólo por esta noche, creo que mañana me encontraría mejor.

Wolf confiaba en que fuera así de fácil, aunque lo dudaba. El recuerdo de lo ocurrido permanecería en su memoria, surgiría de oscuros rincones para abalanzarse sobre ella cuando menos lo esperase. Hasta el día que muriera no podría olvidarlo por completo, y por ese motivo Wolf quería atrapar a su asaltante y romperle el cuello. Literalmente.

—Voy a llamar a Joe para decirle dónde estoy —dijo, y la levantó de sus rodillas.

Todavía era temprano, pero a Mary le pesaban los párpados, y después de llamar a su hijo, Wolf decidió que no tenía sentido posponerlo. Mary necesitaba irse a la cama.

Apagó las luces y la rodeó con el brazo cuando subieron juntos por la estrecha escalera. Su piel era cálida y flexible bajo la fina tela de algodón, y su tacto hizo que el corazón de Wolf comenzara a latir con violencia. Apretó la mandíbula al sentir que la sangre palpitaba a través de su cuerpo y se concentraba en su sexo. Lo esperaba una noche cruel, y lo sabía.

El dormitorio de Mary era tan anticuado que parecía de principios del siglo XX, pero Wolf no esperaba otra cosa. El delicado olor a lilas que asociaba con Mary era allí más intenso, y el pálpito doloroso de su sexo se intensificó.

—Espero que la cama sea lo bastante grande para ti —dijo ella, preocupada, mientras miraba la cama de matrimonio.

—Servirá.

No era lo bastante grande, pero serviría. Tendría que pasar la noche encogido junto a Mary. Sus nalgas lo rozarían, y se volvería loco en silencio. De pronto dudó de si podría hacerlo, de si podría pasar toda la noche acostado con ella sin hacerle el amor. Dijera lo que dijese su razón, su cuerpo sabía exactamente lo que quería; estaba ya tan excitado que le costaba un enorme esfuerzo no ponerse a aullar.

—¿Qué lado prefieres?

¿Qué importaba eso? El tormento era tormento, de un lado o del otro.

—El izquierdo.

Mary asintió con la cabeza y retiró la colcha. Wolf quiso apartar la mirada cuando ella se metió en la cama, pero los ojos no lo obedecieron. Vio la curva de sus nalgas cuando el camisón se tensó un instante. Vio sus piernas blancas y delgadas, y enseguida se las imaginó enlazadas alrededor de su cintura. Vio la silueta de sus bonitos pechos, con sus pezones rosados, y recordó su tacto al tocarlos, su sabor y su olor al chuparlos.

De pronto se inclinó y la tapó con la sábana.

—Tengo que darme una ducha.

Vio en los ojos de Mary un fugaz dardo de miedo ante la idea de quedarse sola, pero ella pareció dominarse y dijo:

—Las toallas están en el armario, junto a la puerta del baño.

Wolf se metió en el baño y se quitó la ropa mientras por dentro maldecía sin cesar. Una ducha fría no le serviría de nada; se había dado muchas últimamente, y su efecto era cada vez más efímero. Necesitaba a Mary, desnuda, bajo él, envolviendo su carne hinchada y palpitante. Estaría tan tensa que él no aguantaría ni un solo minuto...

Demonios. Esa noche no podía dejarla sola. Por más que le costase.

Le palpitaba todo el cuerpo cuando se colocó bajo el chorro de agua tibia. No podía meterse en la cama con ella en aquel estado. Lo último que necesitaba Mary era tenerlo toda la noche excitado a su lado. Ella necesitaba descanso, no lujuria. Pero no era sólo eso lo que lo preocupaba; no estaba del todo seguro de poder dominarse. Hacía demasiado tiempo que no estaba con una mujer, demasiado tiempo que deseaba a Mary.

No podía marcharse, pero no podía acercarse a ella estando así. Sabía lo que tenía que hacer, y deslizó la mano llena de jabón por su cuerpo. Por lo menos aquello le procuraría un poco de calma, porque prefería cortarse la garganta a ver de nuevo aquella debilidad y aquel miedo en los ojos de Mary.

Mary estaba tumbada, muy quieta, cuando Wolf se reunió con ella, y no se movió cuando él apagó la luz. Hasta que el peso de Wolf hundió el colchón, no cambió de postura para ponerse de lado. Wolf también se tumbó de costado y, rodeándola por la cintura, la sujetó con firmeza en el hueco que formaba su cuerpo. Ella suspiró, y Wolf sintió que su tensión refluía lentamente a medida que iba relajándose.

–Qué bien –musitó Mary.

–¿No tienes miedo?

–¿De ti? No. De ti, no –su voz rezumaba ternura. Alzó una mano, la echó hacia atrás y tocó con la palma la mandíbula de Wolf–. Mañana estaré bien, ya lo verás. Sólo estoy demasiado cansada para afrontar ahora lo que ha pasado. ¿Me abrazarás toda la noche?

—Si quieres.

—Por favor.

Wolf le apartó el pelo a un lado y, al depositar un beso en su nuca, sintió el delicado estremecimiento que atravesaba su cuerpo.

—Será un placer —dijo con suavidad—. Buenas noches, cariño.

La tormenta despertó a Mary. Apenas había amanecido y la luz era todavía tenue, pero las nubes negras contribuían ya a la grisura del día. El fiero vendaval le recordaba las violentas tormentas eléctricas del sur. Los relámpagos hendían el cielo negro, y el estallido de los truenos hacía vibrar el aire. Contó con indolencia los segundos que pasaban entre el destello del rayo y el retumbar del trueno para ver lo lejos que estaba la tormenta: doce kilómetros. Sin embargo, estaba ya lloviendo a cántaros; la lluvia repiqueteaba con fuerza sobre el viejo tejado de lata. Era maravilloso.

Se sentía al mismo intensamente viva y en calma, como si estuviera esperando algo. El ayer pertenecía, por propia definición, al pasado. Ya no podía hacerle daño. El hoy era el presente, y el presente era Wolf.

Él no estaba en la cama, pero Mary sabía que había pasado allí toda la noche. Hasta dormida lo había sentido a su lado, rodeándola con sus fuertes brazos. Dormir con él era un gozo tan intenso que Mary no lograba darle expresión, como si fuera algo destinado a ocurrir. Y quizá lo fuera. No podía evitar tener esperanzas.

¿Dónde estaba él? Le pareció que olía a café y salió de la cama. Entró en el cuarto de baño, se cepilló el pelo y los dientes y regresó al dormitorio para vestirse. De pronto se sintió extrañamente constreñida por el sujetador que acababa de ponerse y volvió a quitárselo. Una sensación sutil y palpitante envolvió todo su cuerpo, y la impresión de estar esperando algo se hizo más intensa. Incluso las bragas le estorbaban. Se puso sólo un vestido de estar en casa suelto, de algodón, sobre el cuerpo desnudo, y bajó descalza.

Wolf no estaba en el salón ni en la cocina, aunque la cafetera vacía y la taza que había en el fregadero explicaban el olor que quedaba en el aire. La puerta de la cocina estaba abierta; la mosquitera dejaba entrar el aire húmedo y frío, y el olor fresco de la lluvia se mezclaba con el del café. La camioneta de Wolf seguía aparcada junto a los escalones del porche trasero.

Mary tardó sólo unos minutos en hervir agua y poner en remojo una bolsita de té. Se bebió la infusión sentada a la mesa de la cocina, mirando la cortina de agua que caía por la ventana. Hacía tanto frío que podría haberse quedado helada, cubierta sólo con el fino vestido, pero el frío no la incomodaba, a pesar de que podía sentir cómo se le endurecían los pezones. Antes, aquello la avergonzaba. Ahora sólo pensaba en Wolf.

Estaba a medio camino entre la mesa y la pila, con la taza vacía en la mano, cuando de pronto Wolf apareció al otro lado de la puerta mosquitera y se quedó mirándola a través de la malla de alambre. Tenía la ropa pegada a la piel y la lluvia le corría por la cara. Mary se quedó de una pieza, con la cabeza girada para mirarlo.

Parecía un salvaje, con los ojos achicados y brillantes y los pies separados. Mary veía cómo se hinchaba su pecho cada vez que respiraba; veía el pulso que latía en la base de su garganta. Aunque estaba muy quieto, ella podía sentir que todo su cuerpo vibraba de tensión. En ese momento comprendió que iba a hacerle el amor, y supo que eso era lo que había estado esperando.

–Siempre seré un mestizo –dijo él con voz baja y áspera, apenas audible por encima del tamborileo de la lluvia–. Siempre habrá gente que me mire con desprecio. Piénsalo bien antes de decidir si quieres ser mía, porque no hay vuelta atrás.

Ella dijo suavemente, con claridad:

–No quiero volver atrás.

Wolf abrió la puerta mosquitera y entró en la cocina con movimientos lentos y deliberados. A Mary le temblaba la mano cuando la alargó para dejar la taza sobre el armario; luego se dio la vuelta para mirarlo.

Wolf le puso la mano en la cintura y suavemente la apretó contra sí; tenía la ropa mojada, y al instante la parte delantera del vestido de Mary absorbió su humedad y la tela empapada se le ciñó al cuerpo. Mary deslizó las manos hacia arriba, hasta sus hombros, las juntó tras su nuca y acercó su boca a la de Wolf. Él la besó lenta y profundamente, haciéndola estremecerse, al tiempo que un deseo ardiente empezaba a atravesarla a toda velocidad. Mary ya sabía besar, y recibió la lengua de Wolf con las leves e incitadoras caricias de la suya. Una profunda y áspera bocanada de aire hinchó el pecho de Wolf, y la abrazó fuertemente. De pronto, el beso se hizo ansioso y urgente, y la presión de la boca de Wolf resultó casi dolorosa.

Mary sintió que le agarraba la falda para subírsela; luego, la palma curtida de Wolf se deslizó sobre su muslo. Al llegar a su cadera, Wolf se detuvo y se estremeció con violencia al darse cuenta de que estaba desnuda bajo el vestido; luego su mano se movió hacia las nalgas desnudas de Mary y empezó a acariciarlas. Aquello era sorprendentemente placentero, y Mary comenzó a restregarse contra su mano. Wolf había abierto para ella un mundo enteramente nuevo, el mundo del placer sensual, cuyos límites se extendían constantemente.

Wolf no podía esperar mucho más, y la levantó en brazos. Su rostro tenía una expresión dura e intensa cuando bajó la mirada hacia ella.

–A no ser que la casa se incendie, esta vez no pienso parar –dijo con calma–. No me importa si suena el teléfono, si viene algún coche, o si aporrean la puerta de la habitación. Esta vez, vamos a acabar.

Ella no contestó, pero le lanzó una sonrisa dulce y lenta que lo hizo arder en deseos de tomarla allí mismo. La abrazó con más fuerza mientras la subía por la estrecha y quejumbrosa escalera, hasta su dormitorio, donde la depositó suavemente sobre la cama. Se quedó mirándola un momento; luego se acercó a la ventana y la subió.

–Dejemos entrar la tormenta –dijo, y un instante después la tormenta estaba con ellos, llenando la habitación medio en sombras de sonidos y vibraciones. El aire helado por la lluvia bañó a Mary, límpido y fresco sobre su piel ardiente. Ella suspiró, y el estrépito de los truenos y de la lluvia sofocó su suspiro.

Junto a la ventana, la luz gris y tenue silueteaba los músculos poderosos, tersos y abultados, de Wolf mientras se quitaba la ropa empapada. Mary permaneció inmóvil en la cama, con la cabeza girada hacia él. Primero se quitó la camisa y dejó al descubierto sus hombros lisos y pesados y su vientre plano. Ella sabía, porque lo había tocado, que su cuerpo era increíblemente duro; que no cedía bajo la piel tersa. Wolf se inclinó para quitarse las botas y los calcetines; luego se irguió y se desabrochó el cinturón. El estruendo de la tormenta convertía sus ademanes en una pantomima, pero Mary se imaginó el pequeño *pop* del botón de sus vaqueros y el siseo de la cremallera al separarse los dientes metálicos. Wolf se bajó los pantalones y los calzoncillos sin vacilar y se los quitó.

Estaba desnudo. El corazón de Mary se contrajo dolorosamente cuando lo miró; por primera vez se sentía realmente pequeña e indefensa a su lado. Era grande, fuerte y viril... Ella no podía apartar los ojos de su miembro duro. Iba a tomarlo dentro de sí, iba a aceptar su peso cuando sus cuerpos se unieran, y estaba un poco asustada.

Él lo notó en sus ojos y se tumbó a su lado.

—No tengas miedo —musitó, y le apartó el pelo de la cara. Luego introdujo las manos bajo ella y le bajó suavemente la cremallera del vestido.

—Sé lo que va a ocurrir —murmuró Mary, volviendo la cara hacia su hombro—. El mecanismo, por lo menos. Pero no entiendo cómo es posible.

—Lo es. Lo haré despacio y con calma.

—Está bien —musitó ella, y dejó que la levantara para quitarle las hombreras del vestido.

Sus pechos quedaron desnudos, y Mary los notó tensos y pesados. Wolf se inclinó para besarle los pezones; los humedeció con la lengua, y, embargada por el deseo, Mary arqueó la espalda. Wolf le bajó rápidamente el vestido y dejó al descubierto sus caderas y sus piernas; el deseo de sentirla desnuda bajo sus manos era tan urgente que ya no podía seguir ignorándolo.

Mary tembló y luego se quedó quieta. Era la primera vez desde la infancia que alguien la veía completamente desnuda; se puso colorada y cerró los ojos mientras luchaba por sofocar la sensación de vergüenza y el penoso desvalimiento que experimentaba. Wolf le tocó los pechos, estrujándolos suavemente; luego su palma áspera se deslizó por la tripa de Mary hasta que sus dedos tocaron el triángulo de sedosos rizos de su pubis. Mary dejó escapar un leve quejido, y al abrir los ojos bruscamente vio que Wolf la estaba mirando con una expresión tan fiera y ardiente que al instante olvidó su vergüenza. De pronto se sentía orgullosa de que él la deseara tan intensamente, de que su cuerpo lo excitara hasta aquel punto. Relajó las piernas, y Wolf hundió un dedo entre los pliegues suaves de su sexo, acariciando con delicadeza su carne ultrasensible. Mary se tensó por completo otra vez y dejó escapar un gemido. Ignoraba que fuera posible tanto placer, pero al mismo tiempo intuía que había todavía mucho más, y no sabía si podría soportarlo. El gozo era tan intenso que resultaba casi insoportable.

—¿Te gusta? —murmuró Wolf.

Ella profirió un gemido de sorpresa, y su cuerpo comenzó a retorcerse lentamente sobre las sábanas, con un ritmo tan antiguo como el tiempo. Wolf le separó un poco más las piernas con la mano y luego retomó sus dulces caricias al tiempo que se inclinaba para besarle ávidamente la boca. Mary sentía que le daba vueltas la cabeza; le clavaba las uñas en los hombros y se aferraba a él. Apenas podía creer que Wolf la estuviera tocando, que ella fuera capaz de experimentar aquellas sensaciones, pero no quería que aquello parara nunca. Wolf provocaba en su interior un frenesí que se iba extendiendo y haciéndose cada vez más intenso, hasta que ella perdía la noción de todo, salvo de su propio cuerpo y el de él. Wolf la elevaba hacia el delirio con sus caricias, y al mismo tiempo sofocaba con la boca sus débiles gemidos.

Mary apartó la boca de la de él.

—Wolf, por favor... —suplicó, poseída por un frenético deseo.

—Un momento más, cariño. Mírame. Déjame que te vea la cara cuando... Ahh...

Ella dejó escapar un gemido. Wolf empezó a tocarla aún más íntimamente, y la encontró húmeda y esponjosa. Su negra mirada permanecía fija en la de ella mientras deslizaba despacio un dedo en su interior, y los dos se estremecieron violentamente.

Wolf sabía que no podía esperar más. Todo su cuerpo palpitaba. Mary estaba suave y húmeda e increíblemente tensa, y se retorcía al borde del éxtasis. Su piel pálida y translúcida lo embriagaba, lo fascinaba;

sólo con tocarla se volvía loco. El tacto de su cuerpo lo excitaba más que cualquier otra cosa que hubiera conocido. Todo en ella era suave y terso. Su cabello era fino como el de un bebé; su piel, fina y satinada; hasta los rizos de su pubis eran suaves, en lugar de crespos. La deseaba más de lo que deseaba seguir respirando.

Se colocó entre las piernas de Mary, separándolas para hacerse sitio, y se acomodó sobre ella. Mary aspiró bruscamente al sentir su miembro duro y ardiente. Sus ojos se encontraron de nuevo mientras Wolf alargaba la mano entre sus cuerpos y se colocaba en posición; luego comenzó a penetrarla.

La tormenta estaba ya sobre ellos. Un rayo rasgó el cielo y casi simultáneamente retumbó un trueno que sacudió la vieja casa. El viento, que soplaba en ráfagas violentas, agitaba las cortinas y las empujaba hacia el interior de la habitación, y la lluvia mojaba el suelo delante de la ventana abierta, exhalando un leve vaho sobre sus cuerpos. Mary empezó a llorar, y sus lágrimas se mezclaron con aquel vaho sobre su rostro mientras aceptaba la lenta penetración de Wolf.

Wolf se sostenía encima de ella apoyado en los antebrazos, con la cara a unos pocos centímetros de la de ella. Le lamió las lágrimas y luego le besó la boca, que sabía a sal. Mary sintió un dolor ardiente cuando su cuerpo se distendió para dejarle paso, y luego notó una enorme presión. Más lágrimas surgieron de las comisuras de sus ojos. Él la besó con mayor ansia al tiempo que sus nalgas se flexionaban para ejercer más presión, y de pronto la barrera del cuerpo de Mary cedió. Wolf la penetró del todo, hundiéndose hasta el fondo en ella con un gemido profundo, casi atormentado, de placer.

Había dolor, pero había también mucho más. Wolf le había dicho a Mary que hacer el amor era febril y hacía sudar, y que seguramente la primera vez no le gustaría, y tenía razón en parte, y en parte se equivocaba. Era, en efecto, febril y fatigoso, y también brusco y primitivo. Era tan sobrecogedor que su ritmo la arrastraba. Pero, a pesar del dolor, se sentía exultante. Notaba la tensión y la salvaje excitación del cuerpo de Wolf mientras lo acunaba entre sus piernas y sus brazos, llenas sus suaves entrañas de él. Quería a Wolf, y él la deseaba. Hasta ese momento, al entregarse al hombre al que amaba, no se había sentido viva.

No podía callárselo, aunque tampoco importaba. Él ya tenía que saberlo. Mary nunca enmascaraba sus sentimientos. Sus manos se movieron sobre los hombros lisos y húmedos de Wolf y se introdujeron entre su densa cabellera.

—Te quiero —dijo con voz tan suave que apenas se oyó por encima de los estampidos de los truenos.

Si él contestó, Mary no lo oyó. Wolf introdujo de nuevo la mano entre sus cuerpos unidos, pero esta vez la posó sobre su sexo, y empezó a moverse. El placer atravesó de nuevo a Mary, haciendo que el malestar se disipara; ella se arqueó, levantando las caderas en un esfuerzo porque la penetrara aún más, y le dijo otra vez que lo quería. El sudor humedecía el rostro crispado de Wolf, que intentaba controlar sus embestidas, pero la tormenta estaba en la habitación, en sus cuerpos. Las caderas de Mary se mecían, ondulaban, lo volvían loco.

Se tensaron juntos, acompasados sus movimientos por el trueno, por el golpeteo seco del cabecero de la cama contra la pared, por el chirrido de los muelles de la cama bajo ellos. Gruñidos en voz baja y suaves gritos; carne húmeda y músculos trémulos; manos que se agarraban frenéticamente; respiración áspera y veloz y urgentes embestidas: Mary conocía todo eso, lo percibía, lo oía, y se sentía consumida por la fiebre.

—¿Wolf? —su gemido sonó agudo, frenético. Sus uñas se hundieron en los músculos tensos de la espalda de Wolf.

—No te resistas, nena. Déjate ir —contestó él con voz ronca, y al sentir que el clímax de Mary se acercaba, ya no pudo contenerse. Apartó la mano de entre sus cuerpos y agarró las caderas de Mary, alzándolas; se encajó más firmemente en ella y comenzó a oscilar sobre su cuerpo.

Mary sintió que la tensión y la fiebre se incrementaban hasta niveles insoportables, y un instante después sus sentidos estallaron. Dejó escapar un grito, y su cuerpo se convulsionó y se encogió por entero. Era la más dulce locura imaginable, un placer que no admitía descripción y que se prolongó hasta que Mary creyó morir. Wolf la sujetó hasta que se calmó, y luego comenzó a dar embestidas fuertes y rápidas. Sus gemidos guturales se mezclaron con el trueno cuando la aplastó contra el colchón, y su cuerpo se convulsionó cuando la poderosa efusión de su orgasmo lo vació por completo.

Después se quedaron en silencio, como si las palabras fueran entre ellos una intrusión. Su encuentro había sido tan ansioso y apremiante que se habían olvidado de todo. Incluso la violenta tormenta había sido sólo un acompañamiento. Mary se sintió volver a la realidad lentamente, con desgana, y se contentó con quedarse tumbada junto a Wolf y no hacer nada más que acariciarle el pelo.

La respiración de ambos se había aquietado y la tormenta había pasado cuando Wolf desenredó sus cuerpos y se apartó a un lado. Estuvo abrazándola un rato, pero ahora que su piel se había enfriado, la cama húmeda resultaba incómoda. Cuando Mary empezó a tiritar, Wolf salió de la cama y se acercó a la ventana para cerrarla. Mary observó cómo se tensaban y se relajaban sus músculos con cada movimiento de su cuerpo desnudo. Luego él se dio la vuelta, y ella se quedó irremediablemente fascinada. Deseaba tener valor para deslizar las manos por todo su cuerpo, sobre todo por su sexo. Ansiaba examinarlo, como si emprendiera un viaje de descubrimiento por territorio sin cartografiar.

—¿Te gusta lo que ves? —la voz de Wolf sonó baja y alegre.

Las cosas habían llegado demasiado lejos entre ellos como para que Mary se sintiera avergonzada. Levantó la mirada hacia él y sonrió.

—Mucho. Una vez te imaginé con taparrabos, pero esto es mucho mejor.

Wolf alargó los brazos y la levantó de la cama tan fácilmente como si fuera una pluma.

—Será mejor que nos vistamos antes de que pilles un resfriado, y antes de que yo olvide mis buenas intenciones.

—¿Qué buenas intenciones?

—No seguir haciéndote el amor hasta que estés tan dolorida que no puedas andar.

Ella lo miró con expresión grave.

—Ha sido maravilloso. Gracias.

—Para mí también ha sido maravilloso —Wolf esbozó una sonrisa y deslizó las manos entre el pelo castaño y plateado de Mary—. ¿No has tenido malos momentos?

Ella comprendió enseguida lo que quería decir y apoyó la cabeza contra su pecho.

—No. Eso fue completamente distinto.

Pero tampoco lo había olvidado, y Wolf lo sabía. Estaba todavía temblorosa y débil, aunque mantuviera la cabeza muy alta. Él pensaba hacer pagar al culpable por el daño que le había hecho a su espíritu indomable. Llevaba años viviendo apaciblemente en los márgenes, manteniendo una tregua armada con los ciudadanos de Ruth, pero eso se había acabado.

Encontraría al cabrón que había atacado a Mary, y si a la gente del pueblo no le gustaba, peor para ellos.

Mary metió la ropa mojada de Wolf en la secadora y luego preparó un desayuno tardío. Ninguno de los dos habló mucho. A pesar de su determinación de superar la conmoción de lo ocurrido el día anterior, Mary no lograba olvidar aquellos espantosos instantes en los que se había sentido indefensa en manos de un loco, pues sin duda era eso: un loco. En cualquier momento, mientras hacía o pensaba cualquier cosa, un fogonazo semejante a un relámpago la catapultaba al momento de la agresión, hasta que lograba dominarse y sofocar los recuerdos.

Wolf, que la observaba sin cesar, era consciente de lo que estaba experimentando por el modo en que su cuerpo ligero se crispaba y luego se relajaba lentamente. Él había sentido muchas veces aquellas súbitas acometidas de los malos recuerdos, de Vietnam, de la cárcel, y sabía cómo funcionaban, y la factura que pasaban. Deseaba llevar a Mary otra vez a la cama, mantener las sombras a raya por ella, pero sabía por la cautela con que por momentos se movía que para Mary el amor era una experiencia demasiado reciente, y que otro envite resultaría abusivo. Cuando se acostumbrara a él... Una sonrisa muy leve curvó sus labios al pensar en las horas de placer y en los modos distintos de tomarla que tenía.

Pero primero tenía que encontrar al hombre que la había atacado.

Cuando su ropa estuvo seca, se vistió y llevó a Mary al porche de atrás. La lluvia había amainado hasta convertirse en una fina llovizna, de modo que pensó que apenas se mojarían.

—Acompáñame al granero —dijo, tomándola de la mano.

—¿Por qué?

—Quiero enseñarte una cosa.

—Ya he estado en el granero. No hay nada interesante.

—Hoy sí. Ya verás cómo te gusta.

—Está bien —corrieron entre la llovizna hasta el viejo granero, que era oscuro y húmedo, y al que le faltaban los densos y cálidos olores animales del establo de Wolf. Mary sintió que el polvo le hacía cosquillas en la nariz—. Está tan oscuro que no se ve nada.

—Hay luz suficiente. Ven.

Sin soltarle la mano, Wolf la condujo al interior de una caballeriza a la que le faltaban varias tablas de la pared. Por entre las rendijas de la madera se filtraba una luz melancólica. Tras cruzar la oscuridad del interior del granero, Mary apenas veía nada.

—¿Qué quieres enseñarme?

—Mira debajo del pesebre.

Ella se inclinó y miró. Enroscado en un polvoriento

nido de paja, sobre una vieja toalla que Mary reconoció, estaba Woodrow. Arremolinados contra su tripa había cuatro cositas con aspecto de rata.

Mary se incorporó bruscamente.

—¡Woodrow ha sido padre!

—No. Woodrow ha sido madre.

—¡Madre! —se quedó observando al gato, que la miró un momento enigmáticamente y luego se puso a lamer a sus gatitos—. Pero si me habían dicho que era macho.

—Pues es hembra. ¿Es que no miraste?

Mary le lanzó una mirada severa.

—No tengo costumbre de mirarles a los animales sus partes pudendas.

—Sólo a mí, ¿eh?

Ella se sonrojó, pero no se le ocurrió qué replicar.

—Exacto.

Wolf deslizó los brazos alrededor de su cintura y la atrajo hacia sí para darle un beso lento y cálido. Mary suspiró y se relajó entre sus brazos; luego lo agarró de la nuca y sus bocas se encontraron. La fortaleza del enorme cuerpo de Wolf la reconfortaba, la hacía sentirse segura. Cuando sus duros brazos la rodeaban, nada podía lastimarla.

—Tengo que irme a casa —murmuró él cuando sus bocas se separaron—. Joe hará lo que pueda, pero hacen falta dos personas para sacar adelante el trabajo.

Mary había pensado que podría soportar que se fuera, pero el pánico se apoderó de ella al pensar que iba a quedarse sola. Se dominó rápidamente y apartó los brazos del cuello de Wolf.

—Está bien —iba a preguntarle si se verían luego, pero

no dijo nada. Por extraño que pareciera, ahora que su relación era tan íntima, se sentía mucho menos segura de sí misma que antes. Permitir que Wolf se le acercara tanto, permitir que entrara en su cuerpo, había dejado al descubierto una vulnerabilidad cuya existencia Mary desconocía hasta entonces. Aquella intimidad daba un poco de miedo.

–Búscate un abrigo –dijo él cuando salieron del granero.

–Ya tengo abrigo.

–Quiero decir que vayas a por él. Te vienes conmigo.

Ella le lanzó una rápida mirada y, al ver su expresión comprensiva, desvió los ojos.

–Tengo que quedarme sola en algún momento –dijo en voz baja.

–Pero no hoy. Vamos, ve a por el abrigo.

Mary recogió su abrigo y montó en la camioneta de Wolf sintiéndose como si acabaran de salvarla del cadalso. Tal vez cuando llegara la noche habría logrado dominar sus miedos.

Joe salió del establo al oírlos llegar y se acercó al lado del acompañante de la camioneta. Cuando Mary abrió la puerta, extendió los brazos, la levantó y la abrazó con fuerza.

–¿Estás bien? –su voz juvenil sonaba torva.

Mary le devolvió el abrazo.

–No me hizo nada. Sólo estaba asustada.

Por encima de la cabeza de Mary, Joe miró a su padre y vio la fría rabia controlada de los ojos negros de Wolf, posados sobre la mujer menuda a la que abrazaba su hijo. Alguien se había atrevido a hacerle daño, y fuera quien fuese lo pagaría. Joe sintió una ira profunda y elemental, y comprendió que era sólo una fracción de lo que sentía su padre. Los ojos de ambos se encontraron, y Wolf sacudió ligeramente la cabeza, indicándole que no quería que hablaran de aquel asunto. Mary estaba allí para tranquilizarse, no para revivir la agresión.

Wolf se acercó y le pasó el brazo por los hombros a Mary al tiempo que la hacía volverse hacia el establo.

—¿Te apetece ayudarnos?

Los ojos de ella se iluminaron.

—Claro. Siempre he querido ver cómo funciona un rancho.

Wolf acortó automáticamente sus largas zancadas para ponerse al paso de Mary mientras se dirigían los tres hacia el establo.

—Esto no es exactamente un rancho. Tengo un pequeño rebaño de vacas, pero más para el entrenamiento y para tener nuestra propia carne que por otra razón.

—¿Qué entrenamiento?

—El de los caballos para pastorear las reses. A eso es a lo que me dedico. Domo y entreno caballos. Caballos vaqueros en su mayoría, para los ranchos, pero a veces también trabajo con caballos de exhibición, o con purasangres, o incluso con monturas de placer que se resisten a sus amos.

—¿Los dueños de purasangres no tienen sus propios entrenadores?

Él se encogió de hombros.

—Algunos caballos son más difíciles de entrenar que otros. Un caballo caro no vale un pimiento si no deja que nadie se acerque a él —no explicó más, pero Mary comprendió que le llevaban los caballos que nadie más era capaz de domar.

El largo establo salía del lado derecho del granero. Cuando entraron, Mary aspiró el denso olor a caballos, a cuero, a estiércol, a grano y a heno. Largos cuellos satinados se asomaban a las puertas de las caballerizas, e inquisitivos relinchos llenaban el aire. Mary nunca había pasado mucho tiempo entre caballos, pero no les tenía miedo. Avanzó por la línea de las caballerizas, acariciando a los animales y haciéndoles carantoñas.

—¿Todos son caballos vaqueros?

—No. El de la cuadra siguiente es un caballo de pastoreo canadiense. Es un tipo, no una raza. Pertenece a un ranchero del condado de al lado. Más allá, en la última cuadra, hay un caballo de silla americano, para la mujer de un gran ranchero de Montana. Su marido se lo va a regalar por su cumpleaños, en julio. El resto sí son caballos vaqueros.

Todos eran caballos jóvenes, juguetones como niños. Wolf los trataba como tales, les hablaba en voz baja y ronroneante, y los apaciguaba como a niños enormes. Mary pasó toda la tarde en los establos, observando a Wolf y Joe a atender sus interminables tareas, limpiando, dando de comer, revisando las herraduras y cepillando a los caballos. La llovizna cesó por fin al atardecer, y Wolf estuvo trabajando con un par de potros en el corral de detrás del establo para que se fueran acostumbrando poco a poco, suavemente, al freno y a la silla. No les metía prisa, ni perdía la paciencia cuando uno de los animales se apartaba de él cada vez que intentaba ponerle la silla. Se limitaba a calmar al potro antes de intentarlo otra vez. Antes de que acabara la tarde, el potro daba lentamente vueltas por el corral como si llevara la silla desde hacía años.

Mary estaba fascinada, en parte por la voz baja y aterciopelada de Wolf, en parte por el modo en que sus manos fuertes se movían sobre los animales, adiestrándolos y calmándolos a un tiempo. Eso había hecho con ella, pero sus manos también la habían excitado. Se estremeció al sentir que los recuerdos la embargaban, y sus pechos se tensaron.

—Nunca he visto a nadie como él —dijo Joe a su lado en voz baja—. Yo soy bueno, pero no tanto. Nunca he visto un caballo que no pudiera domar. Hace un par de años nos trajeron un potro. Lo habían apartado para semental, pero era tan rebelde que los preparadores no conseguían hacerse con él. Mi padre lo puso en una cuadra y lo dejó solo, pero de vez en cuando le dejaba terrones de azúcar, manzanas y zanahorias sobre la puerta de la cuadra y se quedaba allí hasta que el potro le echaba un buen vistazo. Luego se alejaba, y el caballo se comía lo que le hubiera llevado. El potro empezó a buscarlo y a bufar si mi padre tardaba en llevarle la comida. Luego papá dejó de alejarse, y el potro, Ringer, tuvo que acercarse a la puerta mientras mi padre seguía allí parado. Las primeras veces, intentó echar abajo la cuadra, pero finalmente tuvo que rendirse y fue a por la comida. Después, tuvo que comer de la mano de mi padre si quería su golosina. A partir de ese momento, mi padre le llevaba sólo zanahorias para no quedarse sin dedos. Por fin, Ringer empezó a sacar la cabeza por encima de la puerta de la cuadra, y husmeaba la camisa de papá como un niño buscando caramelos. Mi padre lo acariciaba y lo cepillaba –a Ringer le encantaba que lo cepillaran–, y poco a poco consiguió que se acostumbrase a la silla y empezó a montarlo. Yo también trabajé con él después de que mi padre lo domara. Supongo que al final se dio cuenta de que no valía la pena resistirse tanto. Teníamos una yegua en celo, y mi padre llamó al dueño de Ringer para preguntarle si quería que probáramos a Ringer con nuestra yegua. El tipo dijo que sí, Ringer se comportó como un auténtico caballero, y todo el mundo quedó contento. El dueño se quedó con su carísimo semental ya civilizado, y nosotros nos quedamos con un buen pellizco y con un potrillo fantástico de la yegua a la que cubrió Ringer.

Mary parpadeó mientras oía toda aquella charla acerca de yeguas en celo cubiertas por sementales, y al final se aclaró la garganta.

–Es maravilloso –dijo, y carraspeó otra vez. Tenía la piel caliente y sensitiva. No podía apartar los ojos de Wolf, de su cuerpo alto, fibroso y de anchos hombros, de su pelo negro que el sol débil hacía brillar.

–Esta noche, cuando acabemos aquí, podríamos dar unas cuantas lecciones. Como perdí la clase del viernes por la noche... –dijo Joe, sacándola de su ensimismamiento.

A Mary no le agradaba pensar en la razón por la que Joe había perdido su clase del viernes, en las largas horas pasadas esperando saber si Wolf había sido detenido.

Esa tarde, con su apariencia de normalidad, había sido un pequeño oasis de calma, pero pasaría mucho tiempo antes de que las cosas volvieran a su cauce en el condado. Una jovencita había sido violada, y Mary había sido agredida al día siguiente. La gente estaría enfurecida y asustada, y miraría a sus vecinos con recelo. Dios se apiadara de cualquier forastero que pasara por allí, al menos hasta que atraparan al culpable.

De pronto sonó el crujido de la grava aplastada por unos neumáticos, y Joe dejó su puesto para ver quién se había aventurado a subir a la montaña Mackenzie. Regresó al cabo de un momento con Clay Armstrong tras él. Aquello parecía una repetición de la tarde del viernes, y a Mary le dio un vuelco el corazón; ¿no iría Clay a arrestar a Wolf?

—Mary —Clay la saludó inclinando la cabeza y se tocó el ala del sombrero—. ¿Estás bien?

—Sí —dijo ella con firmeza.

—Imaginaba que estarías aquí. ¿Te importaría que repasáramos otra vez lo que pasó?

Wolf se acercó quitándose los guantes. Sus ojos tenían una expresión dura como el pedernal.

—Ya te lo contó ayer.

—A veces se recuerdan pequeños detalles cuando ha pasado el susto.

Mary tuvo la impresión de que Wolf estaba a punto de echar a Clay de sus tierras y se volvió hacia él, poniéndole una mano en el brazo.

—No importa. Estoy bien.

Estaba mintiendo, y Wolf lo sabía, pero la boca de Mary tenía otra vez ese rictus obstinado que significaba que no pensaba dar su brazo a torcer. Wolf sintió de pronto una punzada de regocijo; su gatita empezaba a recuperar la confianza, después de todo. Pero de ningún modo iba a permitir que Clay la interrogara a solas. Miró a Joe.

—Encierra los caballos. Yo voy con Mary.

—No es necesario —dijo Clay.

—Lo es para mí.

Mary se sintió empequeñecida entre aquellos dos hombres mientras caminaban hacia la casa, y pensó que aquel afán de protegerla pronto acabaría resultándole sofocante. Una sonrisa tocó sus labios. Clay seguramente pensaba que tenía que protegerla de Wolf, así como de otro ataque, mientras que Wolf estaba empeñado en protegerla, y punto. Se preguntaba qué pensaría Clay si supiera que no quería que la protegiera de Wolf. La tía Ardith diría que Wolf se había aprovechado de ella, y Mary esperaba con ansiedad que volviera a hacerlo. Y pronto.

Wolf advirtió una de sus miradas de reojo y, al sentir su interés y su afecto, se puso tenso. Maldición, ¿acaso no sabía ella cómo reaccionaba, y lo embarazoso que podía ser? Ya podía sentir la tensión en su entrepierna. Pero no, ella no lo sabía. A pesar de que habían hecho el amor esa mañana, seguía siendo muy inocente respecto al sexo en general, y respecto al efecto que surtía sobre él en particular, de modo que lo más probable era que no supiera qué reacción provocaba en él aquella mirada. Wolf apretó el paso. Necesitaba sentarse.

Cuando entraron en la cocina, Mary se puso a hacer café con la misma naturalidad que si estuviera en su casa, dejándole claro a Clay que Wolf y ella eran pareja. La gente del condado iba a tener que ir haciéndose a la idea.

—Empecemos desde el principio —dijo Clay.

Mary se detuvo un momento; luego retomó sus ademanes firmes y regulares mientras medía el café y lo ponía en la cafetera.

—Acababa de comprarme unas botas en la tienda de Hearst y volvía a mi coche... ¡Mis botas! ¡Se me cayeron! ¿No las viste? ¿Las recogió alguien?

—Las vi, pero no sé qué pasó con ellas. Lo preguntaré.

—Ese hombre debía de estar pegado al lateral de la tienda, porque, si hubiera estado al otro lado del callejón, lo habría visto. Me agarró y me tapó la boca con la mano. Me hizo echar la cabeza hacia atrás para que no pudiera moverme, y empezó a arrastrarme por el callejón. Conseguí soltar una mano y la eché hacia atrás, intentando arañarle la cara, pero llevaba puesto un pasamontañas. Me dio un puñetazo en la cabeza y yo... Después de eso no recuerdo gran cosa, hasta que me tiró al suelo. Seguí arañándolo, y creo que le hice daño en la mano, porque me pegó otra vez. Luego le mordí la mano, pero no sé si le hice sangre. Alguien gritó, y él se levantó y echó a correr. Al levantarse puso la mano en el suelo, justo delante de mi cara. Su manga era azul, y tenía pecas en la mano. Un montón de pecas. Luego... llegaste tú.

Mary guardó silencio y se acercó a mirar por la ventana de la cocina, dándoles la espalda a los hombres sentados a la mesa, de modo que no vio la mirada vengativa de Wolf, ni el modo en que se cerraban sus puños, pero Clay sí, y aquello la inquietó.

—Fui yo quien gritó. Vi la caja de las botas en el suelo y me acerqué a ver qué era, y entonces oí ruidos detrás del edificio. Cuando vi lo que pasaba, grité y saqué el arma, y disparé por encima de su cabeza para intentar detenerlo.

Wolf tenía una mirada salvaje.

—Deberías haberle pegado un tiro a ese hijo de puta. Así se habría parado.

Cuando echaba la vista atrás, Clay también deseaba haber disparado a aquel individuo. Por lo menos así no se estarían estrujando el cerebro intentando identificarlo, y la gente del pueblo no estaría tan desquiciada. Las mujeres iban armadas hasta los dientes allá a donde iban, aunque fuera a tender la ropa. Tal y como estaban los ánimos, era peligroso para cualquier forastero detenerse en el condado.

Eso era lo que lo preocupaba, y así lo dijo.

—Creo que cualquiera se hubiera fijado en un forastero. Ruth es un pueblo pequeño, y aquí se conoce todo el mundo. Un forastero habría llamado la atención enseguida, sobre todo si tenía el pelo largo y negro.

Wolf le lanzó una sonrisa gélida.

—Todo el mundo habría pensado que era yo.

Mary se tensó junto a la ventana. Había estado intentando no escuchar, alejar los recuerdos que había evocado su relato de lo ocurrido. No se dio la vuelta, pero de pronto concentró toda su atención en la conversación que se desarrollaba tras ella. Lo que Wolf había dicho era cierto. Al ver el pelo largo y negro de su agresor, Clay había hecho arrestar a Wolf de inmediato.

Pero aquel pelo negro y largo, tan característico, no encajaba con las pecas rojizas que ella había visto en la mano de aquel hombre. Y su piel era pálida. La gente rubicunda solía tener pecas. El pelo negro no encajaba por ninguna parte.

A no ser que fuera un disfraz. A no ser que su propósito fuera inculpar a Wolf.

Notó un hormigueo en la espalda y sintió al mismo tiempo calor y frío. El que lo había hecho, fuera quien fuese, no sabía que Wolf se había cortado el pelo. Pero la elección de la víctima resultaba sorprendente; no tenía sentido. ¿Por qué atacarla a ella? Sin duda nadie creería que Wolf iba a agredir a la única persona del pueblo que lo defendía, y ella había dejado bien claro lo que pensaba. Era ilógico, a menos que el violador la hubiera elegido por azar. A fin de cuentas, entre Cathy Teele y ella no había vínculo alguno, ninguna cosa en común. Podía deberse todo a una casualidad.

Sin darse la vuelta, preguntó:

—Wolf, ¿tú conoces a Cathy Teele? ¿Has hablado con ella alguna vez?

—La conozco de vista. Pero yo no hablo con jovencitas blancas —su tono era irónico—. A sus padres no les gustaría.

—En eso tienes razón —dijo Clay cansinamente—. Hace unos meses, Cathy le dijo a su madre que eras el hombre más guapo de por aquí, y que no le importaría salir con Joe si no fuera más pequeño que ella. Se enteró todo el pueblo. A la señora Teele casi le dio un ataque.

Mary sintió de nuevo que un escalofrío le recorría la espalda. Así pues, había un vínculo: Wolf. Aquello no podía ser una simple coincidencia, aunque había algo que no acababa de encajar en aquel asunto.

Se retorció las manos y se volvió hacia ellos.

—¿Y si alguien estuviera intentando inculpar a Wolf deliberadamente?

El semblante de Wolf se tornó duro e inexpresivo, pero Clay pareció sorprendido.

—Demonios, Mary —masculló—, ¿por qué dices eso?

—El pelo largo. Podría ser una peluca. Ese hombre tenía pecas en las manos, muchas pecas, y su piel era clara.

Wolf se levantó, y aunque Mary sabía que no tenía nada que temer de él, dio un paso atrás al ver la expresión de sus ojos. Él no dijo nada; no hacía falta. Mary lo había visto enfadado antes, pero aquello era distinto. Estaba rabioso, pero con una rabia gélida, y parecía en perfecto dominio de sí mismo. Tal vez era eso lo que la alarmaba.

Clay dijo:

—Perdona, pero no me parece muy convincente. A fin de cuentas, no tiene sentido que Wolf te ataque precisamente a ti. Tú has dado la cara por él desde el principio, cuando el resto de la gente del pueblo...

—No se molestaría ni en escupirme aunque estuviera ardiendo —concluyó Wolf.

Clay no podía negárselo.

—Exacto.

El café había acabado de hervir, y Mary sirvió tres tazas. Se quedaron callados y pensativos mientras bebían, intentando hacer que encajaran las piezas del rompecabezas. Lo cierto era que, por más que le daban vueltas, siempre faltaba algo, a menos que dieran crédito a la idea de que un criminal había elegido a Mary y a Cathy al azar, y había utilizado quizá una peluca negra y larga para disfrazarse por pura coincidencia.

Mary rechazaba por completo la hipótesis de la coincidencia. De modo que eso significaba que alguien estaba intentando implicar a Wolf. Pero ¿por qué la había elegido a ella como víctima? ¿Para castigar a Wolf haciendo daño a la única persona que lo había defendido?

Eran todo suposiciones carentes de fundamento. Wolf llevaba años viviendo allí y nada parecido había ocurrido antes, a pesar de que su presencia era como sal en la herida de la conciencia del pueblo. A aquella gente no le gustaba Wolf, y él no permitía que lo olvidaran. Sin embargo, todos ellos habían estado conviviendo bajo una tregua silenciosa.

De modo que, ¿cuál había sido el detonante de la violencia?

Mary se frotó las sienes al sentir una súbita punzada de dolor que amenazaba con convertirse en una jaqueca a gran escala. Como rara vez le dolía la cabeza, supuso que la tensión se estaba apoderando de ella, y decidió no permitirlo. Ella nunca había sido una histérica, y no pensaba empezar a serlo ahora.

Clay suspiró y dejó su taza vacía sobre la mesa.

—Gracias por el café. Mañana acabaré el informe. Te llevaré los papeles a la escuela para que los firmes... eh... ¿Vas a ir a trabajar, o vas a quedarte en casa?

—Voy a ir a trabajar, claro.

—Claro —masculló Wolf, y la miró con el ceño fruncido. Mary levantó la barbilla. No entendía por qué de pronto tenía que convertirse en una inválida.

Clay se fue poco después, y Joe llegó del establo para ayudarlos a preparar la cena. Se sentían a gusto los tres juntos, y hacían las cosas con la misma naturalidad que si llevaran años viviendo juntos. Joe le guiñó el ojo a Mary una vez, y ella se sonrojó, porque era fácil interpretar la expresión de sus ojos jóvenes y viejos a un tiempo. En su mirada había regocijo, comprensión y aprobación. ¿Estaba dando por sentado simplemente que Wolf y ella se habían hecho amantes porque Wolf había pasado la noche en su casa, lo cual era natural, o adivinaba algo más en ella? ¿Y si todo el pueblo se daba cuenta con sólo mirarla?

Wolf le rodeó la cintura con el brazo. Ella llevaba varios minutos inmóvil, con la sartén olvidada en la mano, y frunció el ceño y se sonrojó. Wolf comprendió por su rubor lo que estaba pensando, y la tensión que solía apoderarse de su cuerpo le crispó los dedos hasta que se clavaron en las costillas de Mary. Ella alzó con sorpresa sus grandes ojos azul pizarra; entonces pareció comprender, y sus párpados cayeron para velar a medias el deseo que no podía disimular.

Joe le quitó la sartén de las manos trémulas.

—Creo que voy a irme por ahí a ver una película —anunció.

Mary giró la cabeza bruscamente, sacudiéndose el hechizo sensual en que Wolf la envolvía con tanta facilidad.

—No, tenemos que dar clase, ¿recuerdas?

—No pasa nada por perder otra noche.

—Claro que pasa —insistió ella—. No puedes dar por sentado que vas a ingresar en la Academia sólo porque el senador Allard vaya a recomendarte. No puedes descuidarte ni un minuto.

Wolf la soltó.

—Tiene razón, hijo. Tus notas no pueden empeorar —él podía esperar. A duras penas.

Poco después de las nueve, Mary cerró los libros que Joe y ella habían estado usando y estiró los brazos por encima de la cabeza.

—¿Puedes llevarme a casa ya? —le preguntó a Wolf, sofocando apenas un bostezo. Había sido un día muy ajetreado.

El rostro de él permaneció impasible.

—¿Por qué no te quedas aquí? —era más una orden que una sugerencia.

—¡No puedo!

—¿Por qué no?

—No estaría bien.

—Yo me quedé en tu casa anoche.

—Eso fue distinto.

—¿Por qué?

—Porque me encontraba mal.

—Tu cama es muy pequeña. La mía es más grande.

—Yo me voy de aquí —dijo Joe, y al instante puso en práctica sus palabras.

Mary se enfadó.

—¿Tenías que decir eso delante de él?

—De todos modos ya lo sabía. ¿Recuerdas lo que te dije de que no había vuelta atrás?

Ella se quedó callada un momento y luego dijo:

—Sí —aquella mirada cálida afloró a sus ojos otra vez—. No quiero volver atrás. Pero no puedo quedarme aquí esta noche. Mañana tengo que ir a trabajar.

—Nadie te lo reprochará si no vas.

—Yo sí —tenía de nuevo aquella mirada, la expresión terca y obstinada de una férrea voluntad.

Wolf se puso en pie.

—Está bien. Te llevaré a casa —entró en su dormitorio y varios minutos después apareció con un pequeño neceser de afeitar en la mano y una muda de ropa colgada del hombro. Tocó un momento a la puerta de Joe al pasar junto a ella—. Volveré por la mañana.

La puerta se abrió. Joe, que se disponía a darse una ducha, estaba descalzo y descamisado.

—Vale. ¿La llevas tú al colegio o quieres que vaya yo?

—No necesito que nadie me lleve al trabajo —dijo Mary.

—Peor para ti —Wolf se volvió hacia su hijo—. Baugh trae un par de caballos mañana por la mañana, así que tengo que estar aquí. Llévala tú al colegio, y yo la recogeré por la tarde.

—¡Voy a ir en mi coche y no vais a impedírmelo!

—Está bien. Pero llevarás escolta —Wolf se acercó a ella y la agarró del brazo—. ¿Lista?

Mary se dio cuenta de que Wolf había tomado una decisión y de que ella no podía hacer nada al respecto, y salió con él hacia la camioneta. Empezaba a refrescar, pero el cuerpo enorme de Wolf irradiaba calor, y Mary se arrimó a él. En cuanto estuvieron en la camioneta, Wolf la tomó en brazos y se inclinó hacia ella. Mary abrió la boca y hundió los dedos entre su pelo denso. El cálido sabor de su boca la embargó; la presión de sus brazos alrededor de las costillas, de su pecho duro y musculoso sobre los senos, la aturdió más que cualquier sedante. Si Wolf la hubiera tumbado sobre el asiento y la hubiera tomado allí mismo, no se habría resistido.

Cuando Wolf se apartó por fin de ella, todo el cuerpo de Mary palpitaba. Guardó silencio durante el trayecto por la montaña, pensando en cómo habían hecho el amor esa mañana, y ansiando que aquello se repitiera. En su cabeza resonaba una idea: así pues, aquello era lo que significaba sentirse mujer.

Woodrow estaba esperando pacientemente en el umbral de la puerta de atrás. Mary le dio de comer mientras Wolf se duchaba y se afeitaba. No era muy velludo, pero hacía dos días que no se afeitaba y su mandíbula empezaba a tener una sombra de barba, y a Mary le picaba la cara un poco cuando se besaban. Mary notó de nuevo aquella profunda, casi dolorosa sensación de estar esperando algo cuando subió las escaleras hacia su habitación.

Él entró en silencio y se quedó mirándola un momento antes de que Mary sintiera su presencia y se diera la vuelta.

—La ducha es toda tuya.

Estaba desnudo y ligeramente mojado por el vaho del cuarto de baño. Su pelo negro relucía bajo la luz, y algunas gotas de agua brillaban entre los rizos negros del suave vello de su pecho. Ya estaba excitado. La palpitación del cuerpo de Mary se hizo más intensa.

Mary se duchó y luego, por primera vez en su vida, se puso perfume en los puntos del pulso. Nunca se había comprado un perfume, pero por suerte una de sus alumnas de Savannah le había regalado un frasco por Navidad. Su olor era dulcemente exótico.

Abrió la puerta del cuarto de baño y, de pronto, dejó escapar un gemido de sorpresa y retrocedió. Wolf la estaba esperando en la puerta y la miraba ferozmente, con los ojos entornados. En un gesto de osadía, Mary no se había puesto el camisón, y bajo la mirada de Wolf el intenso latido de su cuerpo se intensificó. Él tomó en las manos sus pechos y los alzó ligeramente para que se aplastaran sobre sus palmas. Los pezones de Mary se tensaron antes incluso de que empezara a frotarlos con los pulgares. Mary se quedó muy quieta; respiraba rápidamente, inhalando apenas, y tenía los ojos medio entornados mientras intentaba dominar el placer que le producían las manos de Wolf.

Los ojos de éste eran estrechas ranuras negras.

—Quise hacer esto el día que te encontré en la carretera —murmuró—. Un cuerpo tan bonito debajo de un vestido tan feo. Quise quitártelo y verte desnuda.

El ardor de su voz, de sus ojos, la hizo estremecerse y tambalearse hacia él. Wolf la apartó de la puerta y la condujo al pasillo en sombras; luego la agarró por la cintura y la levantó. Mary recordó que había hecho aquello mismo otra vez, y gimió antes de que la boca de Wolf se cerrase sobre uno de sus pezones. Wolf le lamió el pezón con tanta vehemencia que Mary arqueó la espalda y dejó escapar un grito al tiempo que sus piernas se abrían y se enlazaban alrededor de las caderas de Wolf, buscando el equilibrio. Él gruñó, incapaz de esperar un minuto más. Tenía que penetrarla o se volvería loco. La cambió de postura, guió su miembro con la mano y la penetró.

Mary se estremeció y luego se quedó muy quieta mientras Wolf se introducía lentamente en ella. Aquello era incluso mejor que la vez anterior. Sus músculos interiores se tensaban suavemente y se relajaban para acomodar el miembro de Wolf, y levantaban oleadas de placer que irradiaban a través de su cuerpo. Se aferró a él, gimiendo. El deseo obraba su magia, tensando algunos músculos y distendiendo otros, de tal modo que sentía el cuerpo al mismo tiempo rígido y flexible mientras se alzaba y se hundía sobre Wolf. El efecto de aquel leve movimiento los hacía jadear a ambos, y Wolf cambió de postura para apoyar la espalda contra la pared. Mary siguió subiendo y bajando sobre él una y otra vez. Irradiaba calor; sentía su propia piel tensa y suave, y tan extraordinariamente sensibilizada que notaba cada uno de los dedos de Wolf sobre las nalgas, el roce del vello de su pecho sobre los senos, los botones diminutos de sus pezones, el muro musculado de su vientre, el pelo áspero de su pubis. Lo sentía profundamente dentro de ella.

Arqueó la espalda y se convulsionó. Wolf se refrenó; no quería que aquello acabara tan pronto, y la estuvo abrazando hasta que ella se calmó. Luego la llevó al dormitorio, con sus piernas todavía rodeándolo, y la tumbó sobre la cama. Mary tragó saliva y aflojó su abrazo.

—¿No te has...?

—Aún no —murmuró él, y empezó a moverse con fuerza dentro de ella.

Mary no quería que aquello acabara. Aceptó las embestidas de Wolf y lo acunó entre sus brazos cuando un áspero gemido escapó de su garganta y las poderosas convulsiones del orgasmo sacudieron su cuerpo, y después siguió abrazándolo mientras descansaba sobre ella. No quería que se separara, que la dejara vacía. Había vivido toda su vida en una especie de gentil limbo, hasta conocer a Wolf, y entonces había comenzado a vivir. En sólo un par de meses Wolf se había convertido hasta tal punto en el centro de su vida que los años anteriores le parecían envueltos en bruma.

Él se recompuso e intentó apartarse de ella. Mary tensó las piernas a su alrededor y gruñó.

—Deja que me levante, cariño. Peso demasiado para ti.

—No, qué va —musitó ella, y le besó la garganta.

—Peso el doble que tú. ¿A que no pesas ni cuarenta y cinco kilos?

—Sí —dijo ella, indignada. Pesaba cuarenta y siete y medio.

—No puedes pesar mucho más. Yo peso noventa, y soy medio metro más alto que tú. Si me quedo dormido encima de ti, te asfixiarás.

Parecía soñoliento. Mary pasó la mano por las prominencias musculosas de su costado.

—Quiero quedarme así.

Wolf se frotó ligeramente contra ella.

—¿Así?

—Sí —jadeó Mary.

Wolf se acomodó sobre ella, pero movió parte de su peso hacia un lado.

—¿Así está bien?

Era maravilloso. Mary podía respirar, pero Wolf seguía pegado a ella, dentro de ella. Él se quedó dormido enseguida, tan contento como ella con aquella postura, y Mary sonrió en la oscuridad mientras lo abrazaba.

Sin embargo, los negros pensamientos fueron regresando lentamente. Alguien había intentado culpar a Wolf, volver a enviarlo a la cárcel. La idea de que Wolf pudiera ser despojado de su libertad le resultaba obscena y espantosa, porque lo conocía lo bastante como para saber que por nada del mundo volvería a prisión.

Ella quería mantenerlo a salvo, servirle de escudo con sus brazos, interponer su cuerpo entre el peligro y él. Cielo santo, ¿cómo había empezado aquello? ¡Todo parecía tan tranquilo...! ¿Cuál había sido el detonante?

Entonces, de pronto, lo comprendió, y el espanto casi le paró el corazón. El detonante había sido *ella*.

Mientras Joe y Wolf habían permanecido excluidos, marginados por su origen y por el pasado de Wolf, todo había estado en calma. Luego ella, una blanca, había llegado al pueblo, y en lugar de ponerse del lado de la mayoría, había dado la cara por los Mackenzie. Con su ayuda, Joe había conseguido un honor reservado sólo a unos pocos. Algunas personas habían empezado a decir públicamente que era una suerte que el chico fuera a la Academia. Cathy Teele había dicho que Wolf era el hombre más guapo del condado. Los límites entre el pueblo y los Mackenzie habían empezado a desvanecerse. Y alguien a quien reconcomía una larva de odio no había podido soportarlo.

Ella había sido la causa de todo. Si algo le ocurría a Wolf, sería culpa suya.

Mary no sabía qué hacer. La idea de que ella era la causante de lo ocurrido la atormentaba y le impedía dormir. Se movió, inquieta, y despertó a Wolf, y él sintió su desasosiego, pero lo achacó al motivo equivocado. La tranquilizó con murmullos y la apretó contra sí. Mary sintió que su sexo se endurecía dentro de ella. Esta vez, Wolf le hizo el amor suavemente, y cuando todo acabó ella se quedó dormida sin esfuerzo, como una niña, hasta que Wolf la despertó de nuevo en medio de una oscuridad total, antes del amanecer. Ella se volvió hacia él sin preguntar.

El coche de Joe apareció cuando estaban preparando el desayuno, y sin decir palabra Wolf rompió más huevos en un cuenco para batirlos. Mary sonrió, aunque ella también estaba poniendo más beicon en la sartén.

—¿Cómo sabes que tiene hambre?

—Está despierto, ¿no? Mi chico come como un caballo.

Joe entró por la puerta de atrás y se fue directo a por el café, que ya había acabado de hervir.

—Buenos días.

—Buenos días. El desayuno estará listo dentro de diez minutos.

Joe sonrió a Mary, y ella le devolvió la sonrisa. Wolf la miró con atención. Esa mañana parecía frágil; su piel parecía más pálida y translúcida que de costumbre, y tenía unas leves sombras de color malva bajo los ojos. Mary se apresuró a sonreírle, pero Wolf se preguntó por qué parecía tan endeble. ¿Estaría cansada de hacer el amor, o acaso la atormentaba el recuerdo de la agresión? Pensó que debía de ser esto último, porque había respondido con avidez cada vez que se había acercado a ella. Saber que seguía asustada reforzó su determinación de encontrar a quien la había atacado. Después de que Eli Baugh le llevara los caballos y se marchara, pensaba ponerse a rastrear.

Joe siguió a Mary en su coche de camino a la escuela, y no se marchó enseguida, como ella esperaba. Era todavía temprano, y los alumnos no habían empezado a llegar, de modo que Joe entró con ella en el edificio vacío y hasta inspeccionó las aulas. Luego se apoyó contra la jamba de la puerta y aguardó. Mary dejó escapar un suspiro.

—Aquí estoy perfectamente a salvo.
—Voy a esperar hasta que venga alguien.
—¿Te lo ha dicho Wolf?
—No.

Sabía que no hacía falta. ¿Cómo se comunicaban? ¿Por telepatía? Los dos parecían saber qué pensaba el otro. Era desconcertante. Mary confiaba al menos en que no pudieran leerle a ella el pensamiento, porque desde hacía algún tiempo se le ocurrían unas ideas sumamente eróticas.

¿Qué pensarían los demás cuando vieran a Joe? Estaba claro que era su perro guardián. Mary se preguntó si aquello dispararía otro acto de violencia, y se sintió enferma, porque sabía que era posible. Su intuición, afilada por su fiero afán de proteger a los Mackenzie, le decía que su teoría era acertada. La sola posibilidad de que Wolf y Joe pudieran ser aceptados había sacado a alguien de sus casillas. Aquello revelaba tanto odio que Mary se estremeció.

Sharon y Dottie entraron en el edificio y, al cruzar la puerta abierta, se detuvieron un instante cuando Joe volvió la cabeza y las miró.

—Señora Wycliffe. Señora Lancaster —dijo él tocándose el ala del sombrero con la punta de los dedos en un breve saludo.

—Joe —murmuró Sharon—. ¿Qué tal estás?

Dottie le lanzó una mirada breve, casi asustada, y se apresuró a entrar en su clase. Joe se encogió de hombros.

—He estado estudiando un poco —dijo.

—¿Sólo un poco? —preguntó Sharon con sorna. Pasó a su lado para saludar a Mary y luego dijo—: Si no te apetece trabajar hoy, Dottie y yo podemos dar tus clases. De todos modos, pensaba que no vendrías.

—Sólo estaba asustada —dijo Mary con firmeza—. Clay impidió que pasara algo peor. Cathy es la que necesita compasión, no yo.

—Todo el pueblo está alborotado. Les están haciendo el tercer grado a todos los que tienen pecas en las manos.

Mary no quería hablar de eso. La imagen de una

mano pecosa le daba náuseas, y tragó saliva compulsivamente. Joe frunció el ceño y se acercó. Mary levantó la mano para evitar que echara a Sharon de la clase, pero en ese momento entraron varios alumnos, y su charla distrajo a todo el mundo. Los chicos dijeron:

—Hola, Joe, ¿qué tal? —y se arremolinaron a su alrededor. Todos querían enterarse de sus planes respecto a la Academia y de cómo le había dado por eso.

Sharon se fue a su aula, y Mary se quedó observando a Joe con los otros chicos. Joe sólo tenía dieciséis años, pero parecía mayor incluso que los alumnos del último curso. Era joven, pero no un crío, y ésa era la diferencia. Mary notó que Pam Hearst estaba entre el grupo. No decía gran cosa, pero no le quitaba ojo a Joe, y parecía mirarlo al mismo tiempo con anhelo y angustia, aunque intentaba ocultarlo. Joe le lanzó a la muchacha varias veces una larga mirada que la hizo removerse, inquieta. Luego miró su reloj y se apartó de sus antiguos compañeros de clase para decirle a Mary:

—Mi padre vendrá a recogerte para acompañarte a casa. No te vayas sola.

Mary hizo amago de protestar, pero pensó en el individuo que, allí fuera, los odiaba hasta el extremo de hacer lo que había hecho. Ella no era la única que estaba en peligro. Alargó la mano y agarró a Joe del brazo.

—Tened cuidado tu padre y tú. Podríais ser los siguientes.

Joe frunció el ceño como si aquella idea fuera nueva para él. El agresor era un violador, así que los hombres no se consideraban en peligro. Ella tampoco habría caído en la cuenta, de no estar convencida de que todo aquello respondía a un deseo de castigar a los Mackenzie. ¿Y qué peor castigo había que matarlos? Tal vez, en algún momento, aquel demente decidiera agarrar un rifle y hacer justicia a su manera, retorcidamente.

Clay apareció a la hora del almuerzo para que leyera y firmara los papeles de la declaración. Consciente de que los chicos la observaban con interés, Mary se alejó con él hacia el coche.

—Estoy preocupada —admitió.

Clay apoyó el brazo sobre la puerta abierta del coche.

—Serías tonta si no lo estuvieras.

—No es por mí. Creo que los verdaderos objetivos de ese hombre son Wolf y Joe.

Él le lanzó una mirada rápida y aguda.

—¿Por qué dices eso?

Animada al ver que Clay no descartaba de inmediato la idea, sino que la miraba con expresión preocupada, Mary le contó su teoría.

—Creo que Cathy y yo fuimos elegidas adrede para castigar a Wolf. ¿Es que no ves la relación? Cathy dijo que Wolf le parecía guapo, y que le gustaría salir con Joe. Todo el mundo sabe que yo soy amiga de los Mackenzie desde el principio. Por eso nos eligieron.

—¿Y crees que volverá a actuar?

—Estoy segura de que sí, pero temo que esta vez vaya a por uno de ellos. Dudo que intente pelear cuerpo a cuerpo, pero ¿qué oportunidad tendrían Wolf y Joe contra una bala? ¿Y cuántos hombres del condado tienen un rifle?

—Todo hijo de vecino —contestó Clay con fastidio—. Pero ¿qué ha movido a actuar a ese tipo?

Ella se quedó callada un momento, con expresión compungida.

—Yo.

—¿Qué?

—Yo lo moví a actuar. Antes de que llegara aquí, Wolf era un marginado. Y a todo el mundo le parecía bien. Luego me hice amiga suya y empecé a darle clases a Joe para que entrara en la Academia. Mucha gente se sintió un poco orgullosa por eso y empezó a mostrarse más amable con los Mackenzie. Fue una grieta en el muro, y el que está haciendo esto no pudo soportarlo.

—Eso supone mucho odio, y me cuesta creerlo. La gente de por aquí no traga a Wolf, pero es más por miedo que por odio. Por miedo y por mala conciencia. La gente de este condado lo mandó a la cárcel por algo que no había hecho, y su presencia se lo recuerda constantemente. Wolf no es una persona muy dada a perdonar, ¿no es cierto?

—Una cosa como ésa resulta un poco difícil de olvidar —señaló Mary.

Clay tuvo que darle la razón y suspiró cansinamente.

—Aun así, no se me ocurre nadie que pueda odiarlo hasta el punto de agredir a dos mujeres sólo porque se mostraron amables con él. Qué demonios, Cathy ni siquiera se mostró amable con él. Sólo hizo un comentario de pasada.

—Entonces, ¿estás de acuerdo conmigo? ¿Crees que todo esto es por Wolf?

—No me gusta la idea, pero supongo que tienes razón. Lo demás no tiene sentido, porque en esta vida hay muy pocas coincidencias, pero en el crimen no hay ninguna. Todo tiene un motivo.

—Entonces, ¿qué podemos hacer?

—Tú, nada —dijo él con firmeza—. Yo se lo comentaré al sheriff, pero la verdad es que no podemos arrestar a nadie sin pruebas, y lo único que tenemos es una hipótesis. Ni siquiera tenemos un sospechoso.

Mary apretó con fuerza la mandíbula.

—Entonces vas a dejar pasar una oportunidad magnífica.

Él la miró con recelo.

—¿Una oportunidad de qué?

—De tenderle una trampa, por supuesto.

—Esto no me gusta. No sé en qué estás pensando, pero no me gusta.

—Es de sentido común. Ese tipo fracasó en su... eh... objetivo conmigo. Quizá yo pueda...

—No. Y antes de que te pongas hecha una fiera, piensa en lo que diría Wolf si le contaras que quieres ofrecerte de cebo. A lo mejor te dejaba salir de su casa en Navidad.

Eso era cierto, pero Mary veía un modo de evitarlo.

—Entonces, no se lo diré.

—No hay modo de que no se entere, a menos que el plan no funcione. Si funcionara... a mí, desde luego, no me gustaría estar por aquí cuando se enterara, y algo así no puede mantenerse en secreto.

Mary consideró las posibles reacciones de Wolf y ninguna de ellas le gustó. Por otro lado, la aterrorizaba que pudiera sucederle algo.

—Me arriesgaré —dijo resueltamente.

—Pues conmigo no cuentes.

Ella levantó la barbilla.

—Entonces, lo haré sin tu ayuda.

—Si obstaculizas la investigación, te meteré en chirona tan rápido que te dará vueltas la cabeza —le advirtió Clay. Al ver que ella no se inmutaba, empezó a maldecir en voz baja—. Demonios, se lo diré a Wolf y dejaré que te eche encima a las reses.

Mary frunció el ceño y pensó en sacudir delante de él su dedo de maestra.

—Escúchame, Clay Armstrong. Soy la mejor oportunidad que tienes de hacer salir de su escondite a ese tipo. Ahora no tienes ningún sospechoso. ¿Qué vas a hacer, esperar a que ataque a otra mujer y tal vez la mate? ¿Prefieres hacerlo así?

—¡No, claro que no! Quiero que tú y todas las demás mujeres estéis atentas y no vayáis a ninguna parte solas. No quiero que ni tú ni nadie corra peligro. ¿Se te ha ocurrido pensar que a veces las trampas no funcionan, que el animal muerde el cebo y se escapa? ¿De veras quieres correr ese riesgo?

A Mary, aquella idea le revolvió el estómago, y tragó saliva para controlar un súbito acceso de náuseas.

—No, pero lo haría de todos modos —dijo con firmeza.

—Por última vez, no. Sé que quieres ayudar, pero no me gusta la idea. Ese tipo es demasiado inestable. Atacó a Cathy a la entrada de su casa, y a ti te agarró en la calle principal del pueblo. Hace locuras, y lo más probable es que esté loco.

Mary suspiró y pensó que Clay era demasiado cauto como para acceder a utilizar de cebo a una mujer; aquello iba totalmente en contra de su naturaleza. Eso no significaba, sin embargo, que ella necesitara su aprobación. Lo único que le hacía falta era alguien que pudiera actuar como su guardián. Aún no había ideado ningún plan, pero estaba claro que tenía que haber al menos dos personas para que la trampa funcionara; el cebo, y la persona que evitaba que el cebo saliera malparado.

Clay se metió en el coche y cerró la puerta; luego se asomó a la ventanilla abierta.

—No quiero volver a oír a hablar de esto —le advirtió.

—Descuida —prometió ella. No hablar con Clay de su plan no significaba que no fuera a ponerlo en práctica.

Él le lanzó una mirada recelosa, pero puso el coche en marcha y se alejó. Mary regresó a clase dándole vueltas a su idea al tiempo que intentaba idear un plan sólido para atraer al violador con un mínimo de peligro para ella.

Wolf llegó a la escuela diez minutos antes de que acabaran las clases. Se apoyó en la pared, junto a la puerta del aula, y estuvo escuchando la voz clara de Mary, que les estaba explicando a sus alumnos cómo la geografía y la historia se habían combinado para dar lugar a la situación política actual de Oriente Medio. Estaba seguro de que aquello no figuraba en sus libros de texto, pero Mary tenía el don de ofrecer a sus alumnos un modo de relacionar con el presente los temas que estudiaban. De esa manera, las asignaturas resultaban al mismo tiempo más interesantes y más comprensibles. Wolf la había oído hacer lo mismo con Joe, aunque su hijo no necesitaba alicientes para ponerse a leer. Los alumnos se sentían a gusto con Mary; en una clase tan pequeña, había pocas formalidades. La llamaban «señorita Potter», pero no les daba vergüenza hacer preguntas, contestar e incluso bromear con ella.

Al fin, Mary miró su reloj y los dejó salir, al tiempo que las puertas de las otras dos aulas se abrían. Wolf se apartó de la pared y al entrar en la clase se dio cuenta de que los chicos, que estaban charlando, se callaban bruscamente. Mary levantó la vista y esbozó una sonrisa cómplice dedicada sólo a él, y el hecho de que expresara tan abiertamente lo que sentía hizo que el pulso de Wolf se acelerara.

Wolf se quitó el sombrero y se pasó los dedos por el pelo.

—Su servicio de escolta ha llegado, señorita —dijo. Una de las chicas soltó una risita nerviosa, y Wolf giró la cabeza para mirar al grupo de adolescentes, que permanecían inmóviles—. Chicas, ¿volvéis a casa de dos en dos? ¿Por qué no os acompaña algún chico para asegurarnos de que llegáis bien?

Christa Teele, la hermana pequeña de Cathy, dijo en voz baja que Pam Hearst y ella volvían juntas a casa. Las otras cuatro chicas no dijeron nada. Wolf miró a los siete chicos.

—Id con ellas —era una orden, y los chicos obedecieron al instante. Salieron de la clase y se separaron de manera automática para que cada chica llevara al menos un acompañante.

Mary asintió con la cabeza.

—Muy bien hecho.

—Habrás notado que ninguna ha dicho que no necesitaba escolta.

Ella lo miró con el ceño fruncido, sintiendo que no era necesario que hiciera aquel comentario.

—Wolf, de verdad, no corro ningún peligro de mi casa aquí. ¿Cómo iba a pasarme algo si no me paro?

—¿Y si tuvieras un pinchazo? ¿Y si volviera a soltarse el manguito del radiador?

Era evidente que no había modo de que Mary pudiera tender su trampa si Wolf y Joe la seguían a todas partes. Era también evidente por el modo en que Wolf la miraba con los ojos entornados que no tenía intención de cambiar de idea. No es que importara en ese momento, ya que Mary no había ideado aún ningún plan. Pero, cuando lo hubiera ideado, tendría que pensar también en cómo dar esquinazo a sus guardianes.

Wolf le puso la sudadera sobre los hombros, recogió su bolso y sus llaves y la condujo fuera del aula. Dottie, que estaba cerrando su clase, levantó la mirada y se quedó atónita al ver que Wolf cerraba la puerta de Mary y sacudía el picaporte para asegurarse de que estaba bien cerrada, hecho lo cual pasó el brazo por la cintura de Mary. Al ver a Dottie, se tocó el ala del sombrero.

—Señora Lancaster...

Dottie bajó la cabeza y fingió que tenía problemas con la llave. Estaba muy colorada. Era la primera vez que Wolf Mackenzie le dirigía la palabra, y le temblaron las manos al guardar la llave en el bolso. Un temor casi incontrolable la hizo empezar a sudar. No sabía qué hacer.

Wolf acompañó a Mary hasta su coche, sujetándola con fuerza por la cintura. El peso de su brazo aceleraba el corazón de Mary. Bastaba con que Wolf la tocara para que su cuerpo empezara a esponjarse, para que un exquisito estremecimiento se agitara dentro de ella y se fuera difundiendo a través de su cuerpo como una cálida marea.

Wolf sintió su súbita tensión cuando abrió la puerta del coche. Mary había empezado a respirar más aprisa. Wolf bajó la mirada hacia ella y todo su cuerpo se crispó al ver sus suaves ojos azul pizarra llenos de deseo. Tenía las mejillas sofocadas y los labios entreabiertos. Wolf dio un paso atrás.

—Voy detrás de ti —dijo con voz gutural.

Mary condujo despacio hasta su casa, a pesar de que la sangre corría a toda velocidad por sus venas y le atronaba los oídos. Nunca le había gustado más aquella casa vieja, aislada y destartalada. Woodrow estaba tomando el sol en los escalones, y Mary pasó por encima de ella para abrir la puerta de atrás. Cuando la abrió, Wolf ya se había bajado de la camioneta y estaba tras ella, tal y como había prometido.

Sin decir palabra, Mary se quitó la chaqueta, dejó el bolso sobre una silla y comenzó a subir la escalera, atenta a los pesados pasos de las botas de Wolf, que resonaban tras ella. Entraron en su dormitorio.

Wolf la desnudó antes de que Mary se diera cuenta de lo que hacía, pero no se le habría ocurrido quejarse aunque él le hubiera dado tiempo. Wolf la tumbó en la cama y se tendió sobre ella, acunándola entre sus brazos fornidos. El vello de su pecho raspaba la piel sensible de los pezones de Mary, que se endurecieron hasta ponerse en punta, y con un leve gemido de excitación, ella restregó los pechos contra él para aguzar aquella sensación. Wolf le separó los muslos y se colocó entre sus piernas. Su voz sonaba baja y ronca cuando le susurró al oído la explicación exacta de lo que le iba a hacer.

Mary se apartó un poco, los ojos azules un tanto sorprendidos, sintiéndose ligeramente excitada, y también ligeramente avergonzada por su excitación. ¿Cómo era posible que se sintiera al mismo tiempo escandalizada y excitada?

—¡Wolf Mackenzie! —exclamó, y sus ojos se agradaron aún más—. ¡Has dicho... esa palabra!

El rostro pétreo de Wolf parecía al mismo tiempo tierno y divertido.

—Pues sí.

Ella tragó saliva.

—Nunca se la había oído decir a nadie. En la vida real, por lo menos. En las películas... Pero, claro, eso no es la vida real, y en las películas casi nunca significa lo que de verdad significa. La utilizan como adjetivo, en vez de como verbo —parecía perpleja por aquel inexplicable descuido gramatical.

Él sonrió al penetrarla, y sus ojos negros brillaban.

—Esto —dijo— es el verbo.

Le encantaba la cara que ponía ella cuando le hacía el amor: sus ojos lánguidos, sus mejillas sonrojadas. Mary contuvo el aliento y se movió bajo él, envolviéndolo por completo en su dulce calor. Sus manos se deslizaron por la espalda de Wolf, hasta su cuello.

—Sí —dijo, muy seria—. Esto es el verbo.

Las primeras veces, habían hecho el amor con fiereza, pero desde entonces Wolf le había enseñado lo dulce que era cuando el placer se dilataba, cuando las caricias y los besos se prolongaban y la tensión iba creciendo lentamente en el interior de ambos, hasta que era tan ardiente y poderosa que estallaba fuera de control. El deseo que sentía por ella era tan fuerte que intentaba posponer su clímax todo lo posible, y se demoraba dentro de ella para alimentar aquel ansia. No era sólo un ansia de sexo, aunque tenía un fuerte componente sexual. No quería simplemente hacer el amor; quería —necesitaba— hacerle el amor a ella en concreto, a Mary Elizabeth Potter. Tenía que sentir su piel frágil y sedosa bajo las manos, su cuerpo suave ciñéndole el sexo; sentir su olor a mujer, forjar antiguos vínculos con cada lenta embestida y cada acoplamiento de sus cuerpos. Era un mestizo; su espíritu era fuerte y elemental; sus instintos, cercanos a los de sus ancestros de ambas razas. Con otras mujeres practicaba el sexo; con Mary, hacía el amor.

La rodeó con los brazos y se tumbó de espaldas. Sorprendida, Mary se sentó, asumiendo por accidente la postura que él buscaba. Ella dejó escapar un gemido de sorpresa al sentir que, con el cambio de postura, Wolf la penetraba aún más profundamente.

—¿Qué haces?

—Nada —murmuró él, y subió los brazos para tocarle los pechos—. Te dejo actuar a ti.

Observó su cara mientras ella consideraba la situación y advirtió el instante preciso en que su excitación y su deseo superaban el desconcierto que le producía aquella postura, tan poco familiar para ella. Mary bajó los párpados y se mordió el labio inferior mientras empezaba a moverse suavemente sobre él.

–¿Así?

Wolf estuvo a punto de soltar un aullido. Aquel lento balanceo era una tortura exquisita, y Mary le pilló rápidamente el ritmo. Wolf pretendía prolongar su encuentro con el cambio de postura, pero de pronto temía haberse pasado de listo. Mary podía estar chapada a la antigua, pero era también sorprendentemente sensual. Al cabo de unos minutos, Wolf rodó de nuevo y se puso sobre ella. Mary le rodeó el cuello con los brazos.

–Me lo estaba pasando bien.

–Yo también –él le dio un rápido beso, y luego otro, y sus labios quedaron unidos un momento–. Demasiado bien.

Ella esbozó aquella sonrisita femenina y secreta que usaba sólo con él, y al verla Wolf se sintió arder. Se olvidó de su autocontrol, se olvidó de todo salvo del placer que los aguardaba a ambos. Después, saciados y exhaustos, se quedaron dormidos.

Wolf se levantó de la cama alarmado al oír el ruido de un coche. Mary se removió, soñolienta.

–¿Qué pasa?

–Tienes compañía.

—¿Compañía? —ella se sentó y se apartó el pelo de la cara—. ¿Qué hora es?

—Casi las seis. Nos hemos debido de quedar dormidos.

—¡Las seis! ¡Es la hora de la clase de Joe!

Wolf masculló una maldición y comenzó a ponerse la ropa a toda prisa.

—Esto se nos está yendo de las manos. Maldita sea, cada vez que hacemos el amor, nos interrumpe mi hijo. Con una vez valía, pero es que lo está tomando por costumbre.

Mary, que se estaba vistiendo a trompicones, lamentaba que las circunstancias fueran tan embarazosas. Resultaba duro mirar a la cara a Joe cuando era evidente que su padre y ella acababan de estar en la cama juntos. La tía Ardith la habría desheredado por olvidar sus enseñanzas y su sentido del decoro hasta aquel punto. Luego miró a Wolf, que se estaba poniendo las botas a toda velocidad, y sintió que el corazón se le expandía hasta llenarle por completo el pecho. Amaba a Wolf, y no había nada más correcto que el amor. En cuando al decoro... Mary se encogió de hombros, mandando el decoro a freír espárragos. No se podía tener todo.

Joe había dejado sus libros sobre la mesa y estaba preparando café cuando entraron en la cocina. Levantó la cabeza y frunció el ceño.

—Mira, papá, esto se te está yendo de las manos. Estás interrumpiendo mis horas de clase —sólo el brillo divertido de sus ojos azul hielo evitó que Wolf se enfadara; al cabo de un momento, le revolvió el pelo a Joe.

—Hijo, ya te lo he dicho antes, pero tienes un sentido de la oportunidad espantoso.

La clase de Joe duró aún menos porque se pararon a comer algo. Estaban los tres muertos de hambre y decidieron preparar rápidamente unos bocadillos. Acababan de comérselos cuando apareció otro coche.

—Dios mío, esta casa se está haciendo popular —masculló Mary, y se levantó para abrir la puerta.

Clay se quitó el sombrero al entrar. Se detuvo un momento y olfateó el aire.

—¿Eso es café recién hecho?

—Sí —Wolf se estiró para alcanzar la cafetera mientras Mary sacaba una taza del armario.

El ayudante del sheriff se repantigó en una silla y dejó escapar un suspiro cansino, que se convirtió en un suspiro de deleite cuando aspiró el aroma del café que le estaba sirviendo Wolf.

—Gracias. Imaginaba que estaríais los dos aquí.

—¿Ha pasado algo? —preguntó Wolf de mala gana.

—Nada, salvo que ha habido unas cuantas quejas. Has puesto un poco nerviosas a algunas personas.

—¿Por qué? —preguntó Mary.

—Por echar un vistazo por ahí —dijo Wolf con un tono desenfadado que no engañó en absoluto a Mary, ni a Clay.

—Déjalo ya, Wolf. No eres un comité de vigilancia. Te lo advierto por última vez.

—Creo que no he hecho nada ilegal, sólo andar por ahí y mirar. No he obstaculizado la labor de las fuerzas de policía, no he interrogado a nadie, no he destruido ni ocultado ninguna prueba. Lo único que he hecho ha sido mirar —sus ojos brillaron—. Si eres listo, te aprovecharás de mí. Soy el mejor rastreador que vas a encontrar.

—Y si tú eres listo, te dedicarás a vigilar lo que es tuyo —Clay miró a Mary, y ella frunció la boca. ¡Maldición, iba a contárselo!

—Eso es lo que estoy haciendo.

—Tal vez no tan bien como crees. Mary me ha hablado de un plan que tiene para ofrecerse como cebo y hacer salir a ese tipo de su escondite.

Wolf giró la cabeza bruscamente. Sus cejas descendieron sobre sus ojos negros, entornados, y atravesó a Mary con una mirada tan furibunda que a ella le costó un arduo esfuerzo no apartar los ojos.

—¡Maldita sea! —dijo en voz baja, y sus palabras parecían más una expresión de determinación que de sorpresa.

—Sí, eso dije yo también. He oído que Joe y tú estáis acompañándola al colegio, pero ¿qué pasa con el resto del día? Y, además, las clases acaban dentro de un par de semanas. ¿Qué pasará entonces?

Mary alzó sus finos hombros.

—No voy a permitir que habléis de mí como si fuera invisible. Ésta es mi casa, y permitidme que os recuerde que soy mayor de edad. Iré a donde se me antoje, y cuando se me antoje.

¡Ahí quedaba eso! Ella no había vivido con la tía Ardith para nada; la tía Ardith se habría muerto, sólo por una cuestión de principios, antes que permitir que un hombre le dijera lo que tenía que hacer.

Los ojos de Wolf no se habían apartado de ella.

—Tú harás lo que te digan, maldita sea.

—Si yo fuera tú —sugirió Clay—, me la llevaría a la montaña y la mantendría allí. Como estaba diciendo, la escuela acaba dentro de un par de semanas, y esta vieja casa está muy apartada. Nadie tiene que saber dónde está Mary. Así será más seguro.

Mary extendió el brazo, enrabietada, le quitó la taza de café a Clay y arrojó su contenido al fregadero.

—¡No vas a beberte mi café, chismoso!

Él se quedó atónito.

—¡Sólo intento protegerte!

—¡Y yo sólo intento protegerlo a él! —gritó ella.

—¿Proteger a quién? —preguntó Wolf secamente.

—¡A ti!

—¿Y por qué iba a necesitar yo que me protejas?

—¡Porque el tipo que está haciendo esto intenta hacerte daño! Ha atacado a gente que no te odia tanto como él y ha intentando culparte de las agresiones.

Wolf se quedó de una pieza. La noche anterior, cuando Mary había esbozado su teoría, Clay y él no le habían hecho caso porque no tenía sentido que alguien que quisiera inculparlo intentara al mismo tiempo hacer creer que había atacado a Mary. Pero, al expresarlo Mary como acababa de hacerlo, explicando los ataques como una especie de retorcido castigo, aquello empezó a cobrar un horrible sentido. Un violador era un individuo perverso, de modo que su lógica era también perversa.

Mary había sido atacada por culpa de él. Porque se sentía tan atraído por ella que no había podido controlarse, y un maníaco la había asaltado, aterrorizado y humillado, y la había intentado violar. Su lujuria había atraído la atención sobre ella.

Su semblante era frío e inexpresivo cuando miró a Clay, que se encogió de hombros.

—Tengo que darle la razón —dijo Clay—. Es lo único que tiene un poco de sentido. Cuando Mary se hizo amiga tuya y metió a Joe en lo de la Academia, la gente empezó a miraros de forma distinta. Y alguien no pudo soportarlo.

Mary se retorcía las manos.

—Dado que es culpa mía, lo menos que puedo hacer es...

—¡No! —bramó Wolf, y, al ponerse en pie bruscamente, tiró la silla con estrépito. Luego bajó la voz con visible esfuerzo—. Ve a recoger tu ropa. Te vienes con nosotros.

Joe dio una palmada en la mesa.

—¡Ya era hora! —se levantó y empezó a recoger la mesa—. Yo recojo esto mientras tú haces la maleta, Mary.

Ella frunció los labios. Se sentía dividida entre su deseo de hallarse libre para poner en práctica su plan —cuando tuviera uno—, y la poderosa tentación de irse a vivir con Wolf. Aquello no era adecuado. Era un ejemplo terrible para sus alumnos. La gente del pueblo se escandalizaría. Y Wolf la vigilaría como un halcón. Pero, por otro lado, ella lo quería con locura y no se avergonzaba en absoluto de su relación. A veces se turbaba porque no estaba acostumbrada a aquellas intimidades y no sabía cómo actuar, pero nunca se avergonzaba.

Además, si se empeñaba en quedarse allí, Wolf se quedaría con ella, y allí eran mucho más visibles y, por lo tanto, era más fácil que hirieran la susceptibilidad de los habitantes del pueblo. Eso fue lo que la hizo decidirse, porque no quería que por su culpa la gente odiara más aún a Wolf. Era lo único que hacía falta para incitar al violador a atacarlo directamente, o a ir a por Joe.

Wolf le puso las manos sobre los hombros y le dio un pequeño empujón.

—Anda, ve —dijo con suavidad, y Mary se fue.

Cuando estuvo en el piso de arriba y no podía oírlos, Clay miró a Wolf con expresión preocupada.

—Mary cree que Joe y tú estáis en peligro, que ese maníaco podría liarse a tiros. Y creo que tiene razón, maldita sea.

—Que lo intente —dijo Wolf, con voz y semblante inexpresivos—. Cuando Mary corre más peligro, es cuando va y viene de la escuela, y no creo que ese tipo tenga paciencia para esperar. Atacó dos días seguidos, pero se asustó cuando estuviste a punto de atraparlo. Le costará algún tiempo tranquilizarse, y luego intentará dar otro golpe. Mientras tanto, yo estaré buscándolo.

Clay no quería preguntar, pero la pregunta le ardía en la lengua.

—¿Has encontrado algo hoy?

—He tachado a algunas personas de mi lista.

—Y a algunas también las has asustado.

Wolf se encogió de hombros.

—Será mejor que la gente se acostumbre a verme por ahí. Si no les gusta, peor para ellos.

—También me han dicho que hiciste que los chicos

acompañaran a las chicas desde el colegio. Los padres de las chicas se alegraron, y se sintieron muy agradecidos.

—Deberían haberse ocupado ellos mismos.

—Esto es un pueblecito tranquilo. La gente no está acostumbrada a esas cosas.

—Eso no es excusa para hacer estupideces.

Y había sido una estupidez descuidar la seguridad de sus hijas. Si él no se hubiera andado con ojo en Vietnam, a esas horas estaría muerto.

Clay dejó escapar un gruñido.

—Aun así, quiero que una cosa quede clara. Estoy de acuerdo con Mary en que Joe y tú sois los principales objetivos de ese tipo. Puede que seas bueno, pero nadie es mejor que una bala, y lo mismo sirve para Joe. No tenéis que cuidar sólo de Mary, también tenéis que andaros con cuidado vosotros. Me gustaría que intentarais convencerla de que no acabe el curso y que os quedéis los tres en la montaña hasta que agarremos a ese tipo.

Wolf no estaba acostumbrado a esconderse de nadie, y la mirada que le lanzó a Clay lo dejaba bien claro. Había sido adiestrado para cazar, y la caza estaba en su naturaleza, en los genes heredados de los guerreros comanches y escoceses que se habían mezclado en su cuerpo, en la formación de su carácter.

—Mantendremos a Mary a salvo —fue cuanto dijo, y Clay comprendió que no había conseguido convencerlo de que se mantuviera al margen.

Joe estaba apoyado contra los armarios, escuchando.

—La gente del pueblo se pondrá rabiosa si averigua que Mary está en nuestra casa —dijo.

—Sí, así es —Clay se levantó y se puso el sombrero.

—Que se pongan como quieran —la voz de Wolf sonó plana. Le había dado a Mary la oportunidad de hacer las cosas bien, pero ella la había desdeñado. Ahora era suya. Que la gente graznara, si quería.

Clay se acercó a la puerta despacio.

—Si alguien me pregunta, diré que le he buscado a Mary un sitio más seguro donde vivir hasta que esto pase. No creo que a nadie le importe dónde está ese sitio, ¿no os parece? Aunque, naturalmente, conociendo a Mary, seguramente se lo dirá a todo el mundo, como hizo el sábado en la tienda de Hearst.

Wolf dejó escapar un gruñido.

—¡Demonios! ¿Qué hizo? No me he enterado.

—No me extraña, con todo lo que pasó esa tarde. Según parece, discutió con Dottie Lancaster y con la señora Karr, y les dijo a las claras que estaba contigo —una lenta sonrisa se formó en la boca de Clay—. Por lo que he oído, les dio una buena lección.

Cuando Clay se hubo marchado, Wolf y Joe se miraron.

—Esto podría ponerse interesante.

—Sí —dijo Joe.

—Ándate con ojo, hijo. Si Mary y Armstrong están en lo cierto, ese cabrón anda tras nosotros. Mantente alerta.

Joe asintió con la cabeza. A Wolf no lo preocupaba la lucha cuerpo a cuerpo, ni siquiera si su oponente iba armado con un cuchillo, porque había enseñado a Joe a luchar como a él le habían enseñado en el ejército. No kárate, ni kung fu, ni taekwondo; ni siquiera yudo, sino una mezcla de muchas artes marciales, incluyendo las peleas callejeras de toda la vida. El propósito de una pelea no era la justicia, sino la victoria, de cualquier modo que fuera posible, con cualquier arma al alcance de la mano. Eso era lo que lo había mantenido con vida y relativamente ileso en la cárcel. Pero un rifle era otra historia. Tendrían que estar doblemente alerta.

Mary regresó y dejó dos pesadas maletas en el suelo.

–También tengo que llevarme los libros –anunció–. Y alguien tiene que ir a buscar a Woodrow y a los gatitos.

Mary intentaba convencerse de que no podía dormir porque extrañaba la cama, porque estaba demasiado nerviosa, porque estaba preocupada, porque... Se quedó sin excusas y no se le ocurría nada más. Aunque estaba deliciosamente cansada tras hacer el amor con Wolf, se sentía tan inquieta que no podía pegar ojo, y finalmente comprendió el porqué. Se giró en brazos de Wolf y le apoyó la mano en la mandíbula; le encantaba sentir su estructura facial y la leve aspereza de su barba bajo los dedos.

–¿Estás despierto? –musitó.

–No lo estaba –farfulló él–. Pero ahora sí –Mary se disculpó y se quedó muy quieta. Al cabo de un momento, Wolf la estrechó en sus brazos y le apartó el pelo de la cara–. ¿No puedes dormir?

–No. Es que me siento... rara, creo.

–¿En qué sentido?

–Tu mujer... la madre de Joe... Estaba pensando en ella en esta cama.

Los brazos de Wolf se tensaron.

–Ella nunca estuvo en esta cama.

—Lo sé, pero Joe está en la habitación de al lado, y estaba pensando que así debía de ser cuando él era pequeño, antes de que ella muriera.

—Por lo general, no. Pasábamos mucho tiempo separados, y ella murió cuando Joe tenía dos años. Eso fue cuando dejé el ejército.

—Háblame de ello —sugirió Mary, todavía susurrando. Necesitaba saber más sobre el hombre al que amaba—. Debías de ser muy joven.

—Tenía diecisiete años cuando me alisté. Aunque sabía que seguramente tendría que darme una vuelta por Vietnam, era mi única salida. Mis padres habían muerto, y mi abuelo, el padre de mi madre, nunca me aceptó porque era medio blanco. Lo único que sabía era que tenía que salir de la reserva. Era casi tan horrible como estar en prisión. En cierto sentido, era como una prisión. No había nada que hacer, nada que esperar. Conocí a Billie cuando tenía dieciocho años. Era medio india cuervo, y supongo que se casó conmigo porque sabía que nunca volvería a la reserva. Ella aspiraba a más. Quería luces brillantes, la vida de la ciudad. Supongo que pensó que un soldado se lo pasaba bien, yendo de base en base, y de fiesta en fiesta cuando no estaba de servicio. Pero por lo menos no me miraba por encima del hombro porque fuera mestizo, y decidimos casarnos. Un mes después, yo estaba en Vietnam. Le conseguí un billete para Hawai cuando estuve allí de maniobras, y volvió embarazada. Yo tenía diecinueve años cuando nació Joe, pero estaba en casa de permiso tras mi primer viaje, y lo vi nacer. Dios, qué emocionado estaba. Él lloraba a voz en grito. Luego me lo pusieron en las manos, y fue como si me dieran un puñetazo en el corazón. Lo quise tanto que habría dado mi vida por él —se quedó callado un momento, pensando; luego soltó una risa baja—. Así que allí estaba yo, con un hijo recién nacido y una esposa que creía que no había hecho tan buen negocio como pensaba, y mi contrato con el ejército casi había acabado. No tenía esperanzas de encontrar trabajo, ni modo de mantener a mi hijo. Así que volví a enrolarme, y las cosas empezaron a irme tan mal con Billie que me ofrecí voluntario para ir a otra vez a Vietnam. Ella murió justo antes de que acabara mi tercer viaje. Yo renuncié y volví a casa para ocuparme de Joe.

—¿Qué hiciste entonces?

—Trabajar en ranchos. Y en rodeos. Era lo único que sabía hacer. Salvo el tiempo que pasé en el ejército, creo que sólo he trabajado con caballos. De pequeño me volvían loco, y supongo que en eso no he cambiado. Joe y yo estuvimos dando tumbos por ahí hasta que tuvo edad de ir al colegio, y entonces aterrizamos en Ruth. El resto ya lo sabes.

Mary permanecía quieta en sus brazos, pensando en su vida. No lo había tenido fácil. Pero la vida que había llevado había conformado su carácter, convirtiéndolo en un hombre fuerte y de férrea determinación. Había soportado la guerra y el infierno, y había salido fortalecido. La idea de que alguien quisiera hacerle daño la ponía tan furiosa que apenas podía dominarse. Tenía que encontrar un modo de proteger a Wolf.

A la mañana siguiente, él la acompañó al colegio, y Mary advirtió de nuevo cómo lo miraba todo el mundo.

Pero no era miedo, ni odio lo que veía en los ojos de los chicos; era, más bien, una intensa curiosidad teñida de admiración. Tras años de cuentos y chismorreos, Wolf se había convertido en una figura legendaria para ellos, alguien a quien sólo fugazmente habían vislumbrado. Sus padres trataban con él, los chicos lo veían trabajar, y su destreza con los caballos multiplicaba las historias que circulaban sobre él. La gente decía que Wolf podía «susurrar» a los caballos, que incluso los más salvajes respondían al ronroneo de su voz. Ahora andaba tras la pista del violador. Todo el condado lo sabía.

Dottie ni siquiera le dirigió la palabra a Mary ese día; se apartaba de Mary cada vez que ésta intentaba acercarse a ella, y hasta comió sola. Sharon suspiró y se encogió de hombros.

—No le hagas caso. Siempre la ha tenido tomada con los Mackenzie.

Mary también se encogió de hombros. No parecía haber forma de que se acercara a Dottie.

Esa tarde, Joe bajó al pueblo para acompañarla a casa. Mientras se acercaban a sus respectivos coches, Mary le dijo:

—Tengo que pasarme por la tienda de Hearst a comprar unas cosas.

—Voy detrás de ti.

Joe iba tras ella cuando Mary entró en la tienda, y todos se volvieron a mirarlos. El chico les lanzó una sonrisa que parecía proceder directamente de su padre, y varias personas se apresuraron a desviar la mirada. Mary suspiró y condujo a su guardián de más de metro ochenta por el pasillo.

Joe se detuvo un momento cuando su mirada se topó con la de Pam Hearst. Ella parecía clavada en el suelo y lo miraba fijamente. Joe se tocó el sombrero y siguió a Mary. Un momento después, sintió que alguien le tocaba levemente el brazo y al volverse vio a Pam tras él.

–¿Puedo hablar contigo? –preguntó ella en voz baja–. Es... importante. Por favor...

Mary había seguido adelante. Joe cambió de postura para no perderla de vista y dijo:

–¿Y bien?

Pam exhaló un profundo suspiro.

–He pensado que... tal vez... quisieras venir conmigo al baile del pueblo el sábado por la noche –concluyó apresuradamente.

Joe giró la cabeza con brusquedad.

–¿Qué has dicho?

–He dicho que... ¿quieres ir al baile conmigo?

Él se echó el sombrero hacia atrás con el pulgar y dejó escapar un suave silbido.

–Sabes que te vas a meter en un lío, ¿verdad? Puede que tu padre te encierre en el sótano un año entero.

–No tenemos sótano –ella le lanzó una leve sonrisa que surtió un efecto inmediato sobre las hormonas de los dieciséis años de Joe–. Y, además, no me importa. Mi padre se equivoca sobre ti y sobre tu padre. Me siento fatal por cómo me porté contigo. Yo... tú me gustas, Joe, y quiero salir contigo.

Él dijo con cinismo:

–Sí, ya. A mucha gente empecé a gustarle cuando se enteraron de que a lo mejor entraba en la Academia. Es curioso, ¿eh?

Pam se puso colorada.

—No te lo estoy pidiendo por eso.

—¿Estás segura? Porque parece que antes no querías que nos vieran juntos. No querías que la gente dijera que Pam Hearst estaba saliendo con un mestizo. Claro que la cosa cambia si dicen que estás saliendo con un candidato a entrar en la Academia de las Fuerzas Aéreas.

—¡Eso no es verdad! —Pam levantó la voz, enfadada. Algunas personas se volvieron para mirarlos.

—A mí me parece que sí.

—¡Pues te equivocas! ¡Estás tan equivocado como mi padre!

El señor Hearst, alertado por los gritos de su hija, apareció en el pasillo y se dirigió a ellos.

—¿Qué está pasando aquí? Pam, ¿te está molestando este mes... este chico?

Joe notó lo rápidamente que cambiaba «mestizo» por «chico» y alzó las cejas mirando a Pam. Ella se puso aún más colorada y giró la cara hacia su padre.

—¡No, no me está molestando! Espera. Sí, me está molestando. Me está molestando porque acabo de pedirle que salga conmigo y me ha dicho que no.

Todo el mundo en la tienda la oyó. Joe dio un suspiro. Se iba a montar un buen lío.

Ralph Hearst se puso rojo de ira y se detuvo tan bruscamente como si hubiera chocado contra una pared.

—¿Qué has dicho? —preguntó, atónito.

Pam se mantuvo firme, a pesar de que su padre parecía al borde de la apoplejía.

—¡He dicho que no quiere salir conmigo! Acabo de pedirle que vaya conmigo al baile del sábado por la noche.

Al señor Hearst iban a salírsele los ojos de las órbitas.

—Métete en casa. ¡Luego hablaremos de esto!

—¡No quiero hablar luego, quiero hablar ahora!

—¡He dicho que te metas en casa! —bramó Hearst, y volvió su mirada furibunda hacia Joe—. ¡Y tú mantente alejado de mi hija si no quieres que...!

—¡Ya se mantiene alejado de mí! —chilló Pam—. ¡Es al contrario! ¡Soy yo quien no quiere mantenerse alejada de él! No es la primera vez que le pido salir. Tú y toda la gente del pueblo cometéis un error al tratar así a los Mackenzie, y estoy harta. ¡La señorita Potter es la única que ha tenido agallas para defender lo que cree justo!

—Todo esto es culpa suya, de esa maestrita de...

—¡Quieto ahí! —Joe tomó la palabra por primera vez, pero había algo en su voz fría, en sus pálidos ojos azules, que detuvo a Hearst. Sólo tenía dieciséis años, pero era alto y fuerte, y de pronto había adoptado una aptitud de alerta que amedrentó al padre de Pam.

Ella saltó otra vez. Era lista y alegre, pero tan cabezota como su padre.

—No te metas con la señorita Potter —le advirtió—. Es la mejor profesora que hemos tenido en Ruth, y si intentáis libraros de ella, te juro que dejo el colegio.

—¡Tú no harás tal cosa!

—¡Te juro que sí! Te quiero, papá, pero estás equivocado. Hoy lo hemos estado hablando todos en el colegio. Hemos visto a las profesoras tratar a Joe a patadas durante años, y a todos nos parecía mal porque estaba claro que era el más listo de todos nosotros. Y también hemos hablado de que fue Wolf Mackenzie quien se aseguró de que todas las chicas llegábamos a casa sanas y salvas ayer. ¡A nadie más se le ocurrió! ¿O es que no te importa lo que me pase?

—Claro que le importa —dijo Mary en tono apaciguador, que se había acercado sin que nadie, salvo Joe, lo notara—. Es sólo que Wolf, debido a su experiencia militar, sabía qué hacer —se lo acababa de inventar, pero sonaba bien. Puso su mano sobre el brazo del señor Hearst—. ¿Por qué no atiende usted a sus clientes y deja que lo discutan solos? Ya sabe cómo son los adolescentes.

Ralph Hearst se encontró de nuevo a la entrada de la tienda sin darse cuenta siquiera de lo que hacía. De pronto se detuvo y bajó la mirada hacia Mary.

—¡No quiero que mi hija salga con un mestizo! —dijo con vehemencia.

—Estará más segura con ese mestizo que con cualquier otro chico de por aquí —contestó Mary—. Para empezar, Joe es firme como una roca. No bebe, ni conduce deprisa, y, además, no tiene intención de echarse novia por aquí. Se va a ir, y lo sabe.

—¡No quiero que mi hija salga con un indio!

—¿Insinúa que el carácter no cuenta? ¿Que prefiere que Pam salga con un blanco borracho que tal vez la mate en un accidente de coche a que salga con un indio sobrio, que la protegería con su vida?

Él pareció desconcertado y empezó a rascarse la frente.

—No, maldita sea, no es eso lo que quiero decir —masculló.

Mary suspiró.

—Mi tía Ardith recordaba dichos muy antiguos, y uno de los que mencionaba más a menudo decía: «Lo que bien está, bien parece». Usted juzga a la gente por sus actos, ¿verdad, señor Hearst? Cuando hay elecciones y va a votar, tiene en cuenta lo que han hecho los candidatos en el pasado, ¿no es cierto?

—Sí, claro —Hearst parecía incómodo.

—¿Y? —insistió ella.

—¡Está bien, está bien! Es sólo que... algunas cosas son difíciles de olvidar, ¿sabe? No cosas que haya hecho Joe, pero sí... cosas. Y su padre es...

—Su padre es tan orgulloso como usted —lo interrumpió ella—. Lo único que quería era un lugar donde criar a su hijo, que se había quedado sin madre —estaba dramatizando tanto que esperaba oír violines de fondo en cualquier momento, pero ya era hora de que aquella gente supiera algunas cosas sobre Wolf. Tal vez Wolf, más que civilizado, estuviera sólo controlado, pero su autodominio era excelente, y ellos no notarían la diferencia. Decidiendo que era hora de darle un respiro a Hearst, dijo—: ¿Por qué no lo habla usted con su mujer?

Él pareció aliviado.

—Lo haré.

Joe se acercó por el pasillo. Pam, que se había dado la vuelta, estaba atareada ordenando una estantería llena de botes de disolvente, en un esfuerzo evidente por parecer natural. Mary pagó lo que había comprado, y Joe agarró la bolsa. Salieron juntos sin decir nada.

—¿Y bien? —preguntó Mary en cuanto estuvieron fuera.

—¿Y bien qué?

—¿La vas a llevar al baile?

—Eso parece. No acepta un «no» por respuesta, como otra que yo me sé.

Mary le lanzó una mirada remilgada y no respondió a su insinuación. Luego, cuando Joe le abrió la puerta, se le ocurrió una idea y lo miró con espanto.

—Oh, no —dijo suavemente—. Joe, ese hombre está atacando a mujeres que se han mostrado amables con Wolf y contigo.

Joe se puso tenso de repente, y su boca se crispó.

—Maldita sea —masculló. Se quedó pensando un momento y luego sacudió la cabeza—. Mañana le diré que no puedo ir.

—Eso no servirá de nada. ¿Cuánta gente la ha oído? Mañana lo sabrá todo el condado, aunque no la lleves al baile.

Joe no contestó; se limitó a cerrar la puerta después de que Mary se montara en el coche. Tenía una expresión adusta, demasiado adusta para un chico de su edad. Una idea empezaba a cobrar forma en su cabeza. Vigilaría a Pam y le advertiría que estuviera en guardia, pero tal vez aquello hiciera salir al violador a la luz. Utilizaría el plan de Mary, pero con un cebo distinto: él mismo. Se aseguraría de que Pam estaba a salvo, pero procuraría exponerse cuando estuviera a solas. Tal vez, cuando aquel tipo se diera cuenta de que no podía atacar a Pam, se sentiría tan frustrado que iría tras uno de sus verdaderos objetivos. Joe sabía el riesgo que estaba asumiendo, pero a menos que Wolf diera con la pista que estaba buscando, no veía otra alternativa.

Cuando llegaron a casa, Mary miró a su alrededor buscando a Wolf, pero no lo encontró. Se puso unos vaqueros y salió fuera. Encontró a Joe en el establo, cepillando un caballo.

—¿Está Wolf por aquí?

Joe movió la cabeza de un lado a otro y siguió cepillando las lustrosas ancas del caballo.

—Su caballo no está. Seguramente habrá ido a revisar el cercado —«o a seguir cierto rastro», pero eso no se lo dijo a Mary.

Ella le pidió que le enseñara a cepillar al caballo y ocupó su lugar hasta que empezó a dolerle el brazo. El caballo bufó cuando se detuvo, de modo que siguió cepillándolo.

—Cuesta más de lo que parece —dijo Mary, jadeante.

Joe le sonrió por encima de la grupa del caballo.

—Te van a salir músculos. Pero ya está bien cepillado, así que no lo mimes demasiado. Se quedará ahí todo el día si sigues cepillándolo.

Ella se detuvo y retrocedió.

—¿Por qué no lo has dicho antes?

Joe metió al caballo en su cuadra y Mary regresó a la casa. Casi había llegado al porche cuando oyó el golpeteo rítmico de los cascos de un caballo y, al volverse, vio subir a Wolf por el camino. De pronto se quedó sin aliento. A pesar de que no sabía nada de caballos, no ignoraba que pocas personas presentaban un aspecto tan majestuoso como Wolf a lomos de un caballo. Wolf no daba saltitos, ni se tambaleaba de un lado a otro; permanecía sentado en la silla con naturalidad, y se movía con tanta fluidez, siguiendo el ritmo del animal, que parecía estar inmóvil. Solía decirse que los comanches habían sido los mejores jinetes del mundo, mejores incluso que los bereberes y los beduinos, y Wolf había aprendido bien las enseñanzas del pueblo de su madre. Controlaba con las recias piernas al enorme bayo que montaba, y llevaba las riendas flojas, de tal modo que la tierna boca del caballo no sufría ningún daño. Aminoró el paso hasta reducirlo a un suave trotecillo al acercarse a ella.

—¿Algún problema hoy?

Ella decidió no contarle lo de Pam Hearst. Eso era asunto de Joe, si él quería contárselo. Sabía que el chico se lo contaría, pero a su debido tiempo.

—No. No vimos a nadie sospechoso, y nadie nos siguió.

Wolf frenó y se inclinó para apoyar el antebrazo sobre el pomo de la silla. Sus ojos negros se pasearon por la esbelta figura de Mary.

—¿Sabes montar?

—No. Nunca he montado a caballo.

—Pues eso hay que remediarlo —quitó el pie del estribo y le tendió la mano—. Pon el pie izquierdo en el estribo e impúlsate al tiempo que tiro de ti.

Mary probó suerte. Pero el caballo era demasiado alto, y ella no llegaba al estribo con el pie. Estaba mirando al bayo con enojo cuando Wolf rompió a reír y se echó hacia atrás en la silla.

—Espera, yo te subo.

Se inclinó sobre la silla y la agarró por debajo de los brazos. Mary profirió un quejido de sorpresa y se agarró a los bíceps de Wolf al sentir que sus pies dejaban el suelo; luego Wolf se incorporó y la colocó firmemente sobre la silla, delante de él. Mary se agarró al pomo, Wolf levantó las riendas y el caballo se puso en marcha.

—Qué alto está esto —dijo ella, botando tan fuerte sobre la silla que le castañeteaban los dientes.

Wolf se echó a reír y la rodeó con el brazo izquierdo, apretándola contra sí.

—Relájate y déjate llevar por el ritmo del caballo. Siente cómo me muevo y muévete conmigo.

Ella hizo lo que le decía y, en cuanto se relajó, comenzó a sentir el ritmo de la montura. Su cuerpo pareció hundirse automáticamente en la silla y empezó a moverse al mismo tiempo que Wolf. Dejó de botar. Por desgracia, enseguida llegaron al establo y su primer viaje a caballo terminó. Wolf la bajó en vilo y desmontó.

—Me ha gustado —anunció ella.

—¿Sí? Estupendo. Mañana empezaremos a dar clases.

La voz de Joe les llegó de una caballeriza que había al fondo.

—Hoy he empezado a darle lecciones de cepillado.

—Pronto te sentirás tan a gusto con los caballos como si llevaras con ellos toda la vida —dijo Wolf, y se inclinó para besarla. Mary se puso de puntillas y abrió los labios. Pasó un rato antes de que Wolf levantara la cabeza y, cuando lo hizo, su respiración se había acelerado. Tenía los ojos entornados y pesados. Mary lo excitaba tanto que, cuando estaba con ella, parecía un adolescente.

Cuando Mary volvió a la casa, Joe salió de la cuadra y miró a su padre.

—¿Has encontrado algo?

Wolf se puso a desensillar al bayo.

—No. He inspeccionado los ranchos, pero ninguna huella concuerda. Tiene que ser alguien del pueblo.

Joe frunció el ceño.

—Es lógico. Los dos ataques fueron en el pueblo. Pero no se me ocurre quién puede ser. Supongo que nunca me he fijado en quién tiene pecas en las manos.

—Yo no estoy buscando pecas, estoy buscando esa huella. Sé cómo anda ese tipo, un poco de puntillas, apoyando el peso en la parte exterior del pie.

—¿Y si lo encuentras? ¿Crees que el sheriff lo detendrá sólo porque tenga pecas en las manos y ande de cierta manera?

Wolf sonrió sin humor. Sus ojos tenían una expresión fría.

—Cuando lo encuentre —dijo con suavidad—, si es listo, confesará. Le daré una oportunidad a la ley, pero de ninguna manera saldrá libre. Estará mucho más seguro en la cárcel que en la calle, y me aseguraré de que lo sepa.

Pasó una hora antes de que acabaran sus faenas en el establo. Joe se quedó para revisar sus arreos, y Wolf volvió solo a la casa. Mary, que estaba absorta cocinando y canturreaba mientras removía una gran cacerola de estofado de ternera, no lo oyó entrar por la puerta de atrás. Wolf se acercó a ella y le puso la mano sobre el hombro.

Mary sintió de pronto una oleada de terror ciego que la atravesó por completo. Dio un grito y se echó hacia un lado, apoyando la espalda contra la pared. Empuñaba la cuchara chorreante como si fuera un cuchillo. Su cara estaba completamente pálida mientras lo miraba.

Wolf tenía una expresión dura. Se miraron en silencio y el tiempo pareció dilatarse entre ellos. Luego Mary tiró la cuchara al suelo con estrépito.

—Oh, Dios, lo siento —dijo con voz débil, y se tapó la cara con las manos.

Wolf la atrajo hacia sí, le puso la mano sobre el pelo y le apoyó la cabeza contra su pecho.

—Creías que era ese tipo otra vez, ¿verdad?

Mary se aferró a él, intentando sofocar el miedo que sentía. Aquel miedo había salido de la nada, tomándola por sorpresa, y había hecho añicos el escaso dominio que tenía sobre sus recuerdos y sus emociones. Cuando Wolf le había tocado el hombro, por un instante breve y aterrador, le había parecido que todo volvía a suceder otra vez. Tenía frío; quería sumergirse en el calor del cuerpo de Wolf, dejar que la realidad de sus caricias borrara el horrible recuerdo de otras manos.

—No tengas miedo —murmuró Wolf junto a su pelo—. Aquí estás a salvo —pero sabía que el recuerdo seguía allí, que una caricia por la espalda suponía una pesadilla para ella. De algún modo tenía que librarla de aquel miedo para siempre.

Mary logró dominarse y se apartó de Wolf, y él la soltó porque sabía que era importante para ella. Durante la cena y la lección de Joe, ella pareció comportarse de manera casi normal; la única señal de tensión que mostraba era la expresión atormentada que cruzaba de cuando en cuando sus ojos, como si no hubiera conseguido por completo apartar aquel recuerdo.

Pero cuando se fueron a la cama y Wolf tocó su cuerpo terso, Mary se volvió hacia él con la misma avidez de siempre. El amor de Wolf no le dejaba sitio para nada más, ni para recuerdos sorpresivos, ni para vestigios de terror. Él ocupaba por completo su cuerpo y su mente. Después, Mary se acurrucó a su lado y durmió apaciblemente, al menos hasta que amaneció un día grisáceo y Wolf la despertó y se tumbó sobre ella otra vez.

Mary era plenamente consciente de la fragilidad tanto de su relación con Wolf como de su presencia en aquella casa. Él le decía a menudo lo mucho que la deseaba, pero en términos de lujuria, no de amor. Nunca hablaba de sentimientos, ni siquiera cuando hacían el amor y ella era incapaz de refrenarse y le decía una y otra vez que lo quería. Cuando la fiebre del deseo pasara, Wolf la apartaría de su vida limpiamente, y ella intentaba prepararse para esa posibilidad al tiempo que intentaba extraer el máximo placer de aquella situación.

Sabía que vivía con él porque era más seguro para ella, pero que aquello era temporal. Sabía también que, en un pueblo pequeño, era todo un escándalo que una profesora se acostara con la oveja negra local, y eso sería exactamente lo que pensaría la gente de aquella situación, si llegaba a saberse. Era consciente de que su trabajo corría peligro, y había decidido que los días y las noches que pasara con Wolf bien valían ese riesgo. Si perdía su empleo, podría encontrar otros, pero sabía que para ella no habría más amores. Tenía veintinueve años y nunca había sentido ni una punzada de interés o ilusión por otro hombre. Algunas personas amaban sólo una vez en su vida, y Mary parecía ser una de ellas.

El único momento en que se permitía preocuparse por el futuro era durante los trayectos de ida y vuelta al colegio, cuando estaba a solas en el coche. Cuando estaba con Wolf no quería perder ni un segundo en arrepentimientos. Con él, se sentía totalmente viva, totalmente femenina.

También se preocupaba por Wolf y por Joe. Sabía que Wolf estaba buscando al hombre que la había atacado, y la aterrorizaba que pudiera resultar herido. Ni siquiera se atrevía a pensar que pudiera morir. Y Joe estaba tramando algo; lo sabía. El chico se parecía tanto a Wolf que ella advertía claramente los indicios de su conducta. Estaba preocupado, y demasiado serio, como si estuviera preparándose para tomar una decisión y ninguna de las alternativas que se le ofrecían fuera muy atractiva. Pero Mary no lograba que se abriera a ella, y eso la asustaba, porque Joe había hablado mucho con ella desde el principio.

Joe tenía los nervios a flor de piel. Le había dicho a Pam que tuviera más cuidado de lo habitual, y procuraba asegurarse de que nunca se iba a casa sola, pero siempre cabía la posibilidad de que cometiera un descuido. También procuraba dejarse ver solo y distraído, pero nunca ocurría nada. El pueblo estaba en calma, a pesar de que se mascaba la tensión, y él se veía obligado a asumir lo que Wolf ya sabía: que, con tan pocas pistas, lo único que podían hacer era mantenerse alerta y esperar a que aquel individuo diera un paso en falso.

Cuando Joe le dijo a su padre que iba a ir al baile con Pam, Wolf le lanzó una mirada penetrante.

—¿Sabes lo que vas a hacer?

—Eso espero.

—Cúbrete las espaldas.

Aquel desabrido consejo hizo esbozar una sonrisa a Joe. Sabía que podía cometer un grave error yendo a aquel baile, que las cosas podían ponerse muy feas, pero le había dicho a Pam que la llevaría y no pensaba desdecirse. Tendría que mantenerse doblemente alerta, pero qué demonios, quería abrazar a Pam mientras arrastraban los pies lentamente por el suelo de arena. Aunque sabía que iba a marcharse y que entre ellos no podía haber nada serio, se sentía fuertemente atraído por ella. No podía explicarlo y sabía que aquello no duraría, pero en ese momento lo sentía, y era en el presente cuando tenía que afrontarlo.

Pam también estaba nerviosa cuando fue a recogerla. Intentó disimularlo poniéndose a parlotear a toda prisa, alegremente, hasta que Joe le tapó la boca con la mano.

—Ya lo sé —masculló—. Yo también estoy preocupado.

Ella apartó la cabeza para destaparse la boca.

—Yo no estoy preocupada. No pasará nada, ya lo verás. Ya te lo dije, lo estuvimos hablando todos.

—Entonces, ¿por qué estás tan nerviosa?

Pam apartó la mirada y carraspeó.

—Bueno, es la primera vez que salgo contigo. Es que estoy... no sé... nerviosa y asustada, y también ilusionada.

Él se quedó pensando un momento, y el silencio se extendió por la cabina de la camioneta. Luego dijo:

—Supongo que puedo entender que estés ilusionada y nerviosa, pero ¿asustada por qué?

Pam guardó silencio y se sonrojó un poco cuando dijo al fin:

—Porque tú no eres como los demás.

Aquella expresión adusta se aposentó alrededor de la boca de Joe.

—Sí, ya. Soy un mestizo.

—No es eso —replicó ella—. Es que... no sé, es como si fueras más mayor que los demás. Sé que tenemos la misma edad, pero tú eres más maduro. Nosotros somos gente corriente. Nos quedaremos aquí y haremos lo mismo que nuestros padres. Nos casaremos con gente como nosotros y nos quedaremos en el condado, o nos mudaremos a otro condado igual que éste, y tendremos hijos y estaremos contentos. Pero tú no eres así. Tú vas a ir a la Academia, y no volverás, por lo menos para quedarte. Puede que vengas de visita, pero nada más.

A Joe lo sorprendió que lo tuviera tan claro. Se sentía mayor en su fuero interno, siempre se había sentido mayor, sobre todo comparado con otros chicos de su edad. Y sabía que no volvería al rancho. Su sitio estaba en el cielo, haciendo piruetas, marcando su sitio en el universo con la estela de humo de un reactor.

Permanecieron en silencio durante el resto del trayecto hasta el baile. Cuando Joe aparcó la camioneta entre los demás coches, intentó armarse de valor para lo que podía suceder.

Iba preparado para casi todo, pero no para lo que finalmente ocurrió. Cuando Pam y él entraron en el destartalado y viejo edificio que se usaba para los bailes, se produjo un extraño silencio; luego, un instante después, el ruido volvió a alzarse y todos retomaron sus conversaciones. Pam lo agarró de la mano y se la apretó.

Unos minutos después, la banda empezó a tocar y algunas parejas se situaron sobre las planchas de madera cubiertas de polvo que formaban la pista de baile. Pam lo condujo al centro de la pista y le sonrió.

Joe le devolvió la sonrisa y para sus adentros pensó que tenía mucho valor. Luego la tomó en sus brazos y empezó a moverse al ritmo lento de la música.

No hablaron. Joe llevaba tanto tiempo deseando tocar a Pam que se contentaba con abrazarla, balanceándose suavemente. Olía su perfume, sentía la suavidad de su pelo, el blando abultamiento de sus pechos, el movimiento de sus piernas contra las de él. Se mecían juntos, sumidos en su mundo privado, como hacían los jóvenes desde el principio de los tiempos, y la realidad parecía suspendida a su alrededor.

Pero la realidad asomó su cara cuando alguien masculló a su lado con desprecio «sucio indio», y Joe se tensó automáticamente y miró a alrededor, buscando a quien había hablado.

Pam dijo:

–Por favor... –y lo urgió a seguir bailando.

Cuando la canción acabó, un chico se subió a una silla y gritó:

–¡Eh, Joe! ¡Pam! ¡Venid aquí!

Ellos miraron en la dirección de la que procedía aquella voz, y Joe no pudo evitar sonreír. Los alumnos de las tres clases de Mary estaban agrupados en torno a una mesa, con dos sillas vacías reservadas para ellos. Todos los saludaron con la mano y les hicieron señas de que se acercaran.

Los chicos salvaron la noche. Arroparon a Pam y a

Joe en un círculo de risas y baile. Joe bailó con todas las chicas del grupo; los chicos hablaron de caballos, de ganado, de ranchos y rodeos, y entre todos se aseguraron de que ninguna de las chicas estuviera sentada mucho tiempo. Hablaron también con otros asistentes al baile, y pronto todo el mundo supo que el mestizo iba a ir a la Academia de las Fuerzas Aéreas. Los rancheros eran, por lo general, personas conservadoras, trabajadoras y con un fuerte sentimiento patriótico, y pasado un rato a cualquiera que se le ocurría decir una palabra en contra del mestizo se le hacía callar y se le recordaban sus buenos modales.

Joe y Pam se fueron antes de que acabara el baile, porque Joe no quería que ella llegara muy tarde a casa. Mientras caminaban hacia la camioneta, Joe movió la cabeza de un lado a otro.

—Jamás lo hubiera creído —dijo con suavidad—. ¿Tú sabías que iban a venir todos?

Pam le dijo que no con la cabeza.

—Pero sabían que te lo había pedido. Supongo que todo el pueblo lo sabía. Ha sido divertido, ¿verdad?

—Sí —contestó Joe—. Pero la cosa podría haberse puesto fea, lo sabes, ¿verdad? Si no hubiera sido por los chicos...

—¡Y por las chicas! —lo interrumpió Pam.

—Sí, también. Si no hubiera sido por ellos, me habrían echado a patadas.

—Pero no ha pasado nada. Y la próxima vez será aún mejor.

—¿Es que va a haber una próxima vez?

Ella pareció de pronto insegura.

–Bueno, tú puedes... puedes seguir viniendo al baile, aunque no quieras venir conmigo.

Joe se echó a reír mientras abría la puerta de la camioneta. Luego se dio la vuelta, la agarró por la cintura y la subió al asiento.

–Me gusta estar contigo.

Cuando estaban a medio camino de Ruth, Pam le puso la mano sobre el brazo.

–Joe...

–¿Sí?

–¿Quieres que...? Eh... quiero decir que si sabes algún sitio donde podamos a parar –balbució.

Joe sabía que debía resistirse a la tentación, pero no podía. Tomó el siguiente desvío que encontraron y luego dejó la carretera secundaria y cruzó, dando botes, un prado de unos doscientos cincuenta metros y aparcó bajo unos árboles.

La tibia noche de mayo los envolvió. La luna de la luna no lograba traspasar el dosel de los árboles, y la cabina de la camioneta era una cueva cálida y segura. Pam era una pálida e indistinta figura cuando Joe tendió los brazos hacia ella. Dócil y maleable a sus manos, se apretó contra él y buscó ávidamente sus besos. Su cuerpo joven y firme hacía que Joe se sintiera a punto de estallar. Apenas consciente de lo que hacía, se movió y se retorció hasta que se hallaron tumbados en el asiento y Pam quedó a medias tendida bajo él. Pronto sus pechos quedaron desnudos, y Joe oyó un gemido estrangulado cuando se metió uno de sus pezones en la boca. Luego Pam le clavó las uñas en los hombros y arqueó las caderas.

Joe empezó a perder el control. Entre los dos se abrieron la ropa y la apartaron. Sus pieles desnudas se tocaron. Pam logró quitarse los pantalones de algún modo. Pero cuando Joe deslizó las manos bajo sus bragas, musitó:

–Nunca lo he hecho. ¿Me va a doler?

Joe profirió un gruñido y se obligó a quedarse quieto. Le costó un arduo esfuerzo dominarse, pero consiguió detener sus manos. A duras penas logró controlar su cuerpo, que palpitaba dolorosamente. Al cabo de un momento, se incorporó y sentó a Pam a horcajadas sobre él.

–Joe...

Él apoyó la frente contra la de ella.

–No podemos hacerlo –murmuró con pesar.

–Pero ¿por qué? –Pam empezó a frotarse contra él; su cuerpo palpitaba con un deseo que no entendía.

–Porque sería tu primera vez.

–¡Pero yo te deseo!

–Y yo a ti –Joe logró esbozar una sonrisa irónica–. Supongo que se nota. Pero tu primera vez... Nena, deberías hacerlo con alguien a quien quieras. Y a mí no me quieres.

–Podría quererte –musitó ella–. Oh, Joe, lo digo de verdad.

Joe se sentía tan frustrado que apenas podía modular su voz, pero al fin logró decir:

–Espero que no. Voy a marcharme. Me espera una gran oportunidad, y preferiría morir antes que renunciar a ella.

–¿Y ninguna chica va a hacerte cambiar de idea?

Joe sabía lo que pensaba, y sabía que a Pam no iba a sentarle bien, pero tenía que ser sincero con ella.

—Ninguna chica podría hacerme cambiar de idea. Deseo tanto ir a la Academia que nada puede retenerme aquí.

Pam tomó sus manos y se las llevó tímidamente a los pechos.

—Pero, aun así, podemos hacerlo, ¿sabes? Nadie lo sabría.

—Tú sí. Y cuando te enamores de algún tío, te arrepentirás de haberlo hecho conmigo por primera vez. Dios, Pam, no me lo pongas más difícil. Dame una bofetada o algo así —el modo en que sus pechos firmes y jóvenes le llenaban las manos le hacía preguntarse si no estaría loco por dejar pasar aquella oportunidad.

Pam se inclinó y descansó la cabeza sobre su hombro. Joe sintió que empezaba a llorar y la abrazó.

—Tú siempre has sido especial para mí —dijo ella entre sollozos—. ¿Por qué tienes que ser tan escrupuloso?

—¿Quieres arriesgarte a quedarte embarazada a los dieciséis años?

Pam dejó de llorar de repente y se incorporó.

—Oh. Pensabas que tenías... ¿No los llevan todos los chicos?

—Supongo que no. Y, aunque tuviera alguno, no importaría. No quiero tener una relación, al menos así, ni contigo ni con nadie, porque, pase lo que pase, voy a ir a la Academia. Además, eres demasiado joven.

Ella no pudo evitar echarse a reír.

—Tengo la misma edad que tú.

—Entonces los dos somos demasiado jóvenes.

–Tú no –Pam se puso seria y tomó la cara de Joe entre las manos–. Tú no eres joven, y supongo que por eso has parado. Cualquier otro chico se habría quitado los vaqueros tan rápido que se habría quemado las piernas. Pero hagamos un trato, ¿de acuerdo?

–¿Qué clase de trato?

–Vamos a seguir siendo amigos, ¿verdad?

–Sabes que sí.

–Entonces, saldremos por ahí juntos sin tomárnoslo en serio. No volveremos a enrollarnos, porque es muy duro cuando paras. Tú vete a Colorado, como tienes pensado, y yo me tomaré las cosas como vengan. Puede que me case. Pero, si no me caso y vuelves algún verano, seremos ya los dos lo bastante mayores. ¿Serás entonces mi primer amante?

–Eso no me retendrá en Ruth –dijo él con firmeza.

–No es eso lo que espero. Pero ¿trato hecho?

Joe sabía que las cosas cambiaban con el paso de los años, y sabía que lo más probable era que Pam se casara pronto. Si no era así... tal vez.

–Si entonces todavía quieres, sí, trato hecho.

Pam le tendió la mano y se la estrechó solemnemente para sellar su pacto. Luego ella lo besó y empezó a ponerse la ropa.

Mary estaba esperando a Joe cuando llegó a casa. Tenía una expresión ansiosa en la mirada. Se levantó y se ciñó el cinturón de la bata.

–¿Estás bien? –preguntó–. ¿Ha pasado algo?

–Estoy bien. Todo ha ido de maravilla.

Entonces notó que su mirada ansiosa era en realidad de miedo. Ella le tocó el brazo.

—¿No has visto a nadie que...? —se detuvo y luego empezó otra vez—. ¿Nadie ha disparado a la camioneta, ni ha intentado echaros de la carretera?

—No, no ha pasado nada.

Se miraron un momento, y Joe se dio cuenta de que Mary había temido lo mismo que él. Pero en su mirada había además otra cosa: ella sabía que había decidido arriesgarse para hacer salir al violador de su escondite.

Joe se aclaró la garganta.

—¿Papá está en la cama?

—No —dijo Wolf suavemente desde la puerta. Llevaba sólo unos vaqueros, y la mirada de sus ojos negros era dura—. Quería asegurarme de que estabas bien. Esto ha sido como ver a Daniel entrar en la cueva del león.

—Bueno, Daniel salió bien parado, ¿no? Pues yo también. Hasta ha sido divertido. Estaban todos los de clase.

Mary sonrió, y sintió que el miedo empezaba a disiparse. Imaginaba lo que había pasado. Sabiendo que las cosas podían ponerse feas si Joe iba al baile sin refuerzos, los chicos habían asumido la tarea de integrarlo en su grupo para que todo el mundo en el baile se diera cuenta de que era aceptado.

Wolf le tendió la mano y Mary fue hacia él. Ya podía irse a dormir. Estaban a salvo una noche más, aquellos dos hombres a los que amaba.

Las clases habían acabado. Mary se sentía sumamente orgullosa de sus alumnos. Todos los del último curso se habían graduado, y los de los cursos inferiores habían aprobado sin excepción. Todos ellos pensaban acabar el instituto, y dos incluso querían ir a la universidad. Unos resultados así llenaban de satisfacción a cualquier profesora.

Joe no tuvo vacaciones. Mary decidió que necesitaba dar clases de matemáticas más avanzadas que las que ella podía enseñarle, y empezó a buscar un profesor cualificado. Encontró uno en un pueblo a más de cien kilómetros de distancia, y tres veces por semana Joe hacía el viaje hasta allí para dar dos horas de clase. Ella, mientras tanto, seguía dándole clase por las noches.

Los días pasaban en una neblina de felicidad para Mary. Rara vez dejaba la montaña; rara vez veía a otras personas, salvo a Wolf y a Joe. Incluso cuando ellos se iban se sentía a gusto. Sólo habían pasado dos semanas desde el ataque, pero tenía la sensación de que hacía más tiempo. Cada vez que el jirón de un recuerdo afloraba para agitar sus emociones, se reprendía por permitir que aquello la perturbara. Si alguien necesitaba cuidado y consideración, era Cathy Teele. De modo que Mary apartaba aquellos recuerdos y se concentraba en el presente. Y el presente, inevitablemente, era Wolf.

Él dominaba su vida cuando estaba despierta y cuando dormía. Había empezado a enseñarle a montar y a ayudarlo con los caballos, y Mary sospechaba que utilizaba con ella el mismo método que con los potrillos que le llevaban. Era firme y exigente, pero perfectamente claro en sus instrucciones y en lo que quería tanto de ella como de los caballos. Cuando obedecían, los recompensaba con cariño y aprobación. En realidad, pensaba Mary, era más blando con los caballos que con ella. Cuando los caballos desobedecían, Wolf se mostraba siempre paciente. En cambio, cuando ella no hacía exactamente lo que le pedía, se lo hacía saber en términos que no admitían error.

Pero siempre era cariñoso. O «fogoso», mejor dicho, pensaba Mary. Wolf le hacía el amor cada noche, a menudo dos veces. Le hacía el amor en la cuadra vacía donde Joe los había interrumpido una vez. Y también en la ducha. Mary sabía que ella no era ni mucho menos voluptuosa, pero pese a todo Wolf parecía fascinado con su cuerpo. Por las noches, cuando se metían en la cama, él encendía la lámpara y, apoyado sobre un codo, la contemplaba mientras deslizaba la mano desde sus hombros a sus rodillas, aparentemente extasiado por la diferencia entre la piel pálida y delicada de Mary y su propia mano, morena, fuerte y curtida por el trabajo.

El verano en Wyoming era por lo general fresco y seco, por lo menos comparado con el de Savannah, pero apenas habían empezado las vacaciones de verano del colegio cuando una ola de calor disparó las temperaturas hasta los veintitantos grados y, a veces, hasta más allá de los treinta. Por primera vez en su vida, Mary deseaba tener unos pantalones cortos que ponerse, pero la tía Ardith nunca se lo había permitido. Descubrió, sin embargo, que sus sosas faldas de algodón eran más frescas que los vaqueros nuevos de los que se sentía tan orgullosa, pues permitían que el aire circulara entre sus piernas. La tía Ardith no habría aprobado tampoco aquel atuendo, pues Mary se negaba a ponerse medias o combinación bajo la falda. Su tía se había puesto ambas cosas todos los días de su vida, y consideraba a cualquier mujer que se atreviera a salir a la calle sin combinación una perfecta perdida.

Una mañana, justo después de que Joe se fuera a sus clases, Mary salió en dirección al establo meditando sobre su condición de perdida. Teniéndolo todo en cuenta, se sentía bastante satisfecha. Ser una perdida tenía sus ventajas.

Oyó a unos caballos relinchar y dar coces en el pequeño corral que había tras el establo, aunque Wolf solía usar para los entrenamientos uno más grande que había al otro lado. El ruido, sin embargo, la convenció de que encontraría allí a Wolf, y eso era lo único que le interesaba.

Pero cuando dobló la esquina del establo, se detuvo en seco. El enorme semental bayo de Wolf estaba montando a la yegua en la que ella había cabalgado durante sus clases de equitación. La yegua tenía los cascos delanteros trabados, y unas botas protectoras le cubrían los de atrás.

El semental resoplaba y gruñía, y la yegua emitió un agudo relincho cuando la penetró. Wolf se acercó a su cabeza para calmarla, y la yegua se quedó inmóvil.

—Ya está, cariño —le susurraba Wolf—. Puedes con este viejo grandullón, ¿a que sí?

La yegua se estremecía bajo las embestidas del semental, pero permaneció inmóvil y todo acabó en un par de minutos. El caballo bufó y, apartándose de ella, bajó la cabeza y se puso a olisquear el suelo.

Wolf siguió hablándole a la yegua con voz pausada y suave mientras se agachaba para quitarle la manea que le sujetaba las patas delanteras. Cuando empezó a quitarle las botas protectoras, Mary se acercó y llamó su atención.

—¡La has atado! —exclamó en tono de reproche.

Él sonrió y acabó de desabrochar las botas protectoras. La señorita Mary Elizabeth Potter se puso delante de él con la espalda tiesa como un palo y la barbilla levantada.

—No la he atado —dijo Wolf, divertido y paciente—. La he maneado.

—¡Para que no se escapara de él!

—No quería escaparse.

—¿Cómo lo sabes?

—Porque le habría dado una coz al caballo si no hubiera querido que la cubriera —explicó él mientras llevaba a la yegua al establo. Mary lo siguió, todavía indignada.

—De poco habría servido que le diera una coz. ¡Le has puesto esas botas para que no le haga daño!

—Bueno, no quería que mi semental resultara herido. Además, si ella se hubiera resistido, la habría sacado del corral. Cuando una yegua se resiste, significa que no he calculado bien el momento, o que le pasa algo. Pero lo ha hecho muy bien, ¿verdad, bonita? —concluyó mientras le daba unas palmaditas en el cuello a la yegua.

Mary se quedó mirándolo, enfurruñada, mientas él aseaba a la yegua. Seguía sin gustarle la idea de que la yegua no pudiera huir del semental, aunque lo cierto era que aquella yegua en particular parecía tan tranquila como si no hubiera pasado nada apenas unos minutos antes. A Mary la desconcertaba que el animal no respondiera a su lógica, y se sentía inquieta.

Wolf llevó la yegua a su cuadra, le dio de comer y le puso agua fresca. Luego se agachó delante del grifo para lavarse las manos y los brazos. Cuando levantó la mirada, Mary seguía allí parada, con una expresión preocupada, casi asustada, en la mirada. Él se incorporó.

—¿Qué ocurre?

Ella intentó desesperadamente sacudirse aquel desasosiego, pero no le sirvió de nada. Se le notaba en la cara y en la voz.

—Parecía... parecía... —su voz se desvaneció, pero Wolf comprendió de pronto.

Se acercó despacio a ella y no se sorprendió cuando Mary dio un paso atrás.

—Los caballos no son personas —dijo con suavidad—. Son animales grandes, y resoplan y chillan. Parece violento, pero así es como se aparean. Sería aún más violento si los dejara libres, porque se darían patadas y mordiscos.

Mary miró a la yegua.

—Lo sé. Es sólo que... —se detuvo porque no se sentía con fuerzas para decir en voz alta lo que la inquietaba.

Wolf tendió los brazos hacia ella y, agarrándola por la cintura, la abrazó suavemente para que no se alarmara y no pensara que no podía desasirse de él.

—Es sólo que te ha recordado el ataque, ¿verdad? —concluyó por ella. Mary le lanzó una mirada rápida y angustiada; luego desvió rápidamente los ojos—. Sé que el recuerdo sigue ahí, nena —Wolf la apretó suavemente, atrayéndola hacia sí. Al cabo de un momento, Mary empezó a relajarse y apoyó la cabeza sobre su pecho. Sólo entonces la rodeó él con los brazos, porque no quería que se sintiera agobiada.

—Quiero besarte —murmuró.

Ella levantó la cabeza y le sonrió.

—Por eso he venido: para tentarte y que me des un beso. Me he convertido en una perdida. Ya no tengo vergüenza. La tía Ardith me habría repudiado.

—La tía Ardith parece una auténtica pelmaza...

—Era maravillosa —dijo Mary con firmeza—. Es sólo que estaba chapada a la antigua y tenía unas ideas muy estrictas acerca de lo que estaba bien y lo que no. Por ejemplo, para ella sólo una perdida se pondría la falda sin ponerse debajo una combinación como es debido —se subió un poco la falda para hacerle una demostración.

—Entonces, bien por las perdidas —Wolf inclinó la cabeza y la besó, y sintió que una ardiente excitación empezaba a agitar su cuerpo. Sin embargo, controló bruscamente aquella sensación, consciente de que en ese momento era esencial dominarse. Tenía que demostrarle algo a Mary, y no podía hacerlo si su libido se sobreponía a su sentido común. Tenía que hacer algo para hacer desaparecer el temor, siempre presente, que habitaba al fondo de la mente de Mary.

Levantó la cabeza y la abrazó un momento; luego bajó los brazos. Agarró sus manos y se las apretó, y la expresión de su semblante hizo que la sonrisa de los ojos de Mary se disipara. Wolf dijo lentamente:

—¿Estás dispuesta a probar una cosa que puede ayudarte a superar tus miedos?

Ella parecía recelosa.

—¿Qué?

—Podríamos representar algunas partes del ataque.

Mary se quedó mirándolo con fijeza. Sentía curiosidad, pero recelaba. No quería hacer nada que pudiera recordarle la agresión, pero al mismo tiempo no quería seguir asustada. Al fin dijo:

—¿Qué partes?

—Yo podría correr detrás de ti.

—Él no corrió detrás de mí. Me agarró desde atrás.

—Pues haré eso cuando te atrape.

Ella se quedó pensando.

—No funcionará. Sabré que eres tú.

—Podríamos intentarlo.

Mary lo miró fijamente un momento; luego, al ocurrírsele una idea, se crispó.

—Él me tiró al suelo boca abajo —murmuró—. Se me puso encima y empezó a frotarse contra mí.

El semblante de Wolf se tensó.

—¿Quieres que haga eso también?

Ella se estremeció.

—¿Y tú? No, no quiero. Pero creo que vas a tener que hacerlo. No quiero seguir teniendo miedo. Hazme el amor así... por favor.

—¿Y si te asustas de verdad?

—No... —tragó saliva—. No pares.

Wolf se quedó mirándola un momento, como si estuviera calibrando la solidez de su decisión; luego su boca comenzó a curvarse hacia arriba de un lado.

—Está bien. Vamos, echa a correr.

Ella no se movió. Estaba mirándolo fijamente.

—¿Qué?

—Corre. No puedo atraparte si no corres.

Mary se sintió de pronto estúpida ante la idea de ponerse a correr por la explanada como una niña.

—¿Así, sin más?

—Sí, así, sin más. Piénsalo de esta manera: cuando te pille, voy a quitarte la ropa y a hacerte el amor. Así que ¿a qué esperas?

Wolf se quitó el sombrero y lo colgó de un poste. Mary dio un paso atrás y luego, a pesar de su dignidad, dio media vuelta y echó a correr. Oyó el golpeteo de las botas cuando Wolf salió tras ella, y se echó a reír de emoción a pesar de sí misma. Sabía que no tenía posibilidad alguna de llegar a la casa —las piernas de Wolf eran mucho más largas que las suyas—, pero confiaba en su agilidad y lo esquivó rodeando la camioneta y refugiándose luego tras un árbol.

—Voy a atraparte —bramó Wolf, y su mano se cerró

un momento sobre el hombro de Mary, pero ella echó de nuevo a correr y se alejó de él.

Buscó otra vez refugio detrás de la camioneta; Wolf se situó al lado. Se movían hacia un lado y otro, pero ninguno de los dos cobraba ventaja. Mary lo provocaba entre jadeos, con la cara iluminada por la emoción.

—¡No me pillas, no me pillas!

Una sonrisa lenta y cruel tocó la boca de Wolf al mirarla. Mary estaba radiante; su pelo castaño y sedoso se agitaba alrededor de su cara, y Wolf la deseaba tanto que sentía dolor. Ansiaba tomarla en sus brazos y hacerle el amor, y maldecía para sus adentros porque, de momento, no podía hacerlo. Primero tenía que jugar a aquel juego y, pese a las animosas palabras de Mary, no estaba seguro de que ella pudiera soportarlo.

Habían estado mirándose el uno al otro, y de pronto Mary se dio cuenta, impresionada, de lo salvaje que parecía Wolf. Estaba excitado. Ella, que conocía aquella expresión suya tan bien como se conocía a sí misma, se quedó sin aliento. Wolf no estaba jugando; iba muy en serio. Por primera vez, el miedo empezó a agitarse dentro de ella. Intentó sofocarlo porque sabía que Wolf nunca le haría daño. Era sólo que había algo en aquella situación que le recordaba al ataque, por más que intentaba sacudirse aquella idea. Sus ganas de jugar se disiparon, y un pánico irracional se apoderó de ella.

—Wolf... Vamos a parar.

El pecho de Wolf se hinchaba y se deshinchaba cada vez que respiraba. Sus ojos habían adquirido una mirada sombría y su voz sonaba gutural.

—No. Voy a atraparte.

Ella echó a correr a ciegas, apartándose del dudoso cobijo de la camioneta. El estruendo de los pasos precipitados de Wolf tras ella sofocaba cualquier otro sonido, incluso el de la áspera respiración de Mary. Era como estar de nuevo en aquel callejón, a pesar de que una parte de ella se aferraba a la certeza de que aquél era Wolf, y ella quería que la persiguiera. Su agresor no la había perseguido corriendo, pero se le había acercado por detrás. Ella había oído su respiración lo mismo que oía ahora la de Wolf. Dejó escapar un grito agudo y aterrorizado justo antes de que Wolf la agarrara y la tirara al suelo, boca abajo, cubriéndola con su peso.

Wolf se apoyó en los brazos para no aplastarla y le rozó la oreja con la nariz.

—Ja, ya te tengo —se obligó a hablar con desenfado, pero sentía una opresión dolorosa en el pecho por lo que Mary estaba pasando. Notaba el terror que la atenazaba y procuró tranquilizarla hablándole con ternura, recordándole los placeres ardientes y sensuales que habían compartido. Se le saltaban las lágrimas al oír los ruidos que hacía Mary, como un animal atrapado y aterrorizado. Dios, no sabía si podría hacerlo. Su deseo se había apagado al primer grito.

Al principio, ella se debatió como una salvaje, pataleando y retorciéndose, intentando soltar los brazos que Wolf le sujetaba con fuerza. Estaba enloquecida por el miedo, hasta tal punto que, a pesar de la diferencia de tamaños y fuerza, podría haberle hecho daño de no ser porque Wolf estaba entrenado. En realidad, él sólo podía sujetarla e intentar despejar la negra bruma de miedo que la envolvía.

—Cálmate, cariño, cálmate. Sabes que yo no te haría daño, y no voy a permitir que nadie de lo haga. Sabes quién soy —repetía una y otra vez, hasta que la extenuación se apoderó de Mary, y sus esfuerzos se hicieron débiles y sin propósito. Sólo entonces empezó a escuchar a Wolf; sólo entonces pudieron penetrar las cálidas palabras de Wolf la barrera de su miedo. De pronto, Mary se derrumbó sobre el suelo, enterró la cara en la hierba caliente y dulce y empezó a llorar.

Wolf siguió tumbado encima de ella, sujetándola con fuerza mientras intentaba calmarla y ella lloraba. La acariciaba y le besaba el pelo, los hombros, la nuca delicada, hasta que al fin ella se quedó inerme sobre la hierba, sin lágrimas y sin fuerzas. Cuando por fin se calmó, los besos empezaron a hacer efecto en Wolf, que sintió retornar el deseo que nunca se alejaba mucho de él desde que la conocía.

Frotó de nuevo la nariz contra su cuello.

—¿Todavía estás asustada? —murmuró.

Ella tenía los ojos cerrados y los párpados hinchados.

—No —musitó—. Siento haberte hecho pasar por esto. Te quiero.

—Lo sé, cariño. Aférrate a esa idea —entonces se puso de rodillas y le levantó la falda hasta la cintura.

Mary abrió los ojos bruscamente al sentir que le bajaba las bragas, y su voz sonó aguda.

—¡Wolf! ¡No!

Wolf le bajó las bragas por las piernas, y Mary empezó a temblar. Aquello se parecía demasiado a lo ocurrido en el callejón. Estaba tumbada boca abajo en el suelo, con un hombre sobre ella, y no podía soportarlo. Intentó arrastrarse hacia delante, pero Wolf la rodeó la cintura con un brazo y la sujetó mientras con la otra mano se desabrochaba los pantalones. Le separó los muslos con las rodillas y se colocó sobre ella; luego volvió a apoyar su peso sobre ella.

—Esto te recuerda lo que pasó, ¿no? —preguntó con voz baja y suave—. Estar en el suelo, boca abajo, conmigo encima. Pero sabes que no voy a hacerte daño, que no tienes que tener miedo, ¿verdad?

—No me importa. ¡No me gusta! ¡Suéltame! ¡Quiero levantarme!

—Lo sé, nena. Anda, relájate. Piensa en cuántas veces te he hecho el amor y en lo mucho que has disfrutado. Confía en mí.

Mary sentía el olor de la tierra recalentada.

—No quiero que me hagas el amor ahora —logró decir con voz quebrada—. Así no.

—Entonces no lo haré. No tengas miedo, cariño. No seguiré adelante a menos que tú quieras. Relájate. Vamos a sentirnos el uno al otro. No quiero que tengas miedo cuando me acerque a ti por detrás. Reconozco que tu culito me pone a cien. Me gusta mirarlo y tocarlo, y cuando me lo acercas en la cama me vuelvo loco. Supongo que lo habrás notado, ¿no?

Aturdida, Mary intentó rehacerse. Wolf nunca le había hecho daño, y ahora que la neblina del miedo empezaba a disiparse, sabía que jamás se lo haría. Aquél era Wolf, el hombre que amaba, no su agresor. Ella estaba en sus fuertes brazos, donde se hallaba a salvo.

Se relajó, y sus músculos cansados se aflojaron. Sí, Wolf estaba excitado. Ella podía sentir su miembro alojado entre sus piernas separadas, pero, fiel a su palabra, él no hacía intento de penetrarla, sino que le acariciaba los costados y le besaba el cuello.

—¿Estás bien ya?

Ella dejó escapar un leve suspiro de alivio, casi inaudible.

—Sí —musitó.

Wolf se puso de rodillas otra vez y se echó hacia atrás. Antes de que Mary pudiera adivinar qué tramaba, sus manos de acero la levantaron y la echaron hacia atrás, de modo que quedó sentada a horcajadas sobre los muslos de Wolf, de espaldas a él. Sus sexos desnudos se apretaban el uno contra el otro, pero Wolf no la penetró aún.

La primera punzada de excitación recorrió los nervios de Mary. La situación era doblemente excitante porque estaban al aire libre, tumbados en la hierba, y el sol caliente y luminoso caía sobre ellos. Si alguien pasaba en un coche, los vería. La súbita sensación de peligro aumentó bruscamente la excitación de Mary. La verdad era que por delante estaban cubiertos, porque su falda caía sobre los muslos de Wolf.

Pero Wolf apartó la falda y se la subió hacia arriba y hacia un lado. Sujetó a Mary apoyando una mano sobre su tripa y deslizó la otra entre sus piernas. Aquel contacto íntimo hizo aflorar un gritito agudo a los labios de Mary.

—¿Te gusta esto? —le susurró él al oído, y le mordió ligeramente el lóbulo de la oreja.

Mary profirió una respuesta incoherente. Los ásperas yemas de los dedos de Wolf rozaban su carne más sensible, produciendo un placer tan intenso que apenas podía hablar. Él sabía exactamente cómo tocarla, cómo esponjarla y conducirla al éxtasis. Ella se arqueó, ciega, contra él; aquel movimiento hizo que el sexo de Wolf se apretara contra ella, y Mary dejó escapar un áspero gemido.

—¡Wolf... por favor...!

Él también gimió entre dientes.

—Voy a darte placer como tú quieras, nena. Sólo tienes que decírmelo.

La excitación que sentía Mary apenas le permitía articular palabra.

—Te deseo.

—¿Ahora?

—Sí.

—¿Así?

Mary se frotó contra él, y esta vez tuvo que sofocar un grito.

—¡Sí!

Wolf la empujó hacia delante hasta que estuvo de nuevo tumbada boca abajo, y entonces se tendió sobre ella. Su entrada fue lenta y suave, y el frenesí se apoderó de Mary. Acogía ávidamente el impacto de las embestidas de Wolf, y sentía que su cuerpo ardía y que todos sus pensamientos quedaban en suspenso ante aquel deseo que todo lo consumía. Aquello no era una pesadilla; era una parte más de las delicias sensuales que Wolf le estaba enseñando. Se retorcía contra él y sentía que el hilo del placer se tensaba insoportablemente en su interior. Entonces el hilo se rompió y ella se convulsionó en brazos de Wolf. Él la agarró por las caderas y dio rienda suelta a sus ansias, hundiéndose en ella con fuerza, rápidamente, hasta que un clímax palpitante se apoderó de él, liberándolo.

Se quedaron tumbados sobre la hierba largo rato, medio dormidos, demasiado exhaustos para moverse. Sólo cuando Mary empezó a sentir que las piernas le picaban de tanto sol, encontró fuerzas para bajarse la falda. Wolf murmuró una protesta y deslizó la mano sobre su muslo.

Ella abrió los ojos. El cielo era de un azul luminoso, sin nubes, y el dulce olor de la hierba fresca le llenaba los pulmones. Sentía la tierra caliente bajo ella; el hombre al que amaba dormitaba a su lado, y su cuerpo retenía aún los vestigios del placer de su encuentro, cuyo recuerdo, fresco y poderoso, comenzó a agitar de nuevo su deseo. De pronto se dio cuenta de que el plan de Wolf había funcionado. Él había recreado la situación que tanto la había aterrorizado, pero se había puesto en el lugar de su atacante. En lugar de temor, dolor y humillación, le había dado deseo y, al final, un éxtasis tan poderoso que la había puesto fuera de sí. Wolf había reemplazado un recuerdo terrible por otro maravilloso.

La mano de Wolf reposaba sobre su vientre ahora, y la sencilla intimidad de aquella caricia la sorprendió de pronto. Podía estar embarazada de él. Era consciente de lo que podía suponer hacer el amor sin tomar precauciones, pero era lo que quería, y él no había dicho nada de usar anticonceptivos. Aunque su relación no durase,

Mary quería tener un hijo suyo, un hijo con su fortaleza y su pasión. Si podía ser un duplicado de Wolf, nada la haría más feliz.

Se removió, y la presión de la mano de Wolf sobre su vientre se incrementó.

—Hace mucho sol —murmuró ella—. Me voy a quemar.

Él gruñó, pero se abrochó los pantalones y se incorporó. Luego recogió las bragas de Mary, se las guardó en el bolsillo y, al tiempo que se ponía en pie, la levantó en brazos.

—Puedo ir andando —lo informó ella, pero le echó los brazos al cuello.

—Lo sé —Wolf le sonrió—. Pero es más romántico que te lleve a casa en brazos para hacerte el amor.

—Pero si acabamos de hacerlo.

Los ojos negros de Wolf ardían.

—¿Y qué?

Wolf se disponía a entrar en el almacén de piensos cuando sintió que la nuca se le erizaba como tocada por una ráfaga de aire fresco. No se detuvo, lo cual habría puesto sobre aviso a cualquiera que estuviera observándolo, pero echó un rápido vistazo alrededor utilizando su visión periférica. La sensación de peligro era como un roce. Alguien lo estaba observando. Wolf poseía un sexto sentido agudizado por el poderoso misticismo de su herencia racial y desarrollado hasta el extremo por el entrenamiento y los años en el ejército.

No era sólo que lo estuvieran vigilando; podía sentir

el odio dirigido contra él. Entró pausadamente en el almacén y de inmediato se hizo a un lado, pegándose a la pared, y miró por la puerta. En la tienda cesaron las conversaciones como si las palabras hubieran chocado contra un muro de piedra, pero Wolf ignoró el denso silencio. La adrenalina inundaba su cuerpo; ni siquiera notó que deslizaba automáticamente por el pecho la mano enguantada para agarrar el cuchillo que dieciséis años antes, en un pequeño y cálido país de arrebatadora belleza que rezumaba sangre y muerte, había llevado sujeto al cincho. Sólo cuando su mano no encontró nada más que la camisa, se dio cuenta de que sus viejos hábitos habían vuelto a aflorar.

De pronto comprendió que el hombre al que estaba buscando estaba allí fuera, en alguna parte, mirándolo con odio, y la rabia se agitó dentro de él. No necesitaba un cuchillo. Sin decir palabra, se quitó el sombrero y las botas; el sombrero, porque aumentaba su resistencia al aire, y las botas porque hacían demasiado ruido. Con los pies cubiertos sólo por los calcetines, pasó junto a los hombres que habían estado charlando y que permanecían ahora en asombrado silencio. Sólo uno de ellos se aventuró a decir en tono vacilante:

–¿Qué pasa?

Wolf no se paró a contestar y salió por la puerta de atrás del almacén de piensos. Sus movimientos eran sigilosos, deliberados. Aprovechaba todos los recovecos disponibles para ocultarse mientras se movía de edificio en edificio, dando un rodeo para salir detrás de donde calculaba tenía que estar escondido aquel hombre. Resultaba difícil señalar su posición exacta, pero

Wolf había evaluado velozmente los mejores escondites que ofrecía la calle. Si seguía buscando, encontraría alguna pista; aquel tipo se descuidaría, y Wolf podría atraparlo.

Se deslizó por detrás de la droguería, sintiendo en la espalda el calor de las tablas recalentadas por el sol. Avanzaba con más cautela que antes; no quería que su camisa raspara la madera e hiciera ruido. Allí también había grava, y apoyaba los pies con cuidado para evitar que los crujidos de las piedrecitas delataran su presencia.

De pronto oyó el golpeteo de unos pasos, como si alguien hubiera salido corriendo, presa del pánico. Rodeó a toda velocidad la parte delantera del edificio y se arrodilló un instante para inspeccionar una leve huella en la tierra; era una huella incompleta, pero la sangre de Wolf empezó a bullir. Echó a correr como el gran lobo al que debía su nombre*. Ya no le importaba el ruido. Corría calle arriba mirando a izquierda y a derecha, buscando a alguien.

Pero no vio nada. No vio a nadie. La calle estaba vacía. Se detuvo a escuchar. Oyó pájaros, el rumor de una brisa espasmódica entre los árboles, el ruido distante de un motor que subía por la empinada carretera del norte del pueblo. Nada más. Ni una respiración jadeante, ni pasos que corrían.

Masculló una maldición. Aquel tipo era peor que un aficionado; era torpe y hacía cosas estúpidas. Y, además, estaba en baja forma. Si hubiera estado más cerca, Wolf

---

* *Wolf* significa «lobo» en inglés. (N. del T.)

habría podido oír su respiración trabajosa. Maldición, la presa había vuelto a escapársele.

Miró las apacibles casas cobijadas bajo los árboles. En Ruth no había zonas residenciales y barrios comerciales separados; el pueblo era demasiado pequeño. El resultado era que las casas y los escasos establecimientos se mezclaban sin orden ni concierto. Aquel tipo podía haber entrado en cualquier casa; la celeridad con que había desaparecido no dejaba otra posibilidad. Aquello reforzó la convicción de Wolf de que el violador vivía en Ruth; a fin de cuentas, los dos ataques habían sucedido en pleno pueblo.

Se fijó en quién vivía en aquellas casas e intentó recordar si alguno de sus habitantes encajaba en la descripción de Mary de un hombre muy pecoso. No se le ocurrió nadie. Pero ya se le ocurriría. Por Dios, prometió, que se le ocurriría. Poco a poco iría tachando nombres de su lista. Hasta que, al final, sólo quedara uno.

En el interior de la casa, una cortina se movió levemente. El sonido áspero de su propia respiración al entrar el aire en sus fatigados pulmones le atronaba los oídos. A través de la pequeña rendija que había abierto en la cortina, podía ver al indio todavía parado en mitad de la calle, mirando las casas. La mirada negra y amenazante de Wolf cruzó la ventana, y él retrocedió automáticamente para que no lo viera.

Su miedo lo ponía enfermo y lo enfurecía. No quería tener miedo del indio, pero lo tenía.

—¡Asqueroso indio! —masculló en voz baja, y luego repitió aquellas palabras para sus adentros. Le gustaba hacer aquello, decir cosas en voz alta por primera vez, y luego repetirlas para su disfrute privado.

El indio era un asesino. Decían que conocía más maneras de matar de las que la gente normal podía imaginarse. Él lo creía, porque sabía de buena tinta de lo que eran capaces los indios.

Le gustaría matar al indio, y a ese hijo suyo de ojos pálidos y extraños que parecían ver a través de él. Pero tenía miedo porque no sabía matar, y era consciente de que podía acabar siendo él el muerto. Lo asustaba acercarse al indio siquiera para intentarlo.

Lo había pensado mucho, pero no se le ocurría ningún plan. Le habría gustado pegarle un tiro al indio, porque así no tendría que acercarse, pero no tenía pistola, y no quería llamar la atención comprando una.

Aun así, le gustaba lo que había hecho para darle su merecido al indio. Le producía una satisfacción salvaje saber que estaba castigando al indio al hacer daño a aquellas estúpidas mujeres que habían dado la cara por él. ¿Por qué no se daban cuenta de era un sucio y repugnante asesino? ¡Aquella idiota de Cathy había dicho que el indio era guapo! Hasta había dicho que le gustaría salir con el hijo, y él sabía que eso significaba que dejaría que el chico la tocara y la besara. Estaba dispuesta a permitir que los sucios Mackenzie la manosearan, pero había luchado, chillado y vomitado cuando él la había tocado.

Aquello no tenía sentido, pero no le importaba. Había querido castigarla a ella y castigar al indio por... por estar ahí, por dejar que la imbécil de Cathy lo mirara y pensara que era guapo.

Y la maestra... A ella la odiaba casi tanto como odiaba a los Mackenzie, o quizá más. Era una santurrona; hacía que la gente creyera que el chico era especial, intentaba convencer a la gente de que fuera amable con los mestizos. ¡Y hasta se ponía a predicar en el supermercado!

Le habían dado ganas de escupirle. Había deseado hacerle daño, destrozarla. Estaba tan excitado que casi no había podido soportarlo cuando la había arrastrado por el callejón y la había sentido retorcerse bajo él. Si aquel imbécil del ayudante del sheriff no hubiera aparecido, le habría hecho lo mismo que le había hecho a Cathy, y sabía que le habría gustado mucho más. Le apetecía darle puñetazos mientras se lo hacía. Así escarmentaría. Así nunca más volvería a dar la cara por los mestizos.

Todavía quería atraparla y darle una lección, pero las clases habían acabado, y había oído decir por ahí que el ayudante del sheriff se había llevado a la profesora a un sitio seguro y que nadie sabía dónde estaba. Le fastidiaba tener que esperar a que empezara el curso otra vez, pero le parecía que no le quedaba más remedio.

Y aquella estúpida de Pam Hearst... A ésa también le hacía falta un escarmiento. Se había enterado de que había ido al baile con el hijo del mestizo. Sabía lo que significaba eso. El mestizo la habría manoseado, y ella seguramente había dejado que la besara y hasta mucho más, porque todo el mundo sabía cómo eran los Mackenzie. En lo que a él concernía, eso convertía a Pam en una zorra. Se merecía una lección, igual que Cathy; igual que la profesora.

Miró fuera otra vez. El indio se había ido. De inmediato se sintió a salvo, y empezó a idear un plan.

Cuando Wolf volvió a entrar en el almacén de piensos, el mismo grupo de hombres seguía allí reunido.

—No nos gusta que vayas por ahí persiguiendo a la gente como si fueran criminales —le espetó uno de ellos.

Wolf masculló algo y se sentó para ponerse las botas. Le importaba un bledo que les gustara o no.

—¿No has oído lo que te he dicho?

Él levantó la mirada.

—Sí, lo he oído.

—¿Y?

—Y nada.

—¡Míranos, maldita sea!

—Ya estoy mirando.

Los hombres se removieron, inquietos, bajo la fría mirada negra de Wolf. Otro tomó la palabra.

—Estás poniendo nerviosas a las mujeres.

—Mejor. Así estarán en guardia y nadie las violará.

—¡Eso lo hizo algún cerdo que estaba de paso y que como vino se fue! Lo más seguro es que el sheriff nunca encuentre al culpable.

—Es un cerdo, sí, pero sigue aquí. Acabo de encontrar su rastro.

Los hombres guardaron silencio y se miraron entre ellos. Stu Kilgore, el capataz de la finca de Eli Baugh, se aclaró la garganta.

—¿Pretendes convencernos de que sabes que es del mismo hombre?

—Lo sé —Wolf le dedicó una sonrisa que parecía una mueca amenazadora—. El Tío Sam se aseguró de que recibiera el mejor entrenamiento posible. Es el mismo hombre. Vive aquí. Se ha metido en una de las casas de esta calle.

—Eso cuesta creerlo. Llevamos viviendo en este pueblo toda la vida. La única forastera que hay por aquí es la profesora. ¿Por qué iba a empezar nadie a atacar a las mujeres así como así?

—Pues alguien lo ha hecho. Eso es lo único que importa; eso, y atrapar al culpable.

Wolf dejó a los hombres murmurando entre ellos y se fue a cargar su pienso.

Pam estaba aburrida. Desde los ataques, ni siquiera podía salir sola de casa; al principio se había asustado mucho, pero los días habían ido pasando sin que se produjeran nuevas agresiones, y el susto se le había ido pasando. Las mujeres estaban empezando a salir solas otra vez.

Iba a ir otra vez al baile con Joe, y quería comprarse un vestido nuevo. Sabía que Joe iba a marcharse, que no podía retenerlo, pero había algo en él que le aceleraba el corazón. No quería enamorarse de él, pero sabía que a cualquier otro novio que tuviera le resultaría difícil reemplazar a Joe. Difícil, pero no imposible. Cuando él se fuera, no pensaba deprimirse; seguiría con su vida como siempre. Pero Joe estaba todavía allí, y ella disfrutaba de cada instante que pasaba con él.

Se moría de ganas de comprarse un vestido, pero le había prometido a Joe no ir a ninguna parte sola, y no pensaba faltar a su palabra. Cuando su madre volviera de hacer la compra con una vecina, le pediría que la acompañara a comprarse un vestido nuevo. Pero no en Ruth, claro; quería ir a una ciudad de verdad, con una tienda de ropa de verdad.

Por fin agarró un libro y salió al porche de atrás, a resguardo del sol. Las casas de ambos lados estaban habitadas, y allí se sentía a salvo. Estuvo leyendo un rato; luego empezó a entrarle sueño y se tumbó en el balancín del porche, acomodando las largas piernas sobre el respaldo. Se quedó dormida inmediatamente.

La brusca sacudida del balancín la despertó algún tiempo después. Abrió los ojos y se quedó mirando el pasamontañas, por cuyas rendijas se veían unos ojos entornados y llenos de odio.

Él ya estaba sobre ella cuando gritó. La golpeó con el puño, pero ella echó la cabeza hacia atrás y el golpe se encajó en su hombro. Pam gritó de nuevo al tiempo que intentaba darle una patada, y las sacudidas del balancín los arrojaron al suelo. Ella le dio otra patada que lo alcanzó en el estómago, y él gruñó, un poco sorprendido.

Pam intentó alejarse de él a gatas mientras gritaba. Nunca había estado tan aterrorizada y, sin embargo, se sentía también extrañamente escindida, como si observara la escena desde cierta distancia. Los tablones del porche le arañaban las manos y los brazos, pero siguió moviéndose marcha atrás. Él se abalanzó de pronto hacia ella, y Pam le asestó otra patada, pero él consiguió agarrarla por el tobillo. Ella no se detuvo. Siguió pataleando con ambas piernas, intentando darle en la cabeza o en la entrepierna, y gritó.

Alguien en la puerta de al lado dio un chillido. El hombre levantó la cabeza y le soltó el tobillo. Por el pasamontañas de colores salía sangre; Pam había logrado darle una patada en la boca. Él dijo «asquerosa puta de indios» con voz pastosa y llena de odio, y se bajó del porche de un salto, corriendo ya.

Pam quedó tendida en el porche, sollozando con gemidos secos y dolorosos. La vecina chilló otra vez, y de algún modo ella logró reunir fuerzas para gritar:

—¡Ayúdenme! —antes de que el terror la hiciera acurrucarse sobre sí misma y ponerse a lloriquear como una niña.

12

Wolf no se sorprendió cuando el coche del ayudante del sheriff se detuvo ante su puerta y Clay se bajó de él. Desde que había encontrado aquella huella en el pueblo, sentía una extraña tirantez en las tripas. El rostro fatigado de Clay hablaba por sí solo.

Al ver quién era, Mary se puso a preparar café; Clay siempre quería café. Él se quitó el sombrero y se sentó, dejando escapar un profundo suspiro.

—¿Quién ha sido esta vez? —preguntó Wolf, y su voz profunda sonó tan áspera que pareció casi un gruñido.

—Pam Hearst —Joe alzó la cabeza y de pronto se quedó muy pálido. Se levantó antes de que Clay siguiera hablando—. Se defendió y consiguió ahuyentarlo. No está herida, pero sí asustada. Por todos los santos, la asaltó en el porche trasero de su casa. La señora Winston la oyó gritar, y el tipo salió corriendo. Pam dice que le dio una patada en la boca. Vio sangre en el pasamontañas que llevaba.

—Ese tipo vive en el pueblo —dijo Wolf—. Encontré otra huella, pero es difícil seguir el rastro en el pueblo, con todo el mundo andando por ahí y destruyendo las pocas pistas que hay. Creo que se metió en una de las casas de Bay Road, pero puede que no viva allí.

–Bay Road –Clay frunció el ceño mientras repasaba mentalmente los nombres de las personas que vivían en Bay Road. La mayoría de la gente del pueblo vivía en aquella calle, en manzanas pequeñas y apretadas. Había además otro grupo de casas en Broad Street, donde vivían los Hearst–. Puede que esta vez lo atrapemos. Cualquier hombre que tenga el labio hinchado tendrá que tener una cuartada a prueba de bombas.

–Si Pam sólo le partió el labio, no se le notará. La hinchazón será mínima. Tendría que haberle hecho mucho daño para que se le notara más de un día o dos –a Wolf le habían partido muchas veces la boca, y él también se la había partido a otros. Los labios curaban muy pronto. Ahora bien, si Pam le había arrancado algún diente, eso sería distinto.

–¿Había sangre en el porche?

–No.

–Entonces no le hizo nada –habría habido sangre por todo el porche si le hubiera hecho saltar los dientes.

Clay se pasó las manos por el pelo.

–No quiero ni pensar en el alboroto que se va a armar, pero voy a hablar con el sheriff para hacer una batida casa por casa en Bay Road. Maldita sea, no se me ocurre quién puede ser.

Joe se marchó bruscamente de la habitación, y Wolf se quedó con la mirada perdida cuando su hijo desapareció. Sabía que Joe quería ir a ver a Pam, y sabía que no podía. Habían caído algunas barreras, pero la mayoría seguían intactas.

Clay suspiró de nuevo al ver que Joe se marchaba.

—Ese cabrón llamó a Pam «asquerosa puta de indios». —su mirada se posó en Mary, que permanecía en silencio—. Tenías razón.

Ella no contestó, porque sabía desde el principio que estaba en lo cierto. La ponía enferma oír lo que aquel individuo había llamado a Pam, porque revelaba con toda claridad el odio que se escondía tras aquellas agresiones.

—Supongo que todas las huellas de la casa de Pam estarán destruidas —dijo Wolf en tono afirmativo.

—Me temo que sí —Clay lo lamentaba, pero antes de que él llegara a casa de los Hearst ya había pasado por allí casi todo el pueblo, y la gente había deambulado por el porche y pisoteado la zona de alrededor.

Wolf masculló un improperio sobre aquellos malditos idiotas.

—¿Crees que el sheriff permitirá una batida casa por casa?

—Depende. Ya sabes que algunos armarán jaleo, sea cual sea la razón. Se lo tomarán como algo personal. Y este año hay elecciones —dijo, y todos entendieron lo que quería decir.

Mary los escuchaba hablar, pero no decía nada. Pam había sido atacada; ¿quién sería el siguiente? ¿Reuniría aquel tipo valor para atacar a Wolf o a Joe? Ése era su verdadero temor, porque no sabía si podría soportarlo. Los quería con toda la fuerza de su alma. De buena gana se interpondría entre ellos y el peligro.

Y eso era exactamente lo que tendría que hacer.

Le daba náuseas pensar siquiera que aquel hombre

pudiera volver a ponerle las manos encima, pero sabía que iba a darle otra oportunidad de hacerlo. De alguna manera tenía que hacerle salir de su escondite. Ya no podía permitirse el lujo de seguir escondida en la montaña Mackenzie.

Empezaría por ir sola al pueblo en coche. El único problema era despistar a Wolf; sabía que él no estaría de acuerdo si se enteraba de lo que pretendía. No sólo eso: era capaz de impedirle salir de casa, o de inutilizarle el coche, o incluso de encerrarla en su habitación. Mary no subestimaba lo que era capaz de hacer.

Desde que se la había llevado a la montaña con él, Wolf había estado recogiendo y entregando los caballos personalmente, en vez de dejar que sus dueños subieran al rancho, donde podían verla a ella. Su paradero era un secreto bien guardado, del que sólo estaban al corriente Wolf, Joe y Clay. Pero eso significaba que se quedaba sola varias veces por semana, cuando Joe y Wolf iban a hacer recados o a entregar caballos. Joe se iba también a sus clases de matemáticas algunos días, y además él y su padre tenían que ocuparse de las cercas y de atender al pequeño rebaño de reses, como hacían todos los rancheros. En realidad, Mary tenía muchas oportunidades de escabullirse, al menos una vez. Después sería infinitamente más difícil, porque Wolf la vigilaría de cerca.

Se excusó discretamente y se fue en busca de Joe. Se asomó a su cuarto, pero no estaba allí, de modo que salió al porche delantero. Joe estaba apoyado en uno de los postes, con los pulgares enganchados en los bolsillos del pantalón.

—No es culpa tuya.

Él no se movió.

—Sabía que podía ocurrir.

—Tú no eres responsable del odio de los demás.

—No, pero soy responsable de Pam. Sabía que podía ocurrir, y debería haberme mantenido alejado de ella.

Mary profirió una maldición poco femenina.

—Creo recordar que fue al revés. Pam decidió lo que quería hacer cuando montó aquella escena en la tienda de su padre.

—Lo único que quería era ir al baile. No pidió esto.

—Claro que no, pero sigue sin ser culpa tuya, del mismo modo que no habría sido culpa tuya si hubiera tenido un accidente de tráfico. Podrías decir que podías haberla entretenido para que llegara un minuto más tarde a aquel tramo de la carretera, o haberle metido prisa para que llegara antes, pero eso sería ridículo, y tú lo sabes.

Joe no puedo evitar esbozar una sonrisa al notar la severidad de su tono de voz. Mary debería estar en el Congreso, fustigando a senadores y representantes para que cumplieran con sus obligaciones. Pero había recalado en Ruth, Wyoming, y nada había vuelto a ser igual desde que ella había puesto el pie en el pueblo.

—Está bien, así que estoy exagerando mis culpas —dijo Joe finalmente—. Pero sabía desde el principio que no era sensato salir con Pam. Esto no es justo. Me iré de aquí cuando acabe el instituto, y no volveré. Pam debería salir con alguien que vaya a estar aquí cuando lo necesite.

—Sigues culpándote. Deja que Pam decida lo que

quiere hacer y con quién quiere salir. ¿Es que piensas aislarte de las mujeres para siempre?

—No, no llegaría hasta ese punto —dijo él lentamente, y en ese momento se parecía tanto a su padre que Mary se sobresaltó—. Pero no pienso complicarme la vida con nadie.

—Las cosas no siempre salen como uno quiere. Tú ya tenías un asunto pendiente con Pam antes de que yo llegara.

Eso era cierto. Joe suspiró y apoyó la cabeza en el poste.

—Yo no la quiero.

—Claro que no. Ya lo sé.

—Me gusta; le tengo cariño. Pero no es suficiente para quedarme, para que renuncie a la Academia —se quedó mirando la noche de Wyoming, la casi dolorosa claridad del cielo, las estrellas que titilaban, brillantes, y pensó en sobrevolar aquellas montañas con un F-15, con la tierra oscura debajo y el fulgor de las estrellas encima. No, no podía renunciar a eso.

—¿Se lo dijiste a ella?

—Sí.

—Entonces, fue decisión suya.

Guardaron silencio mientras contemplaban las estrellas. Unos minutos después, Clay se marchó, y a ninguno de los dos le extrañó que no se despidiera. Wolf salió al porche y deslizó automáticamente el brazo alrededor de la cintura de Mary, apretándola contra su costado al tiempo que apoyaba la mano sobre el hombro de su hijo.

—¿Estás bien?

—Sí, bastante bien, supongo —pero ahora entendía la rabia feroz que había visto en los ojos de su padre cuando Mary fue atacada, la misma rabia que todavía ardía, controlada con mano de hierro, dentro Wolf. Que Dios se apiadara de aquel hombre si Wolf Mackenzie le echaba el guante alguna vez.

Wolf comprendió que era mejor dejar solo a Joe y, apretando con más fuerza a Mary, la condujo al interior de la casa. Su hijo era fuerte. Se las arreglaría.

A la mañana siguiente, Mary oyó a Wolf y a Joe hablar sobre lo que pensaban hacer ese día. No había caballos que recoger ni que entregar, pero Joe tenía clase de matemáticas esa tarde, y pensaban pasar la mañana vacunando a las reses. Mary ignoraba cuánto tardarían en pinchar a todo el rebaño, pero imaginaba que estarían toda la mañana liados. Además, iban a llevarse un par de caballos jóvenes para enseñarles a separar el ganado.

Joe había cambiado de la noche a la mañana. Su cambio era sutil, pero producía en Mary un intenso pesar. En estado de reposo, el joven rostro de Joe tenía una expresión adusta que la entristecía, como si los últimos y leves vestigios de la infancia hubieran desaparecido de su alma. Siempre había parecido mayor de lo que era, pero de pronto, a pesar de la tersura de su piel, ya ni siquiera parecía joven.

Ella era una mujer adulta, tenía casi treinta años, y la agresión le había dejado cicatrices que no era capaz de afrontar sola. Cathy y Pam eran apenas unas niñas, y

Cathy tenía que vérselas con una pesadilla que era mucho peor que lo que les había pasado a Pam y ella. Joe había perdido su juventud. Había que detener a aquel hombre a toda costa, antes de que hiciera daño a alguien más.

Wolf y Joe se marcharon por fin, y Mary esperó a que se alejaran lo suficiente de la casa como para que no oyeran arrancar su coche. Luego salió a toda prisa. No sabía qué iba a hacer, aparte de pasearse por Ruth con la esperanza de que su presencia desencadenara otro ataque. ¿Y luego qué? No lo sabía. Pero tenía que estar preparada; tenía que conseguir que alguien vigilara para que atraparan a aquel hombre. Debía de ser fácil atraparlo; había sido muy descuidado, atacaba al aire libre y a plena luz del día, daba pasos absurdos, como si atacara por impulso y sin planificación. Ni siquiera había tomado las precauciones mínimas para que no lo atraparan. Todo era muy raro. No tenía sentido.

Le temblaban las manos mientras iba de camino al pueblo en su coche. Tenía muy presente que aquélla era la primera vez que salía sola desde el ataque, y se sentía expuesta, como si le hubieran arrancado la ropa.

Tenía que conseguir que alguien la vigilara, alguien en quien confiara. Pero ¿quién? ¿Sharon? La joven profesora era amiga suya, pero no era una persona atrevida, y le parecía que la situación requería cierto atrevimiento. Francie Beecham era demasiado mayor; Cicely Karr se mostraría demasiado cautelosa. A los hombres los descartaba porque se pondrían paternalistas y se negarían a ayudarla. Los hombres eran víctimas de sus hormonas. El machismo había matado a mucha más gente que el síndrome premenstrual.

De pronto se acordó de Pam Hearst. Pam estaría sumamente interesada en atrapar a aquel hombre, y había sido lo bastante agresiva como para darle una patada en la boca y luchar hasta ahuyentarlo. Era joven, pero tenía valor. Había tenido el coraje de plantarle cara a su padre para salir con un mestizo.

La conversación cesó cuando Mary entró en la tienda de los Hearst; era la primera vez que se dejaba ver desde que había acabado la escuela. Ignoró el denso silencio, ya que creía tener una idea muy precisa del tema de las conversaciones que había interrumpido, y se acercó al mostrador de la caja, junto al cual permanecía apostado el señor Hearst.

–¿Está Pam en casa? –preguntó en voz baja, no queriendo que la oyera toda la tienda.

El señor Hearst parecía haber envejecido diez años de la noche a la mañana, pero no había animosidad en su semblante. Asintió con la cabeza. A la señorita Potter le había pasado lo mismo que a su hija, pensaba. Si podía hablar con Pam, tal vez consiguiera que la niña de sus ojos dejara de tener aquella expresión atormentada. La señorita Potter tenía mucha fuerza, para ser tan poquita cosa; tal vez él no estuviera siempre de acuerdo con ella, pero había aprendido a respetarla. Y Pam la admiraba mucho.

–Le agradecería que hablara con ella –dijo.

Mary tenía una extraña expresión, casi belicosa, en sus suaves ojos azulados.

–Lo haré –prometió, y al volverse para marcharse estuvo a punto de darse de bruces con Dottie, y dejó escapar un gemido de sobresalto; Dottie estaba justo detrás de ella–. Buenos días –dijo afectuosamente. La tía Ardith le había inculcado el respeto a los buenos modales.

Por alguna extraña razón, Dottie también parecía haber envejecido de golpe y estaba macilenta.

–¿Qué tal estás, Mary?

Mary vaciló, pero no logró percibir la hostilidad a la que Dottie la tenía acostumbrada. ¿Había cambiado todo el pueblo de la noche a la mañana? ¿Los habría hecho entrar en razón aquella pesadilla?

–Estoy bien. ¿Y tú? ¿Estás disfrutando de las vacaciones?

Dottie sonrió, pero su sonrisa fue sólo una crispación de sus músculos faciales, no una muestra de regocijo.

–Son un alivio.

Sin embargo, no parecía muy aliviada; parecía hecha polvo. Aunque, por supuesto, todo el mundo estaba preocupado por lo ocurrido.

–¿Qué tal tu hijo? –Mary no se acordaba del nombre del chico, y se azoró un poco. No solía olvidar los nombres de la gente.

Para su sorpresa, Dottie palideció de pronto. Incluso sus labios se pusieron blancos.

–¿Po... por qué lo preguntas? –tartamudeó.

–La última vez que lo vi parecía preocupado –contestó Mary. No podía decirle que sólo se lo había preguntado por educación. Los sureños siempre preguntaban por la familia.

—Ah. Está... está bien. Sale muy poco de casa. No le gusta salir —Dottie miró a su alrededor y luego farfulló—: Disculpa —y salió de la tienda antes de que Mary pudiera decir nada más.

Mary miró al señor Hearst y se encogió de hombros. A él también le había parecido raro el comportamiento de Dottie.

—Voy a ver a Pam —dijo Mary.

Pensó en ir andando a casa de los Hearst, pero al acordarse de lo que había pasado la última vez que se había paseado por el pueblo, sintió un escalofrío y volvió a su coche. Antes de abrir la puerta, miró los bajos y el asiento de atrás. Cuando se disponía a arrancar, vio a Dottie caminando a toda prisa por la acera, con la cabeza baja, como si no quisiera que nadie le hablara. De pronto se dio cuenta de que Dottie no había comprado nada. ¿Para qué había entrado en la tienda de Hearst, si no para comprar? No podía estar echando un vistazo, porque en el pueblo todo el mundo sabía lo que había en cada tienda. ¿Por qué se había ido tan de repente?

Dottie giró a la izquierda y tomó la callejuela en la que vivía, y de pronto Mary se preguntó qué hacía andando sola por ahí. Todas las mujeres del pueblo evitaban salir solas. Sin duda Dottie era lo bastante sensata como para tomar precauciones.

Mary avanzó lentamente con el coche. Giró el cuello cuando llegó a la bocacalle que había tomado Dottie y la vio subir a toda prisa los escalones de su casa. Sus ojos recayeron sobre la señal descolorida: *Bay Road*.

Bay Road era la calle en la que, según Wolf, el violador había desaparecido en una casa. Lo más lógico era que no hubiera entrado en una casa que no fuera la suya, a menos que fuera un buen amigo que entraba y salía como un miembro más de la familia. Eso era posible, pero incluso un buen amigo daba una voz antes de entrar en la casa de otra persona, y, de haber sido así, Wolf lo habría oído.

Dottie actuaba, ciertamente, de forma extraña. Se había comportado como si la hubiera picado una abeja cuando le había preguntado por su hijo... Bobby, así se llamaba. Mary se alegró de haberse acordado.

Bobby. Bobby no estaba «bien». Hacía cosas raras. Era incapaz de aplicar la lógica a las tareas más sencillas, incapaz de planificar un modo de acción práctico.

Mary empezó a sudar y detuvo el coche. Sólo había visto al chico una vez, pero lo recordaba bien: grandullón, con el pelo pajizo y la tez rubicunda. Rubicunda y pecosa.

¿Era Bobby? ¿La única persona del pueblo que no era totalmente responsable de sí misma? ¿La única persona de la que nadie sospechaba?

Salvo su madre.

Tenía que decírselo a Wolf.

Pero en cuanto se le ocurrió aquella idea, la descartó. No podía decírselo a Wolf todavía porque no quería echar aquella carga sobre sus hombros. Wolf se sentiría impelido por su instinto a salir tras Bobby, pero, al mismo tiempo, su conciencia le diría que Bobby no era una persona responsable. Mary conocía lo suficiente a Wolf como para saber que, fuera cual fuese la decisión que tomara, siempre se arrepentiría. Prefería que la responsabilidad recayera sobre ella en vez de poner a Wolf en aquel aprieto.

Se lo diría a Clay. A fin de cuentas, era su trabajo. Él sería más capaz de manejar la situación.

Transcurrieron sólo unos segundos mientras aquellos pensamientos cruzaban su cabeza. Seguía allí parada, mirando la casa de Dottie, cuando Bobby salió al porche. Bobby tardó un momento en detectar su presencia, pero de pronto se fijó en el coche y la miró directamente. Apenas setenta metros los separaban. Mary estaba demasiado lejos para interpretar su expresión, pero no necesitó acercarse para que el pánico se apoderara de ella. Pisó a fondo el acelerador y el coche salió disparado hacia delante, levantando la grava mientras los neumáticos chillaban.

El trayecto hasta casa de los Hearst era corto. Mary corrió a la puerta delantera y la aporreó. Tenía la sensación de que iba a estallarle el corazón. Aquel instante fugaz en que se había hallado cara a cara con Bobby había sido casi insoportable. Dios, tenía que llamar a Clay.

La señora Hearst entreabrió la puerta, miró a Mary y, al reconocerla, abrió la puerta de par en par.

—¡Señorita Potter! ¿Ocurre algo?

Mary se dio cuenta de que debía de parecer enloquecida.

—¿Puedo usar su teléfono? Es una emergencia.

—Por supuesto... —la señora Hearst retrocedió para dejarla entrar.

Pam apareció en el pasillo.

—Señorita Potter... —parecía muy joven y asustada.

—El teléfono está en la cocina.

Mary siguió a la señora Hearst y agarró el teléfono.

—¿Cuál es el número de la oficina del sheriff?

Pam sacó una libretita de un cajón y empezó a pasar las páginas. Demasiado alterada para esperar, Mary marcó el número de información.

—La oficina del sheriff, por favor.

—¿De qué localidad? —preguntó una voz descarnada.

Mary se quedó en blanco. De repente no se acordaba del nombre del pueblo.

—Aquí está —dijo Pam.

Mary colgó y marcó mientras Pam le recitaba el número. Los diversos pitidos electrónicos que precedieron a la conexión se le hicieron eternos.

—Oficina del sheriff.

—Con el ayudante Armstrong, por favor. Clay Armstrong.

—Un momento.

Fue algo más que un momento. Pam y su madre estaban en suspenso; no sabían qué estaba pasando, pero notaban la ansiedad de Mary. Las dos tenían ojeras. Había sido una mala noche para los Hearst.

—Oficina del sheriff —dijo una voz distinta.

—¿Clay?

—¿Pregunta por Armstrong?

—Sí. ¡Es una emergencia! —insistió.

—Pues ahora mismo no sé dónde está. Si quiere contarme a mí qué pasa... ¡Eh, Armstrong! Una señora pregunta por ti con mucha urgencia —a Mary le dijo—: Ahora se pone.

Unos segundos después, la voz de Clay contestó:

—Armstrong.

—Soy Mary. Estoy en el pueblo.

—¿Qué demonios haces ahí?

A ella habían empezado a castañetearle los dientes.

—¡Es Bobby! ¡Bobby Lancaster! Lo he visto...

—¡Cuelga el teléfono!

Al oír aquel grito, Mary dio un salto y dejó caer el teléfono, que quedó colgando del cable. Se pegó a la pared porque Bobby estaba allí dentro con un enorme cuchillo de cocina en la mano. Tenía el rostro contraído en una expresión de odio y temor.

—¡Se lo has dicho! —parecía un niño enrabietado.

—¿Decir... qué?

—¡Se lo has dicho a él! ¡Te he oído!

La señora Hearst se había pegado a los armarios y tenía la mano en la garganta. Pam permanecía clavada en medio de la cocina, muy pálida, con los ojos fijos en aquel joven al que conocía de toda la vida. Podía ver la leve hinchazón de su labio inferior.

Bobby cambió el peso de un pie a otro, como si no supiera cómo proceder. Estaba muy colorado y parecía casi al borde de las lágrimas.

Mary luchó por dominar su voz.

—Tienes razón, se lo he dicho. Viene para acá. Será mejor que huyas —tal vez aquélla no fuera una excelente idea, pero Mary quería más que nada en el mundo que Bobby saliera de casa de los Hearst antes de que le hiciera daño a alguien. Deseaba desesperadamente que huyera.

—¡Todo es culpa tuya! —Bobby parecía atormentado, como si no supiera qué hacer, salvo acusarla—. Tú... tú has venido y han cambiado las cosas. Mi madre dice que eres la amante de ese sucio indio.

—Disculpa, pero a mí me gusta la gente limpia.

Él parpadeó, confundido. Luego meneó la cabeza y dijo otra vez:

—Es culpa tuya.

—Clay estará aquí dentro de un momento. Será mejor que te vayas.

La mano de Bobby se crispó sobre el cuchillo. De pronto agarró a Mary del brazo. Era un joven grande y pesado, pero también más rápido de lo que parecía. Mary soltó un grito cuando él le retorció el brazo hacia atrás y estuvo a punto de dislocarle la articulación del hombro.

—Serás mi rehén, como en la tele —dijo él, y la empujó hacia la puerta.

La señora Hearst estaba inmóvil, paralizada por la impresión. Pam saltó hacia el teléfono, oyó el zumbido que indicaba que se había interrumpido la comunicación y apretó el botón para marcar otra vez. Cuando oyó tono de llamada, marcó el número de los Mackenzie. El teléfono sonó interminablemente, y Pam masculló una maldición, usando palabras que su madre ignoraba que sabía. Entretanto, se inclinaba hacia un lado, intentando ver adónde se llevaba Bobby a Mary.

Estaba a punto de colgar cuando alguien descolgó el teléfono y una voz profunda y furiosa bramó:

—¿Mary?

Pam se llevó tal susto que estuvo a punto de dejar caer el teléfono.

—No —balbució—. Soy Pam. Tiene a Mary. Es Bobby Lancaster. Acaba de sacarla a rastras de mi casa...

—Ahora mismo voy.

Pam se estremeció al sentir la intensidad letal de la voz de Wolf Mackenzie.

Mary tropezó y cayó sobre una roca escondida entre los altos hierbajos, y el súbito e intenso dolor de la caída hizo que una náusea le retorciera el estómago.

—¡Levántate! —gritó Bobby tirando de ella.

—¡Me he torcido el tobillo! —era mentira, pero necesitaba una excusa para retrasar su avance.

Bobby la había llevado a rastras a través del pequeño prado que había detrás de la casa de los Hearst, y luego a través de una densa hilera de árboles y de un arroyo. En ese momento estaban subiendo por una pequeña loma. Por lo menos, parecía pequeña desde lejos, pero Mary empezaba a darse cuenta de que era engañosamente grande. Se trataba de una zona amplia y despejada. No era precisamente el sitio más sensato para que Bobby se dirigiera a él, pero Bobby no actuaba de manera lógica. Eso era lo que había despistado a todo el mundo desde el principio, lo que siempre parecía fuera de lugar. No había lógica en sus acciones; Bobby reaccionaba a impulsos inmediatos, en lugar de proceder conforme a un plan. No sabía qué hacer respecto a un tobillo torcido, de modo que no se preocupó por ello; se limitó a seguir empujando a Mary a la misma velocidad. Ella tropezó de nuevo, pero logró mantener el equilibrio. No podría soportar caerse boca abajo y que él se echara sobre ella otra vez.

—¿Por qué has tenido que decírselo? —farfullaba él.

—Le hiciste daño a Cathy.

—¡Se lo merecía!

—¿Por qué? ¿Por qué se lo merecía?

—Porque le gustaba... el indio.

A Mary le faltaba el aire. Calculaba que habían recorrido algo más de un kilómetro y medio. No era mucha distancia, pero la ascensión por la pendiente gradual de la loma la estaba dejando sin fuerzas. Tenía, además, el brazo retorcido hacia atrás y hacia arriba, entre los omóplatos. ¿Cuánto tiempo había pasado? ¿Cuándo llegaría Clay? Habían pasado al menos veinte minutos.

Wolf bajó de la montaña en tiempo récord. Sus ojos eran como pedernal cuando salió de un salto de la camioneta, antes de que ésta se parara del todo. Joe y él llevaban sus rifles. El de Wolf era un rifle de francotirador, un Remington de largo alcance. Nunca había tenido ocasión de disparar con él a un blanco situado a mil metros, pero en distancias más cortas nunca erraba el tiro.

La gente se había arremolinado alrededor de la parte trasera de la casa de los Hearst. Joe y él se abrieron caso a empujones entre el gentío.

—¡Todo el mundo quieto, o destruirán más pistas! —bramó Wolf, y todo el mundo se quedó inmóvil.

Pam salió corriendo hacia ellos. Tenía la cara manchada de lágrimas.

—Se la llevó entre los árboles. Por allí —dijo, señalando con el dedo.

Una sirena anunció la llegada de Clay, pero Wolf no esperó a que llegara el coche patrulla. A través del prado el rastro era tan claro como una señal de neón, y Wolf partió a todo correr, con Joe tras él.

Dottie Lancaster estaba aterrorizada y casi fuera de sí. Bobby era su único hijo, y lo quería desesperadamente, pese a lo que hubiera hecho. Se había puesto enferma al darse cuenta de que era él quien había atacado a Cathy Teele y a Mary; había estado a punto de morirse de angustia mientras luchaba a brazo partido con su conciencia, sabiendo que perdería a su hijo si lo denunciaba. Pero eso no era nada comparado con el horror que había sentido al descubrir que Bobby se había escapado de la casa. Había seguido el bullicio que reinaba en la calle, y había descubierto que todas sus pesadillas se habían hecho realidad: Bobby se había llevado a Mary y tenía un cuchillo. Ahora los Mackenzie iban tras él, y ella sabía que lo matarían.

Agarró a Clay del brazo cuando pasó a su lado.

–Detenlos –sollozó–. No dejes que maten a mi niño.

Clay apenas la miró. Se desasió de un tirón y echó a correr tras Wolf y Joe. Enloquecida, Dottie también echó a correr.

Para entonces, algunos otros hombres habían ido a buscar sus rifles, dispuestos a unirse a la cacería. Siempre les había dado lástima Bobby Lancaster, pero había atacado a sus mujeres, y para eso no había excusa.

Wolf sintió que el latido de su corazón se aquietaba, y alejó el pánico de sí. Sus sentidos se habían aguzado, como siempre cuando estaba de caza. Sus oídos magnificaban cualquier sonido, haciéndolo reconocible al instante. Veía cada brizna de hierba, cada rama rota, cada piedra vuelta. Notaba todos los olores dejados por la naturaleza, y el leve y acre sabor del miedo. Su cuerpo era una máquina que se movía suavemente, en silencio.

Era capaz de interpretar cualquier indicio. Sintió que sus músculos se tensaban al descubrir que Mary se había caído. Debía de estar aterrorizada. Si aquel chico le hacía daño... Era tan ligera, tan frágil comparada con la fuerza de un hombre... Aquel cabrón tenía un cuchillo. Wolf pensó en una hoja de acero tocando la piel delicada y translúcida de Mary, y la rabia se apoderó de él, pero logró sofocarla. No podía permitir que la ofuscación le hiciera cometer un error.

Salió de la hilera de árboles y de pronto vio a Bobby y a Mary en lo alto de la loma. Bobby iba arrastrando a Mary por la pendiente, pero al menos ella estaba viva. Wolf examinó el terreno. No tenía un buen ángulo. Se movió hacia el este, en paralelo a la base de la loma.

—¡Quietos! —la voz de Bobby se oyó levemente, a lo lejos. Se había detenido y estaba sujetando a Mary delante de él—. ¡Quietos o la mato!

Wolf se agachó lentamente sobre una rodilla y se puso el rifle sobre el hombro. Miró por la mira telescópica, no para disparar, sino para ver lo que ocurría. La mira mostraba claramente la desesperación del rostro de Bobby y el cuchillo en la garganta de Mary.

—¡Bobbyyyy! —gritó Dottie, que había llegado junto a ellos.

—¿Mamá?

—¡Bobby, suéltala!

—¡No puedo! ¡Se lo ha dicho!

Los hombres se habían reunido alrededor de Wolf y de Joe. Varios midieron la distancia a ojo y sacudieron la cabeza. No podían disparar desde tan lejos. Podían dar tanto a Mary como a Bobby, si es que acertaban.

Clay miró a Wolf.

—¿Puedes disparar?

Wolf sonrió, y Clay sintió que un escalofrío le subía por la espalda. Los ojos de Wolf tenían una mirada fría y feroz.

—Sí.

—¡No! —sollozó Dottie—. ¡Bobby! —gritó—. ¡Baja, por favor!

—¡No puedo! ¡Tengo que matarla! ¡Le gusta ese sucio indio! ¡Y él mató a mi padre!

Dottie dejó escapar un gemido y se tapó la boca con las manos.

—No —gimió, y volvió a gritar—. ¡No! ¡No fue él! —en sus ojos se agitaba el infierno.

—¡Sí fue él! ¡Tú lo dijiste...! ¡Un indio...! —Bobby se interrumpió y comenzó a retroceder tirando de Mary.

—Dispara —dijo Clay en voz baja.

Wolf apoyó el cañón del rifle en una rama de un árbol joven. El árbol era pequeño, pero lo bastante recio como para servirle de apoyo.

Sin decir palabra, miró por el visor.

—Espere —gimió Dottie, angustiada. Wolf la miró—. Por favor —musitó—. No lo mate. Es lo único que tengo.

Los ojos negros de Wolf no traslucían emoción alguna.

—Lo intentaré.

Wolf se concentró en el disparo, borrando de su mente todo lo demás, como siempre hacía. Había tal vez trescientos metros de distancia, pero el aire estaba en calma. La mira distorsionaba las perspectivas, y la imagen que mostraba parecía grande, nítida y plana. El rostro de Mary se veía con toda claridad. Parecía enfadada, y tiraba del brazo con el que Bobby la agarraba por los hombros al tiempo que sujetaba el cuchillo junto a su garganta.

Dios, cuando volviera a tenerla sana y salva a su lado, iba a estrangularla.

Bobby parecía más grande de lo normal al lado del cuerpecillo menudo de Mary. El instinto le decía a Wolf que disparara a la cabeza y matara a Bobby, pero le había dado su palabra a la madre del chico. Iba a ser un disparo jodidamente difícil. Bobby y Mary se estaban moviendo, y él había limitado su margen de maniobra al prometer que no mataría al chico.

El cuadrante de la mira se enfocó, y sus manos quedaron petrificadas. Tomó aire, exhaló a medias y apretó suavemente el gatillo. Oyó un estampido y, casi simultáneamente, vio que una mancha roja aparecía en el hombro de Bobby y que el cuchillo caía de pronto de su mano inerme. El impacto impulsó a Bobby hacia atrás, y Mary se tambaleó hacia un lado y cayó al suelo, pero logró levantarse enseguida.

Dottie cayó de rodillas, sollozando, y se tapó la cara con las manos.

Los hombres echaron a correr colina arriba. Mary bajó corriendo y se encontró con Wolf a mitad de camino. Él llevaba todavía el rifle en la mano, pero la tomó entre sus brazos y la apretó con todas sus fuerzas, cerrando los ojos, mientras intentaba hacerse a la idea de que, aunque pareciera un milagro, ella estaba allí, a su lado, cálida y viva, y sus manos suaves le tocaban la cara y su dulce olor le llenaba los pulmones. No le importaba quién los viera ni lo que pensara la gente. Mary era suya, y él acababa de pasar la peor media hora de su vida sabiendo que podía morir en cualquier momento.

Ahora que todo había acabado, Mary se echó a llorar.

Había sido arrastrada colina arriba, y de pronto Wolf la arrastraba colina abajo. Él siguió mascullando improperios en voz baja, haciendo caso omiso de sus quejas, hasta que Mary tropezó. Entonces se la echó al hombro como si fuera un saco y siguió bajando la loma. La gente los miraba con pasmo, pero nadie hizo ademán de detenerlos. Después de lo sucedido ese día, todos miraban a Wolf Mackenzie con otros ojos.

Wolf hizo caso omiso del coche de Mary y la metió en su camioneta. Mary se apartó el pelo de la cara y decidió no hablarle del coche; ya lo recogerían más tarde. Wolf estaba furioso; tenía una expresión crispada y dura.

Casi habían llegado a la carretera que subía serpenteando por la montaña cuando él volvió a hablar.

—¿Qué demonios estabas haciendo en el pueblo?

Su tono no engañó a Mary. El lobo estaba furioso.

Tal vez ella no fuera muy prudente, pero lo cierto era que no tenía miedo del hombre al que amaba. Respetaba su cólera, pero no la temía. Así que dijo con calma:

—Pensé que, si me dejaba ver, tal vez el violador hiciera alguna estupidez, y que quizá así pudiéramos identificarlo.

—Y ha hecho una estupidez, ya lo creo que sí. Pero lo que ha hecho no ha sido tan estúpido como lo que has hecho tú. ¿Qué hiciste, pasearte arriba y abajo por la calle hasta que te atrapó?

Ella no se dio por ofendida.

—No hizo falta. Pensaba hablar primero con Pam. Me pasé por la tienda para preguntarle al señor Hearst si estaba en casa y me encontré con Dottie. Se comportó de manera extraña. Parecía tan preocupada que me hizo sospechar. Casi salió corriendo de la tienda. Luego, cuando la vi torcer por Bay Road, me acordé de Bobby, de la pinta que tenía. Él salió al porche y me miró, y entonces me di cuenta de que era él.

—¿Y fuiste a arrestarlo? —preguntó él con sarcasmo.

Mary se enfadó.

—No. No soy tan tonta, y será mejor que no vuelvas a hacer otro comentario sarcástico, Wolf Mackenzie. Hice lo que me pareció mejor. Siento que no te guste, pero es lo que hay. Ya estaba harta. No podía arriesgarme a que alguien más resultara herido, o a que ese chico se liara a tiros con Joe o contigo. Me fui en coche a casa de Pam y llamé a Clay. No tenía intención de enfrentarme a Bobby, pero las cosas no salieron como yo esperaba. Él me siguió a casa de los Hearst y me oyó hablar por teléfono. Así que me agarró y me llevó con él. Lo demás, ya lo sabes.

Mary hablaba con tanta naturalidad que Wolf crispó las manos sobre el volante para no zarandearla. De no ser porque la había visto llorar unos minutos antes, habría perdido el tenue dominio que conservaba sobre su cólera.

–¿Sabes lo que podría haber pasado si no hubiera vuelto al establo a buscar una cosa y no me hubiera dado cuenta de que faltaba tu coche? Fue pura casualidad que estuviera en casa cuando llamó Pam para decirme que Bobby se te había llevado.

–Sí –dijo ella con paciencia–. Sé lo que podría haber pasado.

–¿Es que no te preocupa que ese chico haya estado cerca de cortarte el cuello?

–Cerca no cuenta, salvo si se trata de herraduras y de granadas de mano.

Él pisó el freno; estaba tan rabioso que apenas veía lo que hacía. No se dio cuenta de que apagaba el motor, pero sí de que agarraba a Mary por los hombros. Tenía tantas ganas de sentarla sobre sus rodillas y darle una azotaina que temblaba, pero ella no parecía darse cuenta de que debía estar asustada. Con un leve gemido, se lanzó a sus brazos, y se aferró a él con sorprendente fuerza.

Wolf la abrazó y la sintió temblar. La neblina roja de la ira despejó su visión, y de pronto comprendió que Mary sí estaba asustada, pero no de él. Con su habitual osadía, había hecho lo que le había parecido correcto, y seguramente estaba intentando aparentar calma para que él no se alarmara. Como si algo pudiera alarmarlo más que ver a un violador desequilibrado sujetando un cuchillo contra su garganta...

Wolf arrancó frenéticamente la camioneta. No quedaba mucho para llegar a la casa, pero no sabía si podría esperar. Tenía que hacerle el amor inmediatamente, aunque fuera en mitad de la carretera. Sólo entonces, cuando la sintiera bajo él una vez más y ella lo acogiera en su delicado cuerpo, empezaría a desvanecerse el miedo a perderla.

Mary meditaba melancólicamente. Habían pasado cuatro días desde que Wolf disparara a Bobby; los dos primeros habían transcurrido entre declaraciones, procedimientos policiales y entrevistas a diversos periódicos. Una cadena de televisión hasta le había pedido una entrevista a Wolf, pero él la había rechazado. El sheriff, que no era tonto, había aclamado a Wolf como a un héroe y había alabado su puntería. El expediente militar de Wolf había sido desenterrado, y habían corrido ríos de tinta acerca del «condecorado veterano de Vietnam» que había salvado a una profesora y atrapado a un violador.

Bobby se estaba recuperando en un hospital de Casper; la bala le había perforado el pulmón derecho, pero, dadas las circunstancias, tenía suerte de estar vivo. No acababa de entender lo que ocurría y seguía pidiendo irse a casa. Dottie ya se había resignado. Toda su vida llevaría sobre su conciencia la certeza de que era su odio, enraizado en la mente de su hijo, el que había causado toda aquella desgracia. Sabía que la alejarían de Bobby al menos por un tiempo, y que, aunque él saliera en libertad alguna vez, nunca podrían volver a vivir en Ruth. Sin embargo, pensaba seguir a Bobby allá donde lo enviaran. Tal y como le había dicho a Wolf, era lo único que tenía.

Todo había acabado, y Mary estaba segura de que Wolf jamás volvería a ser un marginado. El peligro había pasado, y en el pueblo las cosas habían vuelto a su cauce. El mero hecho de saber que el culpable había sido atrapado había supuesto una enorme mejoría para Cathy Teele, a pesar de que su vida quedaría marcada para siempre.

De modo que no había razón para que Mary no pudiera regresar a su casa. Por eso estaba cavilando melancólicamente. En esos cuatro días, Wolf no le había dicho ni una palabra de afecto, ni siquiera cuando hicieron el amor salvajemente después de que la salvara. Wolf no le había dicho nada en absoluto acerca de su situación personal.

Había llegado el momento de irse a casa. No podía quedarse con él para siempre, ahora que ya no tenía nada que temer. Sabía que seguramente seguirían liados, al menos un tiempo, pero aun así la idea de abandonar su casa la deprimía. Le había encantado cada minuto que había pasado en la montaña Mackenzie, y adoraba compartir las pequeñas cosas cotidianas con Wolf. A fin de cuentas, la vida se componía de pequeñas cosas y de algunos fogonazos dispersos de intensidad.

Hizo tranquilamente la maleta y procuró no llorar. Intentaría dominarse para no hacer una escena. Metió las maletas en el coche y luego esperó a que Wolf regresara a casa. No pensaba escabullirse a escondidas; le parecía infantil. Le diría a Wolf que iba a regresar a su casa, le daría las gracias y se marcharía. Sería todo sumamente civilizado.

Había empezado a atardecer cuando Wolf regresó por fin. Estaba sudoroso y cubierto de polvo y cojeaba un poco porque una vaca lo había pisado. No parecía de muy buen humor.

Mary le sonrió.

—He decidido dejarte en paz, ahora que no corro peligro estando sola. Ya he hecho la maleta y lo he metido todo en el coche, pero quería quedarme hasta que volvieras para darte las gracias por todo lo que has hecho por mí.

Wolf, que se disponía a beber un trago de agua fresca, se detuvo de pronto. Joe se quedó paralizado en el umbral; no quería que lo vieran. No podía creer que su padre fuera a dejarla marchar.

Wolf giró lentamente la cabeza hacia ella. Sus ojos tenían una expresión salvaje, pero Mary estaba tan concentrada intentando dominarse que no se dio cuenta. Le lanzó otra sonrisa, pero más dura esta vez, porque él no había dicho ni una palabra; ni siquiera «ya te llamaré».

—Bueno —dijo ella alegremente—, ya nos veremos por ahí. Dile a Joe que no se olvide de sus clases.

Se acercó a la puerta delantera con paso decidido y bajó los peldaños. Estaba a medio camino del coche cuando una mano recia la agarró del hombro y la hizo girarse.

—Ni sueñes con que te vas a ir de mi montaña —dijo Wolf con voz áspera, y se cernió sobre ella.

Por primera vez Mary pensó que era una desventaja que sólo le llegara a los hombros. Wolf estaba tan cerca que tuvo que echar la cabeza hacia atrás para hablar con él. El calor de su cuerpo la envolvía como vapor.

—No puedo quedarme aquí para siempre —contestó juiciosamente, pero al ver su mirada se estremeció—. Soy una maestra de pueblo. No puedo convivir contigo como...

—Cállate —dijo él.

—Oye, cuidado con lo...

—He dicho que te calles. Tú no vas a ir a ninguna parte, y vas a convivir conmigo el resto de tu vida. Hoy es ya muy tarde, pero mañana a primera hora iremos al pueblo a hacernos los análisis de sangre y a pedir la licencia. Dentro de una semana estaremos casados, así que mete de una vez el trasero en la casa y quédate allí. Yo voy a meter las maletas.

Su expresión habría hecho retroceder a más de un hombre, pero Mary se cruzó de brazos.

—No voy a casarme con alguien que no me quiere.

—¡Maldita sea! —rugió Wolf, y levantó la cara de Mary hacia él—. ¿Que no te quiero? ¡Joder, Mary, haces lo que quieres conmigo desde la primera vez que te vi! Por ti habría matado a Bobby Lancaster sin pensármelo dos veces, ¡así que no vuelvas a decir que no te quiero!

Como declaración de amor y petición de matrimonio no era muy romántica, pero sí emocionante. Mary sonrió y se puso de puntillas para rodearle el cuello con los brazos.

—Yo también te quiero.

Wolf la miró con enojo, pero notó lo guapa que estaba con su camiseta rosa claro, que resaltaba el delicado rubor de sus mejillas, y vio que sus ojos azul pizarra brillaban y que una brisa coqueteaba con su pelo sedoso, castaño y plateado. De pronto enterró la cara entre los mechones de su frente, finos como los de un bebé.

—Dios, te quiero —musitó. Nunca había creído que pudiera amar a una mujer, y menos aún a una blanca, pero eso era antes de que aquella ligera y delicada criatura se abriera paso en su vida y la cambiara por completo. No podía seguir viviendo sin ella, del mismo modo que no podía vivir sin aire.

—Quiero tener hijos —afirmó Mary con determinación.

Él sonrió contra su frente.

—Lo estoy deseando.

Ella se quedó pensando un momento.

—Creo que cuatro.

Wolf frunció un poco la frente mientras la abrazaba.

—Ya veremos.

Mary era demasiado menuda y delicada para tener tantos hijos; con dos habría suficiente. Wolf la alzó en brazos y echó a andar hacia la casa, que ahora era también el hogar de Mary.

Joe, que los estaba mirando desde la ventana, se apartó sonriendo cuando su padre la apretó contra su pecho.

Epílogo

Academia de las Fuerzas Aéreas, Colorado Springs, Colorado.

Joe abrió la carta de Mary y sonrió nada más empezar a leerla. Su compañero de habitación lo miró con interés.

—¿Buenas noticias de casa?

—Sí —dijo Joe sin levantar la vista—. Mi madrastra está embarazada otra vez.

—Pensaba que acababa de tener un niño.

—Hace dos años. Éste es el tercero.

Bill Stolsky, su compañero de habitación, observó a Joe mientras éste acababa de leer la carta. En el fondo, aquel mestizo tranquilo y distante le daba un poco de miedo. Incluso al principio, cuando eran cadetes de primer curso y se los consideraba simple escoria, los de los cursos superiores habían evitado hacerle novatadas a Joe Mackenzie. Joe era el primero de su clase desde el principio, y ya se sabía que iba a empezar el entrenamiento de vuelo tras graduarse. Mackenzie iba derecho a lo más alto, y hasta sus instructores lo sabían.

—¿Cuántos años tiene tu madrastra? —preguntó Stolsky con curiosidad. Sabía que Mackenzie tenía veintiuno, uno menos que él, aunque los dos estaban en el último curso de la Academia.

Joe se encogió de hombros y buscó una foto que guardaba en su taquilla.

—Es bastante joven. Mi padre también. Era sólo un crío cuando nací yo.

Stolsky tomó la fotografía y miró a las cuatro personas que aparecían en ella. No era una fotografía de estudio, lo cual la hacía más íntima. Tres adultos estaban jugando con un bebé. La mujer era pequeña y delicada; tenía un bebé en el regazo y levantaba la vista para sonreír a un hombre muy fuerte, moreno y de rasgos aguileños. El hombre tenía pinta de ser un tipo duro. Stolsky no habría querido encontrárselo en un callejón, ni a oscuras ni de ninguna otra forma. Miró rápidamente a Joe y notó que se parecía mucho a él.

El bebé, sin embargo, agarraba el dedo de aquel grandullón con su puñito con hoyuelos y se reía mientras Joe le hacía cosquillas en el cuello. Aquello era un atisbo revelador y desconcertante de la vida privada de Mackenzie, de la prieta urdimbre de su familia.

Stolsky se aclaró la garganta.

—¿Éste es el más pequeño?

—No, esa foto es de cuando yo estaba en el último curso del instituto. Ése es Michael. Ahora tiene cuatro años, y Joshua tiene dos.

Joe no pudo evitar sonreír y al mismo tiempo sentirse preocupado cuando pensó en la carta de Mary. Sus dos hermanitos habían nacido por cesárea, porque

Mary era sencillamente demasiado menuda para parir. Tras el nacimiento de Joshua, Wolf había dicho que no tendrían más hijos, porque Mary lo había pasado muy mal al tener a Josh. Pero al final Mary se había salido con la suya, como siempre. Él iba a tener que pedir permiso cuando naciera el nuevo bebé.

–¿Tu madrastra no es... eh...?
–¿India? No.
–¿Te cae bien?
Joe sonrió.
–La quiero. No estaría aquí si no fuera por ella.

Se levantó y se acercó a la ventana. Habían transcurrido seis años de arduo esfuerzo, pero estaba a punto de conseguir aquello para lo que vivía: pilotar un caza. Primero estaba el entrenamiento de vuelo, y luego la Escuela de Entrenamiento de Cazas. Lo esperaban más años de duro esfuerzo, pero estaba ansioso por que llegaran. Sólo un pequeño porcentaje de los alumnos de la Academia llegaba a pilotar un caza, pero él iba a ser uno de ellos.

Los cadetes de su clase que iban a ir al entrenamiento de vuelo ya habían estado pensando en motes para cuando pilotaran cazas, y habían elegido los suyos aunque sabían que algunos no pasarían el entrenamiento, y que un número aún más grande jamás llegaría a pilotar un caza. Pero nunca pensaban que les tocaría a ellos; eran siempre los demás los que la cagaban, los que no tenían lo que había que tener.

Se lo habían pasado en grande pensando motes, pero Joe había permanecido sentado en silencio, un poco aparte, como siempre. Entonces Richards lo había señalado con el dedo y había dicho:

—Tú serás *Jefe*.

Joe había levantado la mirada con expresión calmada y remota.

—Yo no soy jefe —había dicho con tranquilidad, pero Richards había sentido un escalofrío.

—Está bien —había dicho—. ¿Cómo quieres que te llamemos?

Joe se había encogido de hombros.

—Llamadme *Mestizo*. Es lo que soy.

Aunque todavía no se habían graduado, la gente ya empezaba a llamarlo *Mestizo*. Aquel mote iría pintado en su casco, y pronto mucha gente olvidaría su verdadero nombre.

Mary le había dado aquello. Se había empeñado con todas sus fuerzas, había luchado por él, se había esforzado por enseñarle. Le había dado su vida, allá en el cielo azul.

Mary se giró en brazos de Wolf. Estaba desnuda, y la manaza de Wolf le acariciaba el pálido cuerpo como si buscara signos de su todavía invisible preñez. Sabía que estaba preocupado, pero se sentía de maravilla e intentaba tranquilizarlo.

—Nunca me he sentido mejor. Reconócelo, el embarazo me sienta bien.

Él se echó a reír y le acarició los pechos, alzando primero uno y luego otro en su palma. Eran ahora más llenos, y más sensibles. Casi podía ponerla al borde del clímax con sólo chuparle los pezones.

—Pero éste es el último —dijo.

—¿Y si es otro chico? ¿No te gustaría probar una vez más, por si es una niña?

Él gruñó, porque ése era el argumento que Mary había utilizado para convencerlo de que la dejara embarazada otra vez. Estaba empeñada en tener cuatro hijos.

—Hagamos un trato. Si es niña, no tendremos más. Si es niño, tendremos uno más, pero será el último, sea cual sea su sexo.

—Trato hecho —dijo ella, e hizo una pausa—. ¿Se te ha ocurrido pensar que podrías tener cientos de hijos y que fueran todos niños? Puede que no tengas ni un solo espermatozoide capaz de engendrar una niña. Mira tus antecedentes: tres niños seguidos...

Él le tapó la boca con la mano.

—Ni uno más. Cuatro es el límite.

Ella se echó a reír y arqueó su esbelto cuerpo contra Wolf. Él se excitó de inmediato, a pesar de que llevaban ya cinco años casados. Más tarde, cuando se quedó dormido, Mary sonrió en la oscuridad y le acarició la recia espalda. Aquel bebé también era un niño; lo sentía. Pero el siguiente... Ah, el siguiente sería la niña que tanto ansiaba Wolf. Estaba segura de ello.

www.ingramcontent.com/pod-product-compliance
Lightning Source LLC
LaVergne TN
LVHW030340070526
838199LV00067B/6373